SKRUVAD

SKRUVAD TRILOGIN: BOK 1

ANNA ZAIRES

♠ MOZAIKA PUBLICATIONS ♠

Publicerat av Mozaika Publications, ett tryck av Mozaika LLC.
www.mozaikallc.com

Omslag av Najla Qamber Designs
www.najlaqamberdesigns.com

e-ISBN: 978-1-63142-388-8
ISBN: 978-1-63142-389-5

PROLOG

BLOD.

Det är överallt. Pölen av mörk vätska på golvet sprider sig, förökas. Det är på mina fötter, min hud, mitt hår... Jag kan känna smaken av det, lukten, känner hur det täcker mig. Jag drunknar i blod, kvävs av det.

Nej! Sluta!

Jag vill skrika men kan inte få tillräckligt med luft. Jag vill röra mig men jag sitter fast, bunden, repen skär in i mitt skinn när jag kämpar mot dem.

Jag kan dock höra hennes skrik. Omänskliga skrik av smärta och vånda som skär i mig, lämnar mitt sinne lika rått och manglat som hennes kött.

Han lyfter kniven en sista gång, och pölen blir ett hav, vars ström drar mig med sig -

Jag vaknar och ropar hans namn, mina sängkläder genomblöta av kall svett.

För ett ögonblick är jag desorienterad... och sedan minns jag.

Han kommer aldrig att komma efter mig igen.

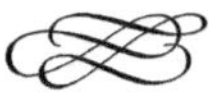

KAPITEL 1

ARTON MÅNADER TIDIGARE

JAG ÄR SJUTTON ÅR NÄR JAG TRÄFFAR HONOM FÖR FÖRSTA GÅNGEN.

Sjutton och galen i Jake.

"Nora kom igen, det här är tråkigt", säger Leah när vi sitter på läktaren och tittar på matchen. Fotboll. Något jag inte vet någonting om men som jag låtsas gilla för att det är där jag kan titta på honom. Han tränar därute på planen, varje dag.

Självklart är jag inte den enda tjejen som spanar in Jake. Han är quarterback och den snyggaste killen på planeten - eller åtminstone i Chicagos förort Oak Lawn i Illinois.

"Det är inte alls tråkigt", säger jag till henne. "Fotboll är riktigt kul."

Leah himlar med ögonen. "Eller hur... Gå och snacka med honom vet jag. Du är väl inte blyg. Varför ser du inte bara till att få hans uppmärksamhet?"

Jag rycker på axlarna. Jake och jag rör oss inte i samma kretsar. Han har fullt med hejaklacksledare som klänger på honom och jag har spanat in honom tillräckligt länge för att veta att han gillar långa blonda tjejer, inte korta brunetter.

Dessutom är det ganska roligt att bara kolla in honom för tillfället. Jag vet vad den här känslan är. Begär. Hormoner rätt och slätt. Jag har ingen aning om hur Jake är som person, men jag gillar helt klart hur han ser ut utan tröja. Varje gång han går förbi slår mitt hjärta fortare av upphetsning. Jag känner mig varm inuti och jag vill skruva på mig där jag sitter.

Jag drömmer om honom också. Sexuella drömmar, sensuella drömmar, där han håller min hand, rör vid mitt ansikte, kysser mig. Våra kroppar gnider sig mot varandra. Våra kläder åker av.

Jag försöker föreställa mig hur det skulle vara att ha sex med Jake.

Förra året, när jag dejtade Rob, så löpte vi nästan linan ut, men sedan fick jag reda på att han hade legat med en annan tjej när han var full. Han krälade i stoftet när jag konfronterade honom med det, men jag kunde inte lita på honom efter det och vi gjorde slut. Nu är jag mycket försiktigare när jag dejtar en kille, även om jag vet att alla inte är som Rob.

Jake skulle dock kunna vara sådan. Han är bara för populär för att inte dra fördel av det. Hursomhelst, om det är någon som jag skulle vilja göra det första gången med, så är det definitivt Jake.

"Ska vi gå ut ikväll?", säger Leah. "Bara vi tjejer. Vi kan sticka till Chicago och fira din födelsedag."

"Min födelsedag är nästa vecka", påminner jag henne, även om jag vet att hon har datumet inringat i sin kalender.

"Och? Vi kan väl tjuvstarta."

Jag flinar. Hon är alltid så sugen på att festa. "Jag vet inte. Tänk om de slänger ut oss igen?" De där leggen är inte särskilt bra..."

"Då går vi någon annanstans. Det måste inte nödvändigtvis vara Aristotle."

Aristotle är absolut den coolaste klubben i stan. Men Leah hade rätt - det fanns andra.

"Okej", säger jag. "Vi gör det. Vi tjuvstartar."

Leah hämtar mig klockan 21.

Hon är klädd för en utekväll - mörka tubrörsjeans, en glittrig svart tubtopp och högklackade knähöga stövlar. Hennes blonda hår är perfekt, rakt och hänger ner över hennes rygg som ett glansigt vattenfall.

Som hennes raka motsats, har jag fortfarande gympadojorna på mig. Mina klubbskor har jag gömt i ryggsäcken jag har tänkt lämna i Leahs bil. En tjock tröja täcker den sexiga toppen jag har på mig. Inget smink och mitt långa bruna hår uppsatt i hästsvans.

Så lämnar jag huset för att inte väcka några misstankar. Jag säger till mina föräldrar att jag ska följa med Leah till några vänners hus. Min mamma ler och säger till mig att ha det så roligt.

Nu när jag är nästan arton har jag inte längre någon bestämd tid jag måste vara hemma. Eller, det har jag nog, men det är inte lika strikt. Så länge jag kommer hem innan mina föräldrar börjar bli oroliga - eller om jag åtminstone hör av mig och säger var jag är - så är allt lugnt.

Väl inne i Leahs bil påbörjar jag min förvandling.

Av åker den tjocka tröjan som tidigare dolde den avslöjande toppen jag har på mig. Jag har en push-up-bh för att maximera mina alltför små tillgångar. Bh-banden är smart nog designade för att se söta ut så jag skäms inte över att de syns. Jag har inga coola stövlar som Leah, men jag lyckades smuggla ut mina snyggaste par svarta högklackade skor. De gör mig ungefär en decimeter längre. Jag behöver varje centimeter, så jag tar på mig skorna.

Därefter tar jag fram min sminkväska och vevar ner rutan så jag får tillgång till spegeln.

Välkända drag stirrar tillbaka på mig. Stora bruna ögon och väldefinierade svarta ögonbryn dominerar mitt lilla ansikte. Rob sa en gång att jag ser exotisk ut, och jag förstår varför. Även om jag bara är en kvarts latinsk ser min hud alltid lätt solbränd ut och mina ögonfransar är ovanligt långa. Falska fransar, kallar Leah dem, fast de är helt äkta.

Jag har inget problem med mitt utseende även om jag ofta önskar att jag var längre. Det är mina mexikanska gener. Min mormor var liten och likaså är jag, även om mina föräldrar är normallånga. Egentligen bryr jag mig inte, fast Jake gillar långa tjejer. Jag tror inte ens han ser mig i korridoren, jag är bokstavligt talat under hans ögonhöjd.

Suckande, sätter jag på läppglansen och lite ögonskugga. Jag överdriver inte med sminket, enkelt funkar bäst på mig.

Leah vrider upp radion och den senaste pop-hiten fyller bilen. Jag flinar och sjunger med Rihanna. Leah stämmer in och nu skrålar vi bägge med i S & M texten.

Innan vi vet ordet av är vi framme vid klubben.

Vi går in som om vi äger stället. Leah ler stort åt vakten och vi visar våra leg. De släpper in oss utan problem.

Vi har aldrig varit på den här klubben tidigare. Den ligger i en äldre, lätt nedgången del av Chicagos centrum.

"Hur hittade du det här stället?" skriker jag åt Leah. Det är ett måste för att göra sig hörd över musiken.

"Ralph berättade för mig om det", skriker hon tillbaka och jag himlar med ögonen.

Ralph är Leahs ex-pojkvän. De gjorde slut när han började bete sig konstigt, men de pratar fortfarande, av någon anledning. Jag tror han håller på med droger eller något nuförtiden. Jag vet inte riktigt och Leah berättar ingenting för mig av någon form av felplacerad lojalitet mot honom. Han är skumraskets kung och det faktum att vi är här på hans rekommendation är inte det mest behagliga.

Hursomhelst. Ok, området utanför är inte den bästa men musiken är bra och det är en bra blandning av folk.

Vi är här för att festa och det är precis vad vi gör under den följande timmen. Leah får några killar att köpa shots åt oss. Vi dricker inte mer än en var. Leah - eftersom hon ska köra oss hem. Och jag – för att jag inte hanterar alkohol så bra. Vi kanske är unga men vi är inte dumma.

Efter shotsen dansar vi. De två killarna som köpte våra drinkar dansar med oss, men vi rör oss gradvis bort från dem. De är inte så snygga. Leah hittar en grupp collegesnyggingar som vi närmar oss. Hon drar igång en konversation med en av dem och jag ler medan jag observerar henne på hugget. Hon är bra på det där med att flörta.

Under tiden säger min blåsa till mig att det är dags att gå på damernas. Så jag lämnar dem och går.

På vägen tillbaka ber jag bartendern om ett glas vatten. Jag är törstig efter allt dansande.

Han ger mig ett och jag klunkar girigt ner det. När jag är klar sätter jag ned glaset och tittar upp.

Rakt in i ett par genomborrande blå ögon.

Han sitter på andra sidan baren, runt 30 meter bort. Och han stirrar på mig.

Jag stirrar tillbaka. Jag kan inte hjälpa det. Han är förmodligen den snyggaste man jag någonsin sett.

Hans hår är mörkt och lätt vågigt. Hans ansikte är hårt och maskulint, varje drag perfekt symmetriskt. Raka mörka ögonbryn över de där slående bleka ögonen. En mun som kunde tillhöra en fallen ängel.

Jag känner mig plötsligt varm när jag föreställer mig den munnen mot min hud, mina läppar. Om jag hade en benägenhet att rodna hade jag varit en rödbeta vid det här laget.

Han reser sig och går mot mig, han håller fortfarande kvar mig med blicken. Han går ledigt. Lugnt. Han är helt säker på sig själv. Och varför inte? Han är ursnygg och han vet om det.

När han kommer närmare inser jag att han är en stor man. Lång och välbyggd. Jag vet inte hur gammal han är, men jag gissar att han är närmare trettio än tjugo. En man, inte en pojke.

Han står bredvid mig och jag måste påminna mig att andas.

"Vad heter du?" frågar han mjukt. Hans röst flyter på något sätt över musiken, de djupare tonerna hörs även i den här bullriga omgivningen.

"Nora", säger jag lågt och tittar upp på honom. Jag är fullständigt förundrad och jag är rätt säker på att han vet det.

Han ler. Hans fylliga läppar säras och blottar hans jämna vita tänder. "Nora. Jag gillar det."

Han presenterar sig inte så jag tar mod till mig och frågar; "Vad heter du?"

"Du kan kalla mig Julian", säger han, och jag ser på hur hans läppar rör sig. Jag har aldrig varit så fascinerad av en mans mun förut.

"Hur gammal är du, Nora?" frågar han sedan.

Jag blinkar. "Tjugoett."

Hans ansiktsuttryck mörknar. "Ljug inte för mig."

"Nästan arton", erkänner jag motvilligt. Jag hoppas att han inte säger till bartendern och får mig utslängd härifrån.

Han nickar, liksom för att bekräfta sina misstankar. Sedan lyfter han sin hand och rör vid mitt ansikte. Lätt, försiktigt. Han gnider tummen mot min underläpp, som om han är nyfiken på dess konsistens.

Jag är så chockad att jag bara står där. Ingen har gjort så förut, rört vid mig så godtyckligt, så ockuperande. Jag känner mig varm och kall på samma gång, och en kall kåre kryper ner genom ryggraden. Det finns ingen tvekan i hans handlingar. Han ber inte om tillåtelse, han hejdar sig inte för att se om jag låter honom röra vid mig.

Han bara tar på mig. Som om han har rätt till det. Som om jag tillhör honom.

Jag drar in ett skälvande andetag och backar undan. "Jag måste gå", viskar jag, och han nickar igen, iakttar mig med en outgrundlig min i sitt vackra ansikte.

Jag vet att han låter mig gå, och jag känner mig patetiskt tacksam – därför att någonting djupt inom mig känner att han lätt skulle kunna ha gått längre, att han inte följer spelets normala regler.

Att han förmodligen är den farligaste varelse jag någonsin mött.

Jag vänder mig om och banar min väg genom folkmassan. Mina händer darrar och mitt hjärta slår hårt i halsgropen.

Jag måste verkligen gå, så jag hugger tag i Leah och får henne att köra mig hem.

När vi är på väg ut från klubben, blickar jag tillbaka och jag får syn på honom igen.

Han stirrar fortfarande på mig. Det finns ett mörkt löfte i hans blick - något som får mig att rysa.

KAPITEL 2

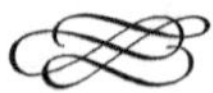

De följande tre veckorna passerar som i dimma. Jag firar min artonde födelsedag, pluggar till slutexamen, hänger med Leah och min andra kompis Jennie, går på fotbollsmatcher för att se Jake spela och förbereder mig inför studenten.

Jag försöker att inte tänka på händelsen på klubben. Därför att när jag gör det känner jag mig feg. Varför flydde jag? Julian hade knappt ens tagit på mig.

Jag kan inte komma underfund med min underliga reaktion. Jag hade blivit upphetsad och löjligt rädd på samma gång.

Och nu är mina nätter rastlösa. Istället för att drömma om Jake vaknar jag ofta och känner mig het och obekväm, det dunkar mellan benen. Mörka sexuella bilder invaderar mina drömmar, saker jag aldrig ens föreställt mig tidigare. De flesta handlar om Julian som gör någonting med mig, normalt sett medan jag är hjälplöst fastfrusen på stället.

Ibland undrar jag om jag håller på att bli galen.

Medan jag tränger ut den störande tanken ur huvudet fokuserar jag på att klä på mig.

Idag tar jag studenten, och jag är ivrig. Leah, Jennie och jag har stora planer efter ceremonin. Jake har en studentfest hemma hos sig. Det är det perfekta tillfället att äntligen prata med honom.

Jag har en svart klänning på mig under min blå studentkappa. Den är enkel, men passar mig bra. Den visar upp mina fina kurvor. Jag har också på mig mina decimeterhöga klackar. Lite väl mycket för studentceremonin, men jag behöver alltid plussa på lite.

Mina föräldrar kör mig till skolan. Den här sommaren hoppas jag kunna spara tillräckligt med pengar för att kunna köpa en egen bil. Jag kommer gå på det lokala colleget eftersom det är billigare, så jag kommer fortfarande att bo hemma.

Det gör mig inget. Mina föräldrar är trevliga och vi trivs tillsammans. De ger mig ordentligt med frihet - förmodligen eftersom de tror att jag är en ordentlig tjej, som aldrig hamnar i svårigheter. De har för det mesta rätt. Undantaget falska leg och vissa tillfälliga klubbrundor, lever jag ett sansat liv. Inget supande, inget rökande, inga droger som helst - även om jag provade att röka på en gång på en fest.

Vi kommer fram och jag hittar Leah. Vi radar upp oss för ceremonin och väntar tålmodigt på att våra namn ska läsas upp. Det är en perfekt dag i början av juni - inte för varmt, inte för kallt.

Leah ropas upp först. Tur för henne att hennes efternamn börjar på A. Mitt efternamn är Leston, så jag måste stå där i 30 minuter till. Lyckligtvis finns det bara hundra personer i vår avgångsklass. Det är en av förmånerna med att leva i en liten stad.

Mitt namn läses upp och jag får ta emot mitt diplom. När jag tittar ut över folkmassan ler jag och vinkar till mina föräldrar. Jag är nöjd med att de ser så stolta ut.

Jag skakar hand med rektorn och vänder mig om för att gå tillbaka till min stol.

Och i det ögonblicket ser jag honom igen.

Blodet fryser till is i mina ådror.

Han sitter längst bak och iakttar mig. Jag kan känna hans blick på mig även från långt håll.

På något sätt lyckas jag ta mig ner från scenen utan att ramla. Mina ben skakar, och min andning är mycket snabbare än normalt. Jag sätter mig bredvid mina föräldrar och jag ber en stilla bön att de inte ska lägga märke till mitt tillstånd.

Varför är Julian här? Vad vill han mig? Jag tar ett djupt andetag och intalar mig själv att lugna ner mig. Helt säkert är han här för någon annans skull. Kanske har han en bror eller en syster som tar studenten. Eller någon annan släkting.

Men jag vet att jag ljuger för mig själv.

Jag kommer ihåg den där bemäktigande rörelsen och vet att han inte är färdig med mig.

Han vill ha mig.

En kall kåre ilar nerför ryggraden vid den tanken.

JAG SER HONOM INTE IGEN EFTER CEREMONIN, OCH JAG är lättad. Leah kör oss till Jakes hus. Hon och Jennie tjattrar hela vägen, uppspelta över att vara färdiga med gymnasiet, att påbörja nästa fas i livet.

Normalt sett skulle jag ha deltagit i samtalet, men jag är för orolig över att ha sett Julian så jag bara sitter där, tystlåten. Av någon anledning har jag inte berättat för Leah om mötet med honom där på klubben. Jag sa bara att jag hade huvudvärk och ville åka hem.

Jag vet inte varför jag inte kan prata om Julian med Leah. Jag hade inga problem att anförtro mig allt om Jake. Kanske eftersom det är för svårt för mig att förklara hur Julian får mig att känna. Hon skulle inte förstå varför han skrämmer mig.

Jag förstår det inte riktigt själv.

Hemma hos Jake är partyt i full gång när vi anländer. Jag har fortfarande bestämt mig för att prata med Jake, men jag är vettskrämd efter att ha sett Julian tidigare. Jag beslutar att jag behöver lite flytande mod.

Jag lämnar tjejerna, går över till skålen och häller upp ett glas med bål. Jag luktar på den, drar slutsatsen att den absolut innehåller alkohol och sveper glaset.

Nästan omedelbart börjar jag känna mig påverkad. Som jag har upptäckt under de senaste åren, är min alkoholtolerans så gott som icke-existerande. En drink är ungefär allt jag tål.

Jag ser Jake gå ut i köket, och jag följer efter honom dit.

Han städar upp, slänger några extra muggar och smutsiga papperstallrikar.

"Vill du ha hjälp med det där?" frågar jag.

Han ler, hans bruna ögon veckas i kanterna."Ja visst, tack. Det vore helsjyst." Hans solblekta hår är lite långt och hänger ner över pannan, vilket får honom att se riktigt söt ut.

Jag smälter inombords. Han är så snygg. Inte på det störande Julian-sättet utan på ett behagligt bekvämt sätt. Jake är lång och muskulös, han är inte alls stor för att vara en quarterback. Inte stor nog för att spela boll på college, eller det var åtminstone vad Jennie en gång sa till mig.

Jag hjälper honom att städa upp, borstar av lite chipssmulor från bänken och torkar upp bål som spillts på golvet. Hela tiden slår mitt hjärta fortare av upphetsningen.

"Nora, eller hur?" säger Jake och tittar på mig.

Han vet vad jag heter!

Jag ger honom ett stort flin. "Helt rätt."

"Det är verkligen sjyst av dig att hjälpa till Nora" säger han ärligt. "Jag gillar att ha fester, men det är skitdrygt att städa upp dan efter. Så jag försöker fixa lite under tiden, innan det blir riktigt stökigt."

Mitt flin breddas och jag nickar. "Självklart."

Det stämmer så bra för mig. Jag gillar det faktum att han verkar så snäll och tankfull, så mycket mer än en sportfåne.

Vi börjar prata. Han berättar om sina planer för nästa år. Olikt mig kommer han att flytta när han börjar collegen. Jag talar om för honom att jag kommer att gå lokalt två år för att spara pengar. Sedan vill jag förflyttas till ett riktigt universitet.

Han nickar instämmande och säger att det är smart. Han hade själv funderat på att göra något liknande men han hade turen att få ett stipendium för heltidsstudier till universitetet i Michigan.

Jag ler och gratulerar honom. Inom mig hoppar jag upp och ned av glädje.

Vi klickar. Vi klickar verkligen! Han gillar mig, jag kan känna det. Varför har jag inte närmat mig honom tidigare?

Vi pratar i ungefär tjugo minuter innan någon kommer in i köket och letar efter Jake.

"Du, Nora" säger Jake innan han går ut till festen igen, "vad gör du imorgon?"

Jag skakar på huvudet och håller andan.

"Vad tror du om att gå på bio?" föreslår Jake. "Kanske käka middag på det där skaldjursstället?"

Jag flinar och nickar som en idiot. Jag är rädd för att säga något dumt så jag håller klaffen.

"Toppen", säger Jake och flinar tillbaka mot mig. "Då hämtar jag dig klockan sex."

Han återgår till att vara festvärd och jag återvänder till tjejerna. Vi stannar i ett par timmar till men jag pratar inte med Jake igen. Han är omringad av sina fotbollsvänner och jag vill inte störa.

Men då och då ser jag honom titta åt mitt håll och le.

Jag flyter runt på rosa moln de närmaste tjugofyra timmarna. Jag berättar för Leah och Jennie vad som hänt. De är glada för min skull.

Som förberedelse för vår dejt tar jag på mig en söt blå klänning och ett par högklackade bruna boots. De är en blandning mellan cowboy-boots och något mer uppklätt och jag vet att jag ser bra ut i dem.

Jake hämtar mig prick klockan sex.

Vi går till *Fisken från havet*, ett populärt lokalt ställe ganska nära bion. Det är ett trevligt ställe, inte så formellt.

Perfekt för en första dejt.

Vi har det jättebra. Jag får veta mer om Jake och hans familj. Han ställer också frågor och vi upptäcker att vi gillar samma typ av filmer. Av någon anledning står jag inte ut med tjejfilmer men jag gillar verkligen löjliga jordens-undergång-historier med massa specialeffekter. Det gör tydligen Jake också.

Efter middagen går vi på bio. Tyvärr handlar filmen inte om apokalypsen men det är fortfarande en okej actionfilm. Under filmen lägger Jake sin arm runt mina axlar och jag kan knappt dölja min upphetsning. Jag hoppas han kysser mig godnatt.

När filmen är slut tar vi en promenad i parken. Det är sent men jag känner mig trygg och säker. Kriminaliteten i vår stad är försumbar och det finns fullt med gatlyktor.

Vi går och Jake håller mig i handen. Vi pratar om filmen. Sedan stannar han och bara ser på mig.

Jag vet vad han vill. Det vill jag också.

Jag ser upp på honom och ler. Han ler tillbaka, lägger händerna på mina axlar, och böjer sig ned för att kyssa mig.

Hans läppar känns mjuka, och hans andedräkt luktar mint från tuggummit han tuggat tidigare. Hans kyss är mjuk och behaglig, precis så som jag hade hoppats att den skulle vara.

Sedan, på ett ögonblick, förändras allt.

Jag vet inte vad som händer eller hur det händer. I ena ögonblicket kysser jag Jake och i nästa ligger han medvetslös på marken. En stor gestalt står lutad över honom.

Jag öppnar munnen för att skrika men jag hinner inte ens få fram ett pip innan en stor hand täcker min näsa och mun.

Jag känner ett skarpt stick i sidan av nacken och allt blir svart.

KAPITEL 3

JAG VAKNAR UPP MED EN BULTANDE HUVUDVÄRK OCH EN KVÄLJANDE OROLIG MAGE. Det är mörkt och jag kan inte se någonting.

För ett ögonblick kommer jag inte ihåg vad som hänt. Drack jag för mycket på festen? Sedan klarnar minnet och gårdagsnattens händelser kommer rusande tillbaka. Jag minns kyssen och sedan... Jake! Herregud, vad hände med Jake?

Vad hände med mig?

Jag är så skräckslagen att jag bara ligger där, och skakar.

Jag ligger på något bekvämt. Mest troligt en säng med bra madrass. Jag är täckt av en filt, men jag kan inte känna några kläder på kroppen, bara mjukheten av bomullslakan mot min hud. Jag känner på mig själv och konstaterar att jag har rätt. Jag är helt naken.

Mina skakningar blir häftigare.

Jag använder en hand för att kolla mellan benen.

Till min stora lättnad känns allting som vanligt. Ingen blöthet, ingen ömhet, inga indikationer på att jag har blivit våldtagen.

Hittills i alla fall.

Tårar bränner i ögonen men jag låter dem inte falla. Att gråta skulle inte hjälpa mig nu. Jag behöver lista ut vad som pågår. Planerar de att döda mig? Våldta mig? Våldta mig och döda mig? Om det är en lösensumma de är ute efter, så är jag så gott som död. Efter att min pappa blev uppsagd efter semestern kan mina föräldrar knappt betala sina lån som det är.

Med ett kraftförsök håller jag tillbaka hysterin. Jag vill inte börja skrika. Det skulle fånga deras uppmärksamhet.

Istället ligger jag bara där i mörkret och varenda hemsk historia jag någonsin har sett på nyheterna fladdrar förbi... Jag tänker på Jake och hans varma leende. Jag tänker på mina föräldrar och hur förkrossade de kommer att bli när polisen talar om för dem att jag är försvunnen. Jag tänker på alla mina planer och hur jag förmodligen aldrig kommer att få chansen att gå på ett riktigt universitet.

Och sedan börjar jag bli arg. Varför har de gjort så här? Vilka är de till att börja med? Jag antar att det är "de" och inte "han" eftersom jag såg en mörk figur lutad över Jakes kropp. Någon annan måste ha grabbat tag i mig bakifrån.

Ilskan hjälper till att hålla paniken i schack. Jag lyckas tänka lite. Jag kan fortfarande inte se något i mörkret men jag kan känna.

Jag rör mig tyst och börjar försiktigt utforska min omgivning.

Först slår jag fast att jag faktiskt ligger i en säng. En stor säng, förmodligen king size. Det finns kuddar och en filt och lakanen är mjuka och behagliga att ta på. Troligtvis dyra.

Av någon anledning skrämmer det mig ännu mer. De är kriminella som har pengar.

Jag kryper till kanten på sängen, sätter mig upp och håller filten hårt om mig. Mina nakna fötter når golvet. Det är slätt och kallt vid beröring, som ädelträ.

Jag lindar in mig i filten och reser mig upp, redo att utforska mer.

I det ögonblicket hör jag dörren öppnas.

Ett mjukt ljus slås på. Även om det inte är skarpt, så bländas jag en stund. Jag blinkar ett par gånger för att anpassa ögonen.

Och jag ser honom.

Julian.

Han står i dörren som en mörk ängel. Hans hår lockar sig lite runt hans ansikte, mjukar upp den hårda perfektionen av hans drag. Hans ögon är fästa vid mitt ansikte och hans läppar är krökta i ett svagt leende.

Han är ursnygg.

Och fullkomligt skräckinjagande.

Mina instinkter har haft rätt hela tiden - den här mannen är kapabel till vad som helst.

"Hej, Nora" säger han mjukt när han kommer in i rummet.

Jag kastar en desperat blick runt omkring mig. Jag ser ingenting som kan fungera som ett vapen.

Min mun är torr som en öken. Jag kan inte ens få ihop tillräckligt med saliv för att kunna prata. Så jag bara tittar på honom när han närmar sig mig på samma sätt som en tiger närmar sig sitt byte.

Jag kommer att slåss om han rör vid mig.

Han kommer närmare och jag tar ett steg tillbaka. Sedan ett till och ytterligare ett tills jag står tryckt mot väggen. Jag kurar ihop mig i min filt.

Han lyfter sin hand och jag stelnar till, förberedd på att försvara mig.

Men han håller bara i en flaska vatten, som han erbjuder mig.

"Här", säger han. "Jag antar att du måste vara törstig."

Jag stirrar på honom. Jag är verkligen törstig men jag vill inte att han ska droga mig igen.

Han verkar förstå min tvekan. "Oroa dig inte, min skatt. Det är bara vatten. Jag vill ha dig vaken och medveten."

Jag vet inte hur jag ska reagera på det. Mitt hjärta hamrar i halsen och jag mår illa av rädsla.

Han står där, väntar tålmodigt. Med filten i ett hårt grepp med ena handen, ger jag efter för törsten och tar vattnet ifrån honom. Min hand skakar och nuddar hans i rörelsen. En het våg rullar genom mig, en konstig reaktion som jag ignorerar.

Nu måste jag skruva av locket - vilket innebär att jag måste släppa filten. Han observerar mitt dilemma med intresse och verkar inte så lite road. Tack och lov rör han inte vid mig. Han står mindre än en meter ifrån mig och bara iakttar mig.

Jag pressar mina armar hårt mot kroppen, för att på så sätt hålla kvar filten medan jag skruvar av locket. Sedan håller jag i filten med en hand och lyfter flaskan till munnen för att dricka.

Den kalla vätskan känns underbar mot mina torra läppar och tunga. Jag dricker tills hela flaskan är slut. Jag kan inte minnas när vatten smakade så gott sist. Torr mun måste vara en biverkan av vilken drog det nu är som han har använt för att få hit mig.

Nu kan jag prata igen så jag frågar: "Varför?"

Till min stora förvåning låter min röst nästan normal.

Han lyfter handen och rör vid mitt ansikte igen. Precis som han gjorde på klubben. Och än en gång står jag bara där helt hjälplöst och låter honom. Hans fingrar är försiktiga mot min hud, hans beröring nästan öm. Det står i sådan skarp kontrast till situationen i stort att jag blir tillfälligt desorienterad.

"Därför att jag inte gillar att se dig med honom", säger Julian och jag kan höra den knappt återhållna ilskan i hans röst. "Därför att han rörde vid dig, han tog på dig."

Jag kan knappt tänka. "Vem?" viskar jag och försöker lista ut vad det är han pratar om. Och så slår det mig. "Jake?"

"Ja, Nora", säger han mörkt. "Jake."

”Är han -” jag vet inte ens om jag kan säga det högt. ”Är han... lever han?”

”För tillfället”, säger Julian och hans ögon bränner in i mina. ”Han är på sjukhuset med en lätt hjärnskakning.”

Jag är så lättad att jag sjunker ihop mot väggen. Och sedan inser jag till fullo vad det är han säger. ”Vad menar du med för tillfället?”

Julian rycker på axlarna. ”Hans hälsa och välmående beror helt och hållet på dig.”

Jag sväljer för att fukta min fortfarande torra hals. ”På mig?”

Hans fingrar stryker över mitt ansikte igen, drar en hårslinga bakom örat. Jag är så kall att det känns som om hans beröring bränner min hud. ”Ja min skatt, på dig. Om du uppför dig, kommer han att klara sig. Om inte...”

Jag kan knappt ta ett andetag. ”Om inte?”

Julian ler. ”Så kommer han att vara död inom en vecka.”

Hans leende är det vackraste och mest skrämmande jag någonsin sett.

”Vem är du?” viskar jag. ”Vad vill du mig?”

Han svarar inte. Istället rör han vid mitt hår, lyfter en tjock brun hårslinga mot sitt ansikte. Han andas in, som om han luktar på den.

Jag tittar på honom, fastfrusen på stället. Jag vet inte vad jag ska göra. Borde jag slåss nu? Och om jag gör det, vad vinner jag på det? Han har inte gjort mig illa och jag vill inte provocera honom. Han är mycket större än mig, mycket starkare. Jag kan se musklernas hårdhet under den svarta T-tröjan han har på sig. Utan mina klackar når jag knappt upp till hans axlar.

Medan jag funderar på förtjänsterna av att slåss med någon som förmodligen väger 50 kilo mer än mig, fattar han beslutet åt mig. Hans hand lämnar mitt hår och rycker tag i filten jag håller så hårt i.

Jag släpper inte. Om något, håller jag fast ännu hårdare. Och så gör jag något riktigt pinsamt.

Jag vädjar.

"Snälla", säger jag desperat, "Snälla gör inte det här."

Han ler igen. "Varför inte?" Hans hand fortsätter att dra i filten, långsamt och obönhörligt. Jag vet att han gör det för att förlänga tortyren. Han skulle lätt kunna slita av mig filten med ett kraftigt ryck.

"Jag vill inte det här" säger jag till honom. Jag kan knappt få luft på grund av sammandragningen i bröstet och min röst låter oväntat flåsig när den lämnar mig.

Han ser road ut men det finns en mörk glimt i hans ögon. "Inte? Tror du att jag inte kände din reaktion på mig där på klubben?"

Jag skakar på huvudet. "Det fanns ingen reaktion. Du har fel..." Min röst är tjock av tårar. "Jag vill bara ha Jake..."

I samma ögonblick känner jag hans hand runt min hals. Han gör ingenting mer, klämmer inte, men hotet finns där. Jag kan känna våldsamheten i honom och jag är vettskrämd.

Han lutar sig ner mot mig. "Du vill inte ha den där

pojken", säger han strävt. "Han kan aldrig ge dig det jag kan. Förstår du mig?"

Jag nickar, jag är för rädd för att göra någonting annat.

Han släpper greppet om min hals. "Bra", säger han med en mjukare ton. "Släpp nu taget om filten. Jag vill se dig naken igen."

Igen? Det måste ha varit han som tog av mig kläderna.

Jag försöker klistra mig ännu närmare väggen. Och jag släpper inte filten.

Han suckar.

Två sekunder senare ligger filten på golvet. Som jag misstänkte har jag inte en chans när han använder sin fulla styrka.

Jag kämpar emot på det enda sätt jag kan. Istället för att stå där och låta honom titta på min nakna kropp glider jag ner tills jag sitter på golvet med knäna uppdragna mot bröstet. Mina armar omfamnar mina ben och jag sitter så medan hela kroppen darrar. Mitt långa tjocka hår täcker mig delvis när det böljar ner över min rygg och mina armar.

Jag gömmer mitt ansikte mellan knäna. Jag är skräckslagen över vad han kommer att göra med mig nu och de tillbakahålla tårarna som brände i ögonen frigör sig slutligen, och rinner nerför mina kinder.

"Nora", säger han, och det finns en sträng av stål i hans röst. "Res på dig. Res på dig genast."

Jag skakar stumt på huvudet, jag tittar fortfarande inte på honom.

"Nora, det här kan bli skönt för dig eller så kan det bli smärtsamt. Det är helt och hållet upp till dig."

Skönt? Är han galen? Vid det här laget skakas hela min kropp av snyftningar.

"Nora", säger han igen och jag kan höra otåligheten i hans röst. "Du har exakt fem sekunder på dig att göra som jag säger."

Han väntar, och jag kan nästan höra honom räkna för sig själv. Jag räknar också, och när jag kommer till fyra, reser jag mig, tårarna rinner fortfarande nerför mitt ansikte.

Jag skäms för min egen feghet men jag är så rädd för smärta. Jag vill inte att han ska göra mig illa.

Jag vill inte att han ska röra mig alls men det är uppenbarligen inte ett alternativ.

"Duktig flicka", säger han mjukt, rör vid mitt ansikte igen, för tillbaka håret över mina axlar.

Jag darrar under hans beröring. Jag kan inte se på honom, så jag håller blicken nedslagen.

Det motsätter han sig tydligen för han vickar på min haka tills jag inte har något annat val än att möta hans blick med min egen.

Hans ögon är mörkblåa i det här ljuset. Han är så nära att jag kan känna värmen som kommer från hans kropp. Det känns bra eftersom jag är kall. Naken och kall.

Plötsligt sträcker han sig efter mig, böjer sig ned. Innan jag hinner bli rädd, för han en arm bakom min rygg och en under mina knän.

Sedan lyfter han mig utan ansträngning i sina armar och bär mig till sängen.

~

HAN LÄGGER NER MIG, NÄSTAN FÖRSIKTIGT OCH JAG rullar ihop till en darrande boll. Han börjar ta av sig kläderna och jag kan inte motstå lusten att iaktta honom.

Han har jeans på sig, en T-tröja, och det är T-tröjan som kommer av först.

Hans överkropp är ett konstverk, breda axlar, hårda muskler och lätt solbränd hud. Hans bröst är lätt beströdd med mörkt hår. Under andra omständigheter skulle jag ha varit hänförd över att ha en sådan gudomligt snygg älskare.

Under de här omständigheterna vill jag bara skrika.

Hans jeans kommer sedan. Jag kan höra ljudet av blixtlås dras ned, och det sporrar mig till handling.

På en sekund går jag från att ligga på sängen till att rusa mot dörren - som han lämnat öppen.

Jag kanske är liten, men jag är snabb på foten. Jag tränade löpning i tio år och var rätt bra på det. Tyvärr gjorde jag illa knäet under ett lopp och nu är jag begränsad till lugnare springturer och andra former av aktivitet.

Jag lyckas ta mig genom dörren, nedför trappan och nästan ända fram till ytterdörren när han får tag i mig.

Hans arm får tag i mig bakifrån och han håller mig så

hårt att jag inte kan andas för ett ögonblick. Mina armar är fullständigt fasthållna så jag kan inte ens kämpa emot. Han lyfter mig och jag sparkar bakåt mot honom med mina hälar. Jag lyckas få in några träffar innan han vänder mig så att jag hamnar ansikte mot ansikte.

Jag är säker på att han kommer att göra mig illa nu och jag höjer garden för ett slag.

Istället drar han mig till sin famn och håller hårt om mig. Mitt ansikte är begravt i hans bröst och min nakna kropp är pressad mot hans. Jag kan känna lukten av hans rena hud, med spår av mysk och känner något hårt och varmt mot min mage.

Hans stånd.

Han är helt naken och upphetsad.

Sättet han håller mig på gör mig helt hjälplös. Jag kan varken sparka eller riva honom.

Men jag kan bitas.

Så jag sätter tänderna i hans bröstmuskel och hör honom svära innan han drar i mitt hår som tvingar mig att släppa taget om hans kött.

Sedan håller han mig så, en arm runt min midja, mitt underliv hårt pressat mot hans. Hans andra hand med ett fast tag om mitt hår, så att mitt huvud formar en båge i sin tillbakaböjning. Mina händer trycker mot hans bröst i ett fåfängt försök att skapa distans mellan oss.

Jag möter utmanande hans blick, bryr mig inte om tårarna som rinner nerför mitt ansikte. Jag har inget val utom att vara tapper nu. Om jag dör, vill jag åtminstone behålla lite av min värdighet.

Hans uttryck är mörkt och argt, hans avsmalnade blå ögon fästa på mig.

Jag andas häftigt och mitt hjärta slår så fort att det känns som om det ska hoppa ut ur bröstet. Vi ser på varandra - jägare och byte, erövraren och den erövrade - och i det ögonblicket känner jag en underlig form av koppling till honom. Som om en del av mig för alltid förändrats av det som händer mellan oss.

Plötsligt mjuknar hans ansikte. Ett leende dyker upp på hans fylliga läppar.

Han lutar sig mot mig och trycker sin mun mot min.

Jag är förbluffad. Hans läppar är mjuka, varsamma när de utforskar mina, även om han håller mig i ett järngrepp.

Han är erfaren på att kyssas. Jag har kysst ganska många killar och jag har aldrig känt något liknande. Hans andedräkt är varm, smaksatt med någonting sött, och hans tunga retar mina läppar tills de säras mot sin vilja och ger honom tillgång till min mun.

Jag vet inte om det är efterdyningarna av drogen han gett mig eller helt enkelt lättnaden över att han inte gör mig illa som gör att den där kyssen får mig att smälta. En underlig slöhet sprids genom min kropp och motverkar min vilja att slåss.

Han kysser mig långsamt, ledigt, som om han har all tid i världen. Hans tunga stryker mot min och han suger lätt på min underläpp, skickar en svallvåg av flytande hetta rakt in i mig. Hans hand lättar på taget om mitt hår och vaggar lätt mitt huvud istället. Det är nästan som om han älskar med mig.

Jag upptäcker att mina händer håller om hans axlar. Jag har ingen idé om hur de har hamnat där men nu klänger jag på honom istället för att trycka honom ifrån mig. Jag förstår inte min egen reaktion. Varför försöker jag inte äcklad slingra mig loss från den här kyssen?

Det känns bara så bra, den där underbara munnen som är hans. Det är som att kyssa en ängel. Det får mig att glömma situationen en stund, gör det möjligt att skjuta undan skräcken.

Han drar sig undan och ser ner på mig. Hans läppar är våta och glansiga, lite svullna från vår kyss. Det är förmodligen mina också.

Han verkar inte arg längre. Istället ser han hungrig och tillfredsställd ut på samma gång. Jag kan se både lust och ömhet i hans perfekta ansikte och jag kan inte slita ögonen ifrån honom.

Jag slickar mig om läpparna och hans blick sänks till mina läppar för en sekund. Han kysser mig igen, bara en lätt beröring av hans läppar mot mina.

Sedan lyfter han upp mig igen och bär mig uppför trapporna till sin säng.

KAPITEL 4

NÄR JAG SER TILLBAKA PÅ DEN HÄR DAGEN ÄR DET HÄR BETEENDET INTE LOGISKT FÖR MIG. Jag kan inte förstå varför jag inte slogs mer, varför jag gav mitt bifall på det här skruvade sättet. Det var inte ett rationellt beslut - det var inte ett medvetet beslut om samarbete för att undvika smärta.

Nej, jag agerar helt och hållet på instinkt.

Och min instinkt är att underkasta mig honom.

Han lägger ner mig på sängen och jag bara ligger där. Jag är för medtagen av den tidigare kampen och jag känner mig fortfarande yr från drogen.

Det är något så surrealistiskt med det som händer att mitt sinne inte kan hantera det till fullo. Det känns som om jag tittar på en pjäs eller en film. Det kan liksom inte vara jag i den här situationen. Jag kan inte vara den där tjejen som har blivit drogad och kidnappad och som låter hennes kidnappare röra vid henne, smeka henne över hela kroppen.

Vi ligger på sida och ser på varandra. Jag kan känna hans händer på min hud. De är lite sträva, förhårdnade. Varma på mitt frusna kött. Starka, även om han inte använder sin styrka just nu. Han skulle lätt kunna tvinga mig, som han gjorde tidigare, men det finns ingen anledning. Jag kämpar inte emot. Jag flyter i en dunkel, sensuell dimma.

Han kysser mig igen, och smeker min arm, min rygg, min nacke, utsidan på mitt lår. Hans beröring är lätt men fast. Det är nästan som om han ger mig en massage, förutom att jag kan känna de sexuella intentionerna i hans handlingar.

Han kysser min nacke, nafsar lätt på den känsliga punkten där nacken och axeln möts, och jag ryser av den välbehagliga känslan.

Jag sluter ögonen. Den är avväpnande, hans överraskande varsamhet. Jag vet att jag borde känna mig kränkt men istället känner mig märkligt omhändertagen.

Med slutna ögon låtsas jag att det bara är en dröm. En mörk fantasi, likt dem jag ibland har sent om natten. Det gör det mer angenämt, det faktum att jag låter en främling göra det här mot mig.

En av hans händer är nu på min rumpa, knådar det mjuka hullet. Hans andra hand letar sig upp över magen, mot min bröstkorg. Han når mitt bröst och kupar handflatan om det vänstra, klämmer lätt på det. Mina bröstvårtor är redan hårda och hans beröring känns bra, nästan lindrande. Rob har gjort det här med mig tidigare men det har aldrig varit så här. Det har aldrig känts så här.

Jag fortsätter att hålla ögonen slutna när han rullar över mig på rygg. Han är delvis ovanpå mig men hans vikt vilar på sängen. Jag inser att han inte vill mosa mig och jag känner mig tacksam.

Han kysser mitt nyckelben, min axel, min mage. Hans mun är het och lämnar ett fuktigt spår på min hud.

Sedan sluter han munnen om min högra bröstvårta och suger på den. Min kropp spänns i en båge och jag känner en spänning i nedre delen av magen. Han upprepar handlingen med min andra bröstvårta och spänningen i mig växer, intensifieras.

Han känner det. Jag vet det eftersom hans hand har letat sig in mellan mina lår och känner fuktigheten där. "Duktig flicka" mumlar han medan han smeker mig. "Så underbar, så mottaglig."

Jag kvider när hans läppar letar sig nedför min kropp, hans hår kittlar min hud. Jag vet vad han har i åtanke och mitt sinne glömmer allt när han når sin destination.

För ett ögonblick försöker jag streta emot men han särar på mina ben utan ansträngning. Hans fingrar klappar lätt på mig, sedan särar han på mina undre läppar.

Och så kysser han mig där, och skickar en enorm våg av hetta genom min kropp. Hans erfarna mun slickar och nafsar runt min klitoris tills jag stönar och sedan sluter han sina läppar runt den och suger försiktigt.

Njutningen är så stor, så häpnadsväckande att mina ögon spärras upp på vid gavel.

Jag förstår inte vad det är som händer med mig och det är skrämmande. Det bränner inuti mig, bultar mellan benen. Mitt hjärta slår så fort att jag inte får tillräckligt med luft och jag finner mig själv flämtande.

Jag börjar kämpa emot och han skrattar lätt. Jag kan känna de små luftpuffarna från hans andetag på min känsliga hud. Han håller ned mig med lätthet och fortsätter med det han håller på med.

Spänningen inom mig håller på att bli outhärdlig. Jag vrider mig mot hans tunga och mina rörelser verkar föra mig närmare en osynlig rand.

Sedan faller jag över den med ett litet skrik. Hela min kropp spänns och jag överväldigas av en våg av njutning så intensiv att mina tår kröker sig. Jag kan känna mina inre muskler pulsera och jag inser att jag precis fått en orgasm.

Den första orgasmen i mitt liv.

Och det i händerna på - eller rättare sagt i munnen på - min tillfångatagare.

Jag är så förkrossad att jag bara vill kura ihop mig och gråta. Jag kniper ihop ögonen igen.

Men han är inte färdig med mig. Han kryper upp och kysser mig på munnen igen. Han smakar annorlunda nu, salt, med en lätt underton av mysk. Det är från mig inser jag. Jag smakar mig själv på hans läppar. En het våg av skam väller över mig trots att hungern inuti mig stegras.

Hans kyss är råare än tidigare, mer hårdhänt. Hans tunga penetrerar min mun i en uppenbar imitation av sexualakten och hans höft infinner sig tungt mellan mina ben. En av hans händer håller om mitt bakhuvud medan den andra befinner sig mellan mina ben, lätt gnuggande för att stimulera mig igen.

Jag gör inte direkt motstånd, även om min kropp spänns då rädslan återkommer. Jag kan känna värmen och hårdheten av hans stånd mot mitt innerlår och jag vet att han kommer att göra illa mig.

"Snälla", viskar jag och öppnar ögonen för att se på honom. Mitt synfält är suddigt av tårar. "Snälla... Jag har aldrig gjort det här förut..."

Hans näsborrar vidgas och hans ögon lyser. "Det är jag glad för", säger han mjukt. Han böjer sitt huvud och kysser mig igen innan han förflyttar munnen mot mitt öra. "Säg att du vill ha mig nu", mumlar han, och jag känner hans varma andedräkt i nacken innan han lyfter på huvudet för att se ner på mig.

Jag andas ytligt, håller kvar hans blick, skakad av den konstiga tvångsimpulsen att lyda.

"Säg det, Nora", upprepar han, hans ton är mörkare, mer beordrande och till min egen förvåning formar min mun orden.

"Jag - jag vill ha dig."

Han ler. "Duktig tjej." Sedan förflyttar han höften lite och använder sin hand för att vägleda sin kuk mot min öppning.

Jag kippar efter andan när han börjar trycka sig in. Jag är blöt, men min kropp motsätter sig det obekanta intrånget. Jag vet inte hur stor han är men han känns enorm när huvudet på hans kuk långsamt kommer in i min kropp.

Det börjar göra ont, bränns och jag skriker till, griper tag om hans axlar.

Hans pupiller vidgas, vilket får hans ögon att se mörkare ut. Det finns svettpärlor på hans panna och jag inser att han faktiskt lägger band på sig. "Slappna av Nora", viskar han strävt. "Det kommer att göra ont om du inte slappnar av."

Jag darrar. Jag kan inte följa hans råd eftersom jag är för nervös - och därför att det gör så ont att ha bara en liten del av honom inuti mig.

Han fortsätter att pressa på och mitt kött ger långsamt vika, tänjer sig motvilligt för honom. Jag slingrar mig nu, snyftar, river hans rygg men han är obeveklig, han driver in kuken centimeter för långsam centimeter.

Sedan gör han en liten paus och jag ser en åder pulsera vid hans tinning. Det ser ut som om det smärtar honom. Men jag vet att det är skönt för honom, den här akten som gör mig så illa.

Han sänker sitt huvud och kysser mig på pannan. Och sedan stöter han sig förbi min oskuld, tar sig igenom min tunna hinna med en fast stöt. Han stannar inte förrän hans fulla längd är begravd inuti mig, hans pubeshår tätt pressat mot mitt eget.

Jag svimmar nästan av smärtan. Min mage vrids av

illamående och jag känner mig svag. Jag kan inte ens skrika, allt jag kan göra är att ta små, ytliga andetag för att undvika att svimma. Jag kan känna hans hårdhet inhyst djupt inom mig och det är den mest plågsamma och invaderande känsla jag någonsin upplevt.

"Slappna av", mumlar han i mitt öra, "slappna bara av, min skatt. Smärtan kommer att gå över, det kommer att bli bättre..."

Jag tror honom inte. Det känns som om jag har fått en påle inkörd i kroppen, som sliter sönder mig. Och jag kan inte göra någonting för att komma loss, för att få det att göra mindre ont. Han är så mycket större än mig, så mycket starkare. Allt jag kan göra är att ligga där hjälplös, fastspänd under honom.

Han rör inte sina höfter, juckar inte även om jag kan känna spänningen i hans muskler. Istället kysser han mig varligt på pannan igen. Jag sluter ögonen, bittra tårar strömmar nerför mina tinningar och jag känner en lätt beröring av hans läppar på mina ögonlock.

Jag vet inte hur länge vi är kvar så här. Han täcker mig med mjuka kyssar över ansiktet och nacken. Hans händer kramar mig, smeker min hud som en parodi på en älskares beröring. Och under hela tiden är hans kuk djupt inne i mig, med sin orubbliga hårdhet som gör illa mig, bränner mig inifrån.

Jag vet inte exakt när smärtan början förändras. Min förrädiska kropp slappnar långsamt av, börjar svara på hans kyssar, på ömheten i hans beröring.

Den djävla skitstöveln känner det. Och han börjar

långsamt röra sig, delvis ta avstånd från min kropp för att sedan återföra sig in.

I början gör hans rörelser det hela värre, det ökar bara mitt lidande. Och sedan för han in en hand mellan våra kroppar och använder ett finger till att trycka mot min klitta, han håller det trycket lätt och stadigt. Hans juckningar får mina höfter att röras och får mig på så sätt att röra mig mot hans finger på ett rytmiskt sätt.

Till min förskräckelse känner jag spänningen samlas inuti mig igen. Smärtan finns fortfarande där men det gör också njutningen. Jag vrider mig i hans armar men nu kämpar jag mot mig själv också. Hans stötar blir hårdare, djupare och jag skriker från den outhärdliga intensiteten. Smärtan och njutningen blandas tills de är omöjliga att skilja från varandra - tills jag existerar i en värld av ren överväldigande sensation. Och sedan exploderar jag, orgasmen river genom min kropp med sådan styrka att det svartnar för ögonen.

Plötsligt kan jag höra hur han stönar i mitt öra och jag känner hur han blir ännu grövre och längre inuti mig. Hans kuk stöter och rycker inom mig och jag vet att även han har fått sin utlösning.

I efterdyningarna rullar han av mig och drar mig intill sig, håller mig nära.

Och jag gråter i hans armar, söker tröst från samma person som är orsaken till mina tårar.

~

EFTERÅT ÄR MITT SINNE DIMMIGT, MINA TANKAR ETT konstigt virrvarr. Han bär mig någonstans och jag ligger lealöst i hans armar, som en trasdocka.

Nu tvättar han mig. Jag står i duschen med honom. Jag är vagt förvånad över att mina ben kan hålla mig upprätt.

Jag känner mig bedövad, bortkopplad på något sätt.

Det är blod på mina lår. Jag kan se hur det blandas med vattnet, rinner ner i avloppet. Det är något klibbigt mellan mina ben också. Hans sperma förmodligen. Han har inte använt något skydd.

Nu kanske jag har en sexuellt överförbar sjukdom. Jag borde vara skräckslagen inför tanken men jag känner mig bara avtrubbad. Jag behöver åtminstone inte oroa mig för en graviditet. Så fort jag började dejta Rob insisterade min mamma på att ta mig till doktorn för att sätta in ett preventivt implantat i min arm. Som undersköterska på vårdcentralen hade hon sett alldeles för många tonårsgraviditeter och ville göra vad hon kunde för att det inte skulle hända mig.

Jag är så tacksam mot henne nu.

Under tiden som jag begrundar allt detta, tvättar Julian mig grundligt, han tvättar mitt hår med schampo och balsam. Han rakar till och med mina ben och armhålor.

När jag är hundraprocentigt ren och len, stänger han av vattnet och leder ut mig ur duschen.

Han torkar mig först med en handduk och sedan sig själv. Efteråt lindar han in mig i en fluffig badrock och bär mig till köket för att mata mig.

Jag äter det han ställer framför mig. Jag känner inte ens smaken. Det är någon form av smörgås men jag vet inte vad som finns i den. Han ger mig också ett glas vatten som jag girigt klunkar ned.

Jag önskar vagt att han inte drogar mig men jag bryr mig egentligen inte om han gör det. Jag är bara så trött att jag bara vill svimma.

När jag har ätit klart och druckit upp leder han mig tillbaka till badrummet.

"Kom igen, borsta dina tänder", säger han och jag stirrar på honom. Bryr han sig om min munhygien?

Jag vill dock borsta mina tänder så jag gör som han säger. Jag går också på toaletten för att kissa. Han lämnar mig hänsynsfullt nog ifred för det.

Sedan tar han mig tillbaka till rummet. På något sätt är sängen nu nybäddad med rena lakan, det finns inga blodspår någonstans. Det är jag tacksam för.

Han pussar mig lätt på munnen, lämnar rummet och låser dörren.

Jag är så utmattad att jag bara går fram till sängen, lägger mig ner och somnar omedelbart.

KAPITEL 5

NÄR JAG VAKNAR ÄR MITT SINNE HELT KLART. JAG kommer ihåg allting och jag vill skrika.

Jag hoppar ur sängen och lägger märke till att jag fortfarande har på mig badrocken från föregående natt. Den plötsliga rörelsen gör mig medveten om en inre ömhet och min underkropp spänner sig vid minnet av hur den där ömheten uppstod. Jag kan fortfarande känna mig uppfylld av honom och jag skälver vid hågkomsten.

Jag är äcklad och besviken på mig själv. Vad är det för fel på mig? Hur kunde jag låta Julian ha sex med mig och sa till honom att jag ville ha honom? Hur kunde jag bevilja det och sedan njuta av hans omfamning?

Ja, han ser bra ut men det är ingen ursäkt. Han är ond. Jag vet det. Jag har känt det på mig från första början. Hans yttre skönhet döljer ett mörkt inre.

Jag har en känsla av att han bara har börjat visa sitt verkliga jag för mig.

Igår var jag för rädd, för traumatiserad för att lägga märke till min omgivning. Jag känner mig mycket bättre idag, så jag studerar noggrant rummet.

Det finns ett fönster. Det är täckt av tjocka svarta rullgardiner men jag kan se lite solljus kika in.

Jag rusar fram och drar upp rullgardinen och blinkar till vid det klara ljuset. Det tar några sekunder för mina ögon att vänja sig och sedan tittar jag ut.

Luften går ur mig helt och hållet.

Det är inte så att fönstret är totalt lufttätt eller något liknande. Faktum är att det ser ut som om det skulle vara lätt att öppna och klättra ut. Rummet är på andra våningen så jag skulle lyckas ta mig ned utan att bryta någonting.

Nej, det är inte fönstret som är problemet.

Det är utsikten.

Jag kan se palmer och en vit sandstrand. Bortanför den är det fullt med vatten, blått och skimrande i det ljusa solskenet.

Det är vackert och tropiskt.

Och ungefär så olikt det kan bli jämfört med min småstad i mellanvästern.

Jag känner mig kall igen. Så kall att jag darrar. Jag vet att det är av stress för temperaturen borde ligga runt 30 grader.

Jag går av och an i rummet, då och då stannar jag till för att titta ut genom fönstret.

Varje gång jag tittar ut känns det som ett slag i magen.

Jag vet inte vad jag hade hoppats på. Jag hade ärligt talat inte haft tid att tänka på min lokalisering. Jag hade bara antagit att han skulle hålla mig i samma område, kanske i närheten av Chicago där vi först träffades. Jag hade trott att allt jag behövde göra för att fly var att hitta en väg ut ur huset.

Nu förstår jag att det är lite mer komplicerat än så.

Jag försöker med dörren igen. Den är låst.

För en liten stund sedan upptäckte jag ett litet badrum i anslutning till det här rummet. Det använde jag till att sköta mina basbehov och till att borsta tänderna. Det utgjorde en behaglig distraktion.

Nu går jag av och an som ett inburat djur, och jag blir mer och mer rädd och arg för varje minut som går.

Äntligen öppnas dörren och in kommer en kvinna.

Jag är så chockad att jag bara stirrar. Hon är hyfsat ung - kanske i början av trettioårsåldern och söt.

Hon bär en bricka med mat och ler mot mig. Hennes hår är rött och krulligt och hennes hud har en mjukt brun färg. Hon är större än jag, förmodligen mer än en decimeter längre och atletiskt byggd. Hon är ledigt klädd, i ett par jeans och ett vitt linne, med flip-flops på fötterna.

Hon är kvinna och jag har en viss chans att vinna över henne i en fajt. Mot Julian har jag ingen chans.

Hennes leende breddas som om hon läser mina

tankar. "Hoppa inte på mig är du snäll", säger hon och jag kan höra munterheten i hennes röst. "Det är ganska meningslöst, jag lovar. Jag vet att du vill fly men det finns inte riktigt någonstans att ta vägen. Vi befinner oss på en privat ö i mitten av Stilla Havet."

Den sammandragande känslan i magen förvärras. "Vems privata ö?" Frågar jag även om jag redan vet svaret.

"Va? Julians så klart."

"Vem är han? Vilka är ni?" Min röst är relativt stadig när jag talar till henne. Hon gör mig inte nervös på samma sätt som Julian.

Hon ställer ner brickan. "Du kommer att få veta allt i rättan tid. Jag är här för att ta hand om dig och egendomen. Jag heter Beth förresten."

Jag tar ett djupt andetag. "Varför är jag här Beth?"

"Du är här eftersom Julian vill ha dig."

"Och du ser inget fel med det?" Jag kan höra den hysteriska undertonen i min röst. Jag förstår inte hur den här kvinnan samarbetar med den där galningen, hur hon agerar som om detta är helt normalt.

Hon rycker på axlarna. "Julian gör vad han känner för. Det är inte upp till mig att döma."

"Varför inte?"

"Därför att jag är skyldig honom mitt liv", säger hon seriöst och går ut ur rummet.

~

Jag äter maten Beth tagit med sig till mig. Det är

ganska gott faktiskt, även om det inte är traditionell frukostmat. Det är grillad fisk i någon form av svampsås med rostad potatis och en grönsallad vid sidan av. Som efterrätt finns det lite uppskuren mango. Lokal frukt gissar jag.

Trots mitt inre tumult lyckas jag äta allting. Om jag var lite mindre av en fegis skulle jag kämpa emot genom att vägra äta hans mat - men jag är lika rädd för hunger som jag är rädd för smärta.

Än så länge har han inte riktigt gjort mig illa. Nåja, det gjorde ont när han stoppade sin kuk i mig, men han var inte onödigt hårdhänt. Jag antar att det skulle ha gjort ont första gången oavsett omständigheterna.

Första gången. Plötsligt går det upp för mig att det var min första gång. Jag är inte oskuld längre.

Underligt nog känns det inte som om jag förlorat någonting. Det tunna membranet inuti mig hade aldrig någon speciell betydelse för mig. Det är inte så att jag tänkt vänta tills jag gift mig eller något sådant. Jag ångrar att min första gång var med ett monster men jag sörjer inte förlusten av oskulden. Jag hade gladeligen gått hela vägen med Jake om jag bara fått chansen.

Jake! Min mage kränger. Jag kan inte tro att jag inte tänkt på honom sedan Julian sa att han var i säkerhet. Killen jag varit tokig i under flera månader var det sista jag hade tänkt på när jag låg i armarna på min tillfångatagare.

Het skam flammar upp inombords. Borde jag inte ha tänkt på Jake igår natt? Borde jag inte ha föreställt mig hans ansikte när Julian rörde så intimt vid mig.

Om jag verkligen ville ha Jake, borde jag inte ha tänkt på honom under mitt första sexuella möte?

Plötsligt fylls jag av bittert hat mot mannen som gjort detta mot mig - mannen som krossat mina illusioner om världen, om mig själv. Jag hade aldrig tänkt mycket på vad jag skulle göra om jag blev kidnappad, hur jag skulle reagera. Vem tänker på sådant? Men jag antar att jag alltid trott att jag skulle vara tapper och slåss till mitt sista andetag. Är det inte så de gör i alla böcker och filmer? Slåss, även när det är meningslöst, även när det innebär att någon kommer att bli skadad. Borde jag också ha gjort det? Ja, han är starkare än mig, men jag hade inte behövt ge upp så lätt - och jag hade absolut inte behövt säga att jag ville ha honom. Han band inte fast mig, han hotade mig inte med en kniv eller ett vapen. Allt han gjorde var att jaga efter mig när jag försökte springa iväg.

Det loppet var det enda motståndet så här långt.

Jag känner inte den här personen som gav upp så enkelt. Och samtidigt vet jag att hon är jag. En del av mig som aldrig sett dagens ljus förut. En del av mig jag aldrig lärt känna om inte Julian hade tagit mig.

De här tankarna är så störande att jag fokuserar på min tillfångatagare istället. Vem är han? Hur kan någon ha råd med en hel privat ö? Varför är Beth skyldig honom sitt liv? Och viktigast av allt, vad kommer han att göra med mig?

En miljon olika scenarier flimrar förbi i mitt sinne, var och en mer skräckinjagande än den föregående. Jag vet att slavhandel av människor förekommer. Det förekommer hela tiden, speciellt med kvinnor från fattigare länder. Är det vad som väntar mig? Kommer jag att sluta på någon bordell någonstans, konstant drogad och utnyttjad av dussintals män? Provar Julian bara varan innan han skickar den vidare till sin slutdestination?

Innan paniken tar över tar jag ett djupt andetag och försöker tänka logiskt. Även om teorin om människohandel är möjlig så verkar det inte logiskt för mig. För det första verkar Julian väldigt possessiv när det gäller mig - alldeles för restriktiv för någon som bara testar en vara. Varför skulle han dessutom frakta mig ända hit, till sin privata ö, om han planerade att sälja mig?

Min skatt, hade han kallat mig. Var det bara en meningslös ömhetsbetygelse eller är det så han ser mig? Har han någon form av fetisch som involverar att hålla kvinnor fångna? Jag funderar på det en stund och kommer fram till att det förmodligen är så. Varför skulle en annars välbärgad, snygg man göra så här? Han har säkerligen inga problem med att få en dejt på vanligt vis. Faktum är att jag lätt skulle ha gått ut med honom om det inte var för den konstiga känslan jag fick av honom där på klubben.

Om han inte hade rört vid mig som om han ägde mig.

Är det hans grej? Ägande? Vill han ha en sexslav? Och om det är så, varför valde han mig? Var det på grund av min reaktion på klubben? Antog han att jag skulle vara en mes, att jag skulle låta honom göra vad han ville med mig? Hade jag själv orsakat detta?

Tanken är så frånstötande att jag skjuter bort den och reser mig, bestämd att utforska mitt fängelse ytterligare.

Dörren är fortfarande låst vilket inte förvånar mig. Jag lyckas öppna fönstret och varm havsluktande luft fyller rummet.

Jag kan dock inte få loss myggnätsramen som sitter på fönstret. Jag skulle behöva det för att kunna klättra ut. Jag anstränger mig inte så mycket. Om man ska tro på Beth hjälper det inte ett dugg att ta sig ut ur rummet.

Jag ser mig om efter någonting som kan användas som ett vapen. Det finns ingen kniv men det finns en gaffel på tallriken från min måltid. Beth kommer förmodligen att märka om jag gömmer den. Jag försöker ändå och gömmer besticket bakom en trave böcker i en hög bokhylla som står längs en av väggarna.

Härnäst utforskar jag badrummet i hopp om att finna en flaska hårspray eller något liknande. Men det finns bara tvål, tandborste och tandkräm. I duschbåset hittar jag duschtvål, schampo och balsam – allt från bra och dyra märken. Min tillfångatagare är uppenbarligen inte snål.

Å andra sidan, den som äger en privat ö kan förmodligen köpa ett schampo för flera hundra. Han kan säkert köpa ett schampo för flera tusen om det nu existerar något sådant.

Det faktum att jag tänker på schampot förvånar

mig. Borde jag inte skrika och gråta? Jo vänta, det gjorde jag igår. Kanske finns det bara en viss mängd gråt en person klarar av. Det verkar som om jag har slut på tårar, åtminstone för tillfället.

Efter att ha utforskat varje vrå och skrymsle i rummet är jag uttråkad och jag tar en av böckerna ur bokhyllan. En Sidney Sheldon roman, någonting om en kvinna som blivit bedragen och som söker hämnd på sina fiender.

Det är tillräckligt fängslande för att jag mentalt ska undkomma mitt fängelse under de närmaste timmarna.

BETH KOMMER OCH GER MIG LUNCH. HON HAR OCKSÅ med sig lite kläder, vikta i en hög.

Jag blir glad. Jag har haft på mig morgonrocken hela morgonen och jag skulle vilja klä på mig.

När hon lägger kläderna på byrån funderar jag igen på att tackla henne och försöka fly. Kanske använda gaffeln jag stoppat undan.

"Nora, ge mig gaffeln", säger hon.

Jag hoppar till och ger henne en skrämd blick. Är det möjligt att hon är tankeläsare?

Sedan inser jag att hon helt enkelt tittar på den tomma brickan och att besticket saknas.

Jag beslutar att spela dum. "Vilken gaffel?"

Hon suckar. "Du vet vilken gaffel jag menar. Den du har gömt bakom böckerna. Ge den till mig."

Ytterligare ett antagande visar sig vara felaktigt. Jag

vet inte varför jag inbillade mig att jag hade något privatliv.

Jag tittar upp i taket, studerar det noggrant, men jag kan inte se var kamerorna sitter.

"Nora…" insisterar Beth.

Jag tar fram gaffeln och slänger den på henne. Jag hoppas i hemlighet att den hamnar i hennes öga.

Men Beth fångar den och skakar på huvudet som om hon är besviken på mitt beteende. "Jag hoppades att du inte skulle bete dig på det här sättet", säger hon.

"Bete mig hur? Som ett kidnappningsoffer?" Jag vill verkligen slå henne just nu.

"Som en bortskämd skitunge", förtydligar hon, och stoppar gaffeln i fickan. "Tycker du det är så hemskt att vara här på den här vackra ön? Tycker du att du lider när du är i Julians säng?"

Jag stirrar på henne som om hon är från vettet. Tror hon på fullaste allvar att jag är ok med situationen? Att undergivet spela med utan att yttra ett ord i protest?

Hon stirrar tillbaka på mig och för första gången lägger jag märke till några av linjerna i hennes ansikte. "Du vet inte innebörden av lidande lilla flicka", säger hon mjukt, "och jag hoppas att du aldrig får veta heller. Var snäll mot Julian så kanske du kan fortsätta leva ett privilegierat liv."

Hon lämnar rummet och jag sväljer för att bli av med den plötsliga torrheten i halsen.

Av någon anledning får hennes ord mina händer att darra.

KAPITEL 6

DET ÄR KVÄLL NU. FÖR VARJE MINUT SOM GÅR BLIR JAG mer och mer ängslig vid tanken på att träffa min tillfångatagare igen.

Romanen som jag har läst kan inte längre hålla kvar mitt intresse. Jag lägger ifrån mig den och går runt i cirklar i rummet.

Jag är klädd i kläderna som Beth gav mig tidigare. Det är inte vad jag själv skulle ha valt att ha på mig men det är bättre än badrocken. Ett par sexiga spetstrosor och en matchande bh som underkläder. En söt blå solklänning med knappar framtill. Allting passar mig misstänkt bra. Har han följt efter mig länge? Lärt sig allting om mig inklusive min klädstorlek?

Jag mår illa vid blotta tanken.

Jag försöker tänka på vad som komma skall men det är omöjligt. Jag vet inte varför jag är så säker på att han kommer att dyka upp i kväll. Det är möjligt att han har ett helt harem med kvinnor undanstoppade på ön och hälsar på dem en gång i veckan som sultanerna brukade göra.

Fast på något sätt vet jag att han kommer att vara här snart. Gårdagsnatten har enbart öppnat hans aptit. Jag vet att han inte är färdig med mig, inte på långa vägar.

Slutligen öppnas dörren.

Han går in som om han äger stället. Vilket han självklart också gör.

Jag slås återigen av hans maskulina skönhet. Han hade kunnat vara modell eller filmstjärna med det ansiktet. Om det fanns någon rättvisa i världen hade han varit kort eller haft någon annan typ av defekt för att makulera det där ansiktet.

Men det har han inte. Hans kropp är lång och muskulös, med perfekta proportioner. Jag kommer ihåg hur det känns att ha honom inuti mig och känner en ovälkommen sammandragning av upphetsning.

Han är åter klädd i jeans och T-tröja. En grå den här gången. Han verkar föredra enkla kläder, och det är smart. Hans utseende behöver inte framhävas.

Han ler mot mig. Det är leendet av en fallen ängel - mörkt och förföriskt på samma gång. "Hej, Nora."

Jag vet inte vad jag ska säga till honom, så jag vräker ur mig det första som dyker upp i huvudet. "Hur länge tänker du hålla mig här?"

Han lägger huvudet lätt på sned. "Här i rummet? Eller på ön?"

"Både och."

"Beth kommer att visa dig runt imorgon, gå och

simma med dig om du vill", säger han medan han närmar sig mig. "Du kommer inte att hållas inlåst om du inte gör något dumt."

"Som?" frågar jag, mitt hjärta bultar i mitt bröst medan han stannar bredvid mig och lyfter sin hand för att stryka över mitt hår.

"Om du försöker göra illa Beth eller dig själv." Hans röst är mjuk, hans blick hypnotisk när han ser ner på mig. Sättet på vilket han tar på mitt hår är underligt avslappnande.

Jag blinkar, försöker bryta hans förtrollning. "Och vad sa du om härpå ön? Hur länge kommer du att hålla mig här?"

Hans hand smeker mitt ansikte, kupar sig runt min kind. Jag inser att jag lutar mig mot hans beröring, som en katt som blir smekt, och jag stelnar genast till.

Hans läppar formas till ett leende. Den djäveln vet vilken effekt han har på mig. "En lång tid, hoppas jag", säger han.

Av någon anledning är jag inte förvånad. Han hade inte gjort sig besväret att frakta mig hela vägen hit om han bara ville knulla med mig ett par gånger. Jag är skräckslagen men inte förvånad.

Jag samlar mod och ställer nästa logiska fråga. "Varför kidnappade du mig?"

Leendet lämnar hans ansikte. Han svarar inte, bara tittar på mig med en outgrundlig blå blick.

Jag börjar darra. "Kommer du att döda mig?"

"Nej Nora, jag kommer inte att döda dig."

Hans förnekande inger mig ny tillförsikt men han kan naturligtvis ljuga.

"Kommer du att sälja mig?" Jag kan knappt få fram orden. "Som en prostituerad eller så?"

"Nej" säger han lugnt. "Aldrig. Du är min och bara min."

Jag känner mig lite lugnare men det finns en sak till jag måste få veta. "Kommer du att göra mig illa?"

Han svarar inte på en stund igen. Något mörkt fladdrar förbi i hans ögon. "Förmodligen", säger han tyst.

Och sedan lutar han sig ner och kysser mig, hans läppar mjuka och varsamma på mina.

För en sekund, står jag där fastfrusen. Jag tror honom. Jag vet att han talar sanning när han säger att han kommer att göra illa mig. Det är någonting med honom som skrämmer mig - som har skrämt mig från allra första början.

Han har ingenting gemensamt med pojkarna som jag har dejtat. Han är kapabel till vad som helst.

Och jag är helt och hållet i hans våld.

Jag överväger att kämpa emot honom igen. Det skulle vara det enda normala i min situation. Det modiga alternativet.

Ändå gör jag inte det.

Jag kan känna ondskan inom honom. Det är något fel på honom. Hans yttre skönhet döljer något monstruöst inombords.

Jag vill inte släppa loss den ondskan. Jag vet inte vad som kan hända om jag gör det.

Så jag står stilla där i hans omfamning och låter honom kyssa mig. Och när han lyfter upp mig igen och bär mig till sängen försöker jag inte göra motstånd på något sätt.

Istället sluter jag ögonen och ger efter för det som kommer.

~

ÅTERIGEN ÄR HAN VARSAM MED MIG. JAG BORDE VARA vettskrämd för honom - och det är jag - men min kropp verkar gilla den här dubbla känslan av rädsla och upphetsning. Jag vet inte vad det säger om mig.

Jag ligger där medan han tar av mina kläder, lager för lager. Först knäpper han upp knapparna på framsidan av klänningen, som om han öppnar en present. Hans händer är starka och säkra, det finns inte ett uns av osäkerhet eller tvekan i hans rörelser. Han har alldeles säkert en hel del erfarenhet när det kommer till kvinnokläder.

När klänningen är uppknäppt gör han en paus. Jag känner hans blick på mig och jag undrar vad det är han ser. Jag vet att jag har en fin kropp, den är slank och välformad, även om den inte är så kurvig som jag skulle önska.

Hans fingrar letar sig ner till min mage, får mig att darra. "Så fin", säger han mjukt. "Så vacker hud. Du borde alltid klä dig i vitt. Det passar dig."

Jag svarar inte, kniper bara ihop ögonen hårdare. Jag vill inte att han ska titta på mig, jag vill inte att han ska njuta av synen av min kropp i de underkläder han valt ut åt mig. Jag önskar att han bara kunde knulla mig och få det gjort, istället för att dröja vid den här skruvade parodin på att älska.

Men han har ingen tanke på att göra det lätt för mig.

Hans mun följer samma spår som hans fingrar. Det känns hett och fuktigt på min mage och han rör sig nedåt, där mina ben instinktivt har pressat sig samman. Han verkar inte gilla det, och hans händer är hårdhänta när de särar på mina ben, hans fingrar gräver in i mitt känsliga kött.

Jag gnyr vid den våldsamma behandlingen och försöker få mina ben att slappna av för att inte göra honom ännu mer arg.

Hans grepp mjuknar, hans händer blir varsammare. "Min fina vackra tjej", viskar han, och jag kan känna hans andetag på mina känsliga delar. "Du vet att jag kommer att göra det skönt för dig."

Och sedan känner jag hans läppar på mig, och hans tunga sveper runt min klitoris, han suger och nafsar. Hans hår sveper mot mina innerlår, kittlar mig, och hans händer håller mina ben vidöppna. Jag vrider mig och undslipper ett utrop, njutningen är så intensiv att jag glömmer allt utom den överväldigande hettan och spänningen inom mig.

Han för mig nära orgasmens rand men låter mig inte gå över den. Varje gång jag känner orgasmen komma nära, slutar han eller ändrar rytmen, han gör mig galen av frustration. Jag ber honom, jag bönar, min kropp är sinneslöst krävande efter honom. När han slutligen låter mig nå klimax, är det en sådan lättnad att hela min kropp krampar, i spasmer, vrider mig och skakar från den intensiva frigörelsen.

Av någon anledning börjar jag gråta när det är över. Tårar strömmar ner från ögonvrån och rinner ner över tinningarna, väter mitt hår och sedan kudden. Det verkar som om han gillar det för han kryper upp på min kropp och kysser de våta spåren på mitt ansikte, slickar dem.

Hans stora händer stryker över min kropp, gnuggar min hud, smeker mig överallt. Det skulle kunna ha verkat lugnande om det inte var för hårdheten hos hans kuk som stöter mot min öppning.

Jag har inte läkt till fullo, så det gör ont när han börjar trycka sig in. Även om jag är blöt från orgasmen, kan han inte glida in utan problem, inte utan att slita upp mig. Istället måste han komma in långsamt, arbeta sig in gradvis så jag får chansen att anpassa mig till intrånget.

Jag biter mig i underläppen, försöker hantera den brännande, för stora, känslan. Kommer jag någonsin att kunna acceptera honom med lätthet? Kommer jag någonsin att uppleva njutning utan smärta i hans famn?

"Öppna dina ögon", beordrar han i en barsk viskning.

Jag lyder, även om jag knappt kan se genom slöjan av tårar.

Han stirrar på mig när han långsamt börjar röra sig

inuti mig och det finns något triumferande i hans blick. Hettan av hans kropp omger mig, hans tyngd pressar ner mig mot sängen. Han är inuti mig, på mig, runtomkring mig. Jag kan inte ens fly in i mina egna tankar.

I det ögonblicket, känner jag mig ägd av honom, han tar mer än bara min kropp. Som om han lägger beslag på något djupt inom mig, lockar fram en sida av mig som jag inte hade en aning om fanns.

Därför att i hans armar, upplever jag något som jag aldrig känt förut.

En primitiv och fullständigt irrationell känsla av att höra hemma.

HAN TAR MIG TVÅ GÅNGER TILL UNDER NATTEN. NÄR dagen gryr är jag så öm inuti att jag känner mig rå - och samtidigt har jag fått så många orgasmer att jag tappat räkningen.

Han lämnar mig någon gång på morgonen. Jag är så utmattad att jag inte ens är medveten om när han går. Jag sover djupt och drömlöst och när jag vaknar är det redan efter lunch.

Jag går upp, borstar tänderna och duschar. Jag kan se bitar av torkad sperma på mina lår. Han använde inte kondom den här natten heller.

Jag tänker på könssjukdomar igen. Bryr sig Julian inte om sådant alls? Han är förmodligen inte orolig över att få det från mig, på grund av min oerfarenhet, men jag är definitivt orolig över att få det från honom. När jag lyfter min vänstra ärm kikar jag på det pyttelilla märket där mitt preventivimplantat gjordes. Tack gode gud för min mors graviditetsparanoia. Om jag inte hade det.... jag ryser vid tanken.

Direkt efter att jag kommit ut ur badrummet kommer Beth in i rummet bärande på en till bricka mat och mer kläder. Den här gången är det en traditionell frukost; en omelett med grönsaker och ost, en toast och färsk tropisk frukt.

Hon ler mot mig igen, uppenbarligen beslutad att glömma gaffelincidenten. "God morgon", säger hon muntert.

Jag höjer på ögonbrynen. "God morgon på dig med", säger jag, min röst är full av sarkasm.

Som svar på mitt uppenbara försök att reta henne, breddas Beths leende ytterligare. "Äsch, var inte så tjurig. Julian sa att du kan lämna rummet idag. Det är väl bra?"

Det känns faktiskt bra. Det ger mig chansen att utforska mitt fängelse lite, se efter om det verkligen är en ö. Kanske finns det fler människor här undantaget Beth - människor som skulle kunna vara mer sympatiska vad det gäller min situation.

Alternativt kanske jag hittar en telefon eller en dator. Jag skulle kunna sända ett textmeddelande eller ett mejl till mina föräldrar, de skulle kunna skicka det till polisen och jag skulle kunna bli räddad.

När jag tänker på min familj känns bröstet trångt och mina ögon bränner. De måste vara så oroliga och undra vad det är som har hänt, om jag fortfarande lever. Jag är det enda barnet, och min mamma har alltid sagt att hon skulle dö om någonting hände mig. Jag hoppas att hon inte menade det.

Jag hatar honom.

Och jag hatar den här kvinnan som ler mot mig just nu.

"Javisst, Beth", säger jag, samtidigt som jag vill klösa hennes ansikte tills leendet blir en grimas. "Det är alltid trevligt att lämna den lilla buren för en större."

Hon himlar med ögonen och sätter sig på en stol. "Så dramatisk. Ät upp din mat bara så ska jag visa dig runt."

Jag överlägger att inte äta bara för att reta henne men jag är hungrig. Så jag äter och det blir rent på tallriken.

"Var är Julian?" Undrar jag mellan tuggorna. Jag är nyfiken på hur han tillbringar sina dagar. Än så länge har jag bara träffat honom om kvällarna.

"Han arbetar", säger Beth. "Han har mycket affärer som kräver hans uppmärksamhet."

"Vilken sorts affärer?"

Hon rycker på axlarna. "Alla sorter."

"Är han kriminell?" Jag går rakt på sak.

Hon skrattar. "Varför antar du det?"

"Öh, kanske eftersom han kidnappat mig?"

Hon skrattar igen och skakar på huvudet som om jag sagt något roligt.

Jag känner för att slå henne men jag lägger band på mig. Jag behöver lära mig mer om min omgivning innan jag försöker mig på något sådant. Jag vill inte förbli inlåst i rummet om jag kan undvika det. Mina chanser till flykt är mycket större om jag får mer frihet.

Så jag reser mig och ger henne en kall blick. "Jag är redo."

"Sätt på dig dina badkläder då", säger hon, och gör en gest mot kläderna som hon tagit med sig, "så kan vi gå."

INNAN VI GÅR UT, VISAR BETH MIG RESTEN AV HUSET. Det är rymligt och smakfullt inrett. Inredningen är modern, med en antydan till tropiska influenser och subtila asiatiska motiv. Ljusa nyanser dominerar även om jag kan se en oväntad färgklick i form av en röd vas eller en skarpt blå drakskulptur. Det finns fyra sovrum - tre på övervåningen och ett på nedervåningen. Köket på första våningen är särskilt iögonfallande, med förstklassiga tillbehör och blanka granitytor.

Där finns också ett rum som Beth säger är Julians kontor. Det ligger på första våningen och är uppenbarligen förbjuden mark för alla utom för honom. Det är där han påstås sköta sina affärer. Dörren stängs när vi passerar den.

Efter att vi är färdiga med husvisningen ägnar Beth de följande två timmarna med att visa mig ön. Och det är helt klart en ö - det ljög hon inte om.

Den är bara runt tre kilometer tvärsöver och mindre än två kilometer bred. Enligt Beth befinner vi oss någonstans i Stilla havet med den närmaste bebodda landbiten över femhundra mil bort. Hon understryker det faktum ett par gånger, som om hon är rädd att jag kanske skulle försöka simma iväg.

Det skulle jag inte göra. Jag är ingen bra simmare, jag är inte heller självmordsbenägen.

Jag skulle försöka stjäla en båt istället.

Vi går upp på den högsta punkten på ön. Det är ett litet berg - eller en större kulle, beroende på hur man definierar sådana saker. Utsikten därifrån är underbar - allt är skimrande blått vatten så långt ögat når. På en sida av ön har vattnet en annan blå nyans, mer turkos och Beth talar om för mig att det är en grund vik som är perfekt för snorkling.

Julians hus är det enda på ön. Det ligger på sidan av berget, lite tillbakadraget från stranden och på något sätt upphöjt. Det är den mest skyddade lokaliseringen, förklarar Beth. Huset är skyddat både från starka vindar och från havet där det ligger. Det har uppenbarligen klarat av flera tyfoner med minimal skadegörelse.

Jag nickar som om jag bryr mig. Jag har inte planerat att stanna tills nästa drar förbi. Önskan att fly brinner starkt inom mig. Jag såg inga telefoner eller datorer när Beth visade mig runt i huset men det behöver inte betyda att det inte finns några. Om Julian kan arbeta från ön, så måste det definitivt finnas en internetuppkoppling. Och om de är dumma nog att låta mig stryka runt fritt på ön, kommer jag att finna ett sätt att kontakta omvärlden.

Vi avslutar rundturen på stranden nära huset.

"Vill du ta ett dopp?" undrar Beth och tar av sig shortsen och tröjan. Under bär hon en blå bikini. Hennes kropp är slank och väldefinierad. Hon är i så god form att jag undrar över hennes ålder. Hennes figur kunde tillhöra en tonåring men hennes ansikte verkar äldre.

"Hur gammal är du?" frågar jag rakt ut. Jag skulle aldrig vara så taktlös under normala omständigheter men jag bryr mig inte ett dugg om jag sårar den här kvinnan. Vad betyder sociala konventioner när du hålls fången av galna människor?

Hon ler, inte ett dugg upprörd av min ohövliga fråga. "Jag är trettiosju", säger hon.

"Och Julian?"

"Han är tjugonio."

"Är ni ett par?" Jag vet inte vad det är som får mig att fråga detta. Om hon på något sätt är avundsjuk på att jag är Julians sexleksak så visar hon i alla fall inte det.

Beth skrattar. "Nej, det är vi inte."

"Varför inte?" Jag kan inte fatta att jag är så framfusig. Jag är uppfostrad till att alltid vara artig och väluppfostrad men det är något befriande i att inte bry sig om vad folk tycker. Jag har alltid varit tillmötesgående men jag har ingen som helst önskan att vara det med den här kvinnan.

Hon slutar skratta och ger mig en seriös blick. "Eftersom jag inte är vad Julian behöver eller vill ha."

"Och vad är det?"

"Du kanske får veta det någon dag", säger hon kryptiskt innan hon går ut i vattnet.

Jag stirrar efter henne, nyfikenheten gnager i mig men det verkar som om pratstunden är över. Istället dyker hon ner i vattnet och börjar simma med ett övertygat atletiskt drag.

Det är varmt ute, solen strålar ner på mig. Sanden är vit och ser mjuk ut, vattnet gnistrar, lockar mig med sin svalka. Jag vill hata det här stället, förakta allting med min fångenskap, men jag måste erkänna att ön är vacker.

Jag behöver inte ta ett bad om jag inte vill. Det verkar inte som om Beth kommer att tvinga mig. Och det känns fel att njuta av mig själv på stranden medan min familj utan tvekan är utom sig av oro för mig, sörjer mitt försvinnande.

Men vattnets lockelse är för stark. Jag har alltid älskat havet, även om jag bara har varit i tropikerna ett fåtal gånger i mitt liv. Den här ön är min föreställning om paradiset trots det faktum att det tillhör en orm.

Jag överväger någon minut, sedan tar jag av mig klänningen och sparkar av mig sandalerna. Jag skulle kunna förneka mig själv den här njutningen men jag är för pragmatisk. Jag har inga illusioner om min status här. I vilket ögonblick som helst kan Julian eller Beth låsa in mig, svälta mig eller slå mig. Bara för att jag har blivit väl behandlad hittills betyder det inte att det kommer att fortsätta så. I min utsatta situation är varje ögonblick av glädje dyrbar - eftersom jag inte vet vad framtiden har i förvar åt mig, om jag någonsin kommer att uppleva något som liknar lycka.

Så jag hoppar i havet med fienden, låter vattnet tvätta bort min rädsla och den hjälplösa ilskan som glöder i maggropen.

Vi simmar, sedan ligger vi på den varma sanden och sedan simmar vi igen. Jag ställer inga fler frågor och Beth verkar nöjd med tystnaden.

Vi stannar på stranden de närmaste två timmarna och går sedan slutligen tillbaka till huset.

KAPITEL 7

Den här gången är det meningen att Julian ska äta middag med mig. Beth dukar ett bord åt oss på nedervåningen och lagar en måltid med lokal fisk, ris, bönor och kokbananer. Det är hennes karibiska recept, talar hon stolt om för mig.

"Äter du middag med oss?" frågar jag medan hon bär fram tallrikarna till bordet.

Jag har duschat och klätt på mig kläderna som Beth gett mig. Ytterligare en vit spetsrosa och bh-set och en gul klänning med vita blommor på. På fötterna har jag på mig vita högklackade sandaler. Kläderna är väldigt söta och feminina, väldigt annorlunda från jeansen och de mörka toppar jag normalt klär mig i. De får mig att se ut som en söt docka.

Jag kan fortfarande inte tro att de låter mig gå runt fritt i huset. Det finns knivar i köket. Jag skulle kunna stjäla en och använda den på Beth när som helst. Det är frestande, även om min mage vänder sig vid tanken på blod och våld.

Kanske gör jag det snart, när jag har fått en chans att lära känna det här stället bättre.

Jag håller på att lära mig något intressant om mig själv. Jag tror uppenbarligen inte på storartade fast meningslösa handlingar. Inom mig säger en kylig rationell röst att jag behöver en plan, ett sätt att ta mig ifrån ön, innan jag försöker någonting. Att attackera Beth nu skulle vara dumt. Det skulle kunna resultera i att jag blir inlåst eller värre.

Nej, det är mycket bättre så här. Låt dem tro att jag är ofarlig. På så sätt har jag en mycket större chans.

Under den senaste timmen har jag suttit i köket och tittat på Beth när hon lagar mat. Hon är duktig på det, väldigt effektiv. Att tillbringa tid med henne har distraherat mig från tankarna på Julian och den kommande natten.

"Nej", säger hon som svar på min fråga. "Jag kommer att vara på mitt rum. Julian vill ha lite egen tid med dig."

"Varför? Tror han att vi dejtar eller nåt?"

Hon flinar. "Julian dejtar inte."

"Du skämtar." Min ton är bortom all sarkasm. "Varför dejta när du kan kidnappa och använda våld istället?"

"Var inte löjlig", säger Beth skarpt. "Tror du verkligen han måste tvinga kvinnor? Inte ens du kan vara så naiv."

Jag stirrar på henne. "Menar du att han inte har för vana att stjäla kvinnor och ta hit dem?"

Beth skakar på huvudet. "Du är den enda förutom mig som någonsin varit här. Det här är Julians privata fristad. Ingen vet ens om att den existerar."

En kall kåre ilar ner nedför ryggraden när hon uttalar de orden. "Varför är jag den lyckligt utvalda?" frågar jag sakta, medan min puls ökar. "Vad gör mig så värd den här äran?"

Hon ler. "Det får du veta någon dag. Julian kommer att berätta det för dig när han vill att du ska veta."

Jag är så sjukt trött på detta skitsnack om "någon dag", men jag vet att hon är för lojal mot min tillfångatagare för att säga någonting. Så jag försöker ta reda på något annat istället. "Vad menade du när du sa att du är skyldig honom ditt liv?"

Hennes leende suddas ut och hennes uttryck hårdnar. Barska, bittra drag infinner sig i hennes ansikte. "Det har inte du med att göra, lilla flicka."

Och under de följande tio minuterna medan hon dukar färdigt bordet talar hon inte till mig alls.

När allting är färdigt lämnar hon mig ensam i matrummet för att vänta på Julian. Jag är både nervös och uppspelt. För första gången får jag chans att umgås med min tillfångatagare utanför sovrummet.

Jag måste medge att jag har en sjuk fascination för honom. Han skrämmer mig, samtidigt är jag omåttligt nyfiken på honom. Vem är han? Vad vill han mig? Varför har han valt mig som sitt offer?

En minut senare kommer han in i rummet. Jag sitter vid bordet och tittar ut genom fönstret. Jag känner hans närvaro innan jag ser honom. Atmosfären elektrifieras, tung av förväntan.

Jag vänder på huvudet och ser honom närma sig. Den här gången har han på sig vad som ser ut att vara en mjuk grå polotröja och ett par vita chinos. Vi skulle kunna ha varit på en golfklubb på middag.

Mitt hjärta slår fort i bröstet och jag kan känna hur blodet pumpar genom ådrorna. Jag är plötsligt mycket mer medveten om min kropp. Mina bröst är mer känsliga, mina bröstvårtor hårdnar under det spetsiga trycket av bh:n. Det mjuka klänningstyget rör vid mina ben och påminner om hur han rörde mig där. Hur han rörde mig överallt.

Varm fuktighet samlas mellan mina lår vid minnet.

Han kommer fram till mig och böjer sig ner, ger mig en lätt kyss på munnen. "Hej, Nora", säger han när han sträcker på sig, hans vackra läppar böjda till ett mörkt, sensuellt leende. Han är så oemotståndlig att jag inte kan tänka klart för ett ögonblick, mitt sinne fördunklas av hans närhet.

Hans leende breddas när han går runt bordet för att sätta sig ned på andra sidan, mittemot mig. "Hur har din dag varit, min skatt?" frågar han medan han sträcker sig efter en bit fisk och lägger den på tallriken. Hans rörelser är självsäkra och märkligt eleganta.

Det är svårt att förstå att sådan ondska kan bära en sådan vacker mask.

Jag samlar mod till mig. "Varför kallar du mig så? Min skatt, det känns som om du ser mig som ditt husdjur..."

"Tja... du påminner mig visserligen om en kattunge", säger han, hans blå ögon glittrar av någon konstig förnimmelse. "Små, mjuka och väldigt mysiga. Du får mig att vilja smeka dig bara för att se om du börjar spinna i min famn."

Mina kinder hettar till. Jag rodnar över hela kroppen och hoppas att min hudfärg gömmer den reaktionen. "Jag är inte ett djur -"

"Självklart är du inte det, bestialitet är inte min grej."

"Vad är din grej?" Jag spottar ut det och det knyter sig genast inombords. Jag vill inte göra honom arg. Han är inte Beth. Han skrämmer mig.

Lyckligtvis ser han bara road ut av min våghalsighet. "För tillfället", säger han mjukt, "är du min grej, min skatt."

Jag tittar bort och sträcker mig efter riset, min hand skakar lätt.

"Här, låt mig hjälpa dig." Han tar tallriken ifrån mig, hans fingrar rör slumpmässigt vid mina. Innan jag kan säga något är min tallrik fylld av en hälsosam portion av allt som finns på bordet.

Han sätter tillbaka tallriken framför mig och jag tittar på den med förfäran. Jag är för nervös för att kunna äta framför honom. Min mage är en stor knut.

När jag tittar upp ser jag att han inte har samma problem. Han äter med god aptit, synbart uppskattande Beths matlagning.

"Vad är det?" frågar han mellan tuggorna. "Är du inte hungrig?"

Jag skakar på huvudet, även om jag var uthungrad innan han kom.

Han rynkar pannan, lägger ner gaffeln. "Varför inte?" Beth sa att du tillbringade hela dagen på stranden och att du simmade en hel del. Borde du inte vara hungrig efter all den aktiviteten?"

Jag rycker på axlarna. "Jag är okej." Jag tänker inte tala om för honom att han är orsaken till min brist på aptit.

Hans ögon smalnar. "Vad spelar du för spel med mig? Ät, Nora. Du är redan smal. Jag vill inte att du ska gå ner i vikt."

Jag sväljer nervöst och börjar peta i maten. Någonting med honom säger mig att det vore oklokt att motsätta mig honom på den här punkten.

Eller på vilken punkt som helst.

Min instinkt skriker att den här mannen är ungefär så farlig som det går att bli. Han har inte direkt varit elak mot mig, men elakheten finns inom honom. Jag känner det.

"Duktig flicka", säger han uppskattande efter att jag tagit ett par tuggor.

Jag fortsätter att äta, även om jag inte känner smaken av maten och jag är tvungen att tugga mig förbi blockeringen i min hals. Jag håller mina ögon fastspända på tallriken. Det är lättare att äta om jag inte ser hans genomborrande blå blick.

"Så Beth talade om för mig att du hade en trevlig dag och simmade", kommenterar han efter jag fått chansen att äta halva min portion.

Jag nickar till svar och lyfter blicken för att se honom stirra på mig.

"Vad tycker du om ön?" frågar han, som om han är genuint intresserad av min åsikt. Han studerar mig med en tankfull min.

"Det är vackert", medger jag ärligt. Sedan, efter att ha gjort en kort paus tillägger jag, "Men jag vill inte vara här."

"Så klart." Han ser nästan förstående ut. "Men du kommer att vänja dig. Det här är ditt nya hem, Nora. Ju snabbare du förstår det desto bättre."

Min mage vänder sig och det känns som det finns risk att maten jag just ätit ska komma upp igen. Jag sväljer tvångsmässigt, försöker kontrollera illamåendet. "Och min familj?" Orden uttrycks lågt och bittert. "Hur ska de vänja sig vid det?"

Någon form av känsla svävar över hans ansikte. "Och om de inte tror att du är död?" frågar han tyst, och håller fast min blick. "Skulle det få dig att känna dig bättre min skatt?"

"Självklart skulle jag det!" Jag kan knappt tro vad jag hör. "Kan du ordna det? Kan du låta dem veta att jag lever? Kanske kan jag bara ringa dem och..."

Han räcker fram handen för att täcka min med sin egen, och få ett slut på mitt meningslösa svammel.

"Nej." Hans ton lämnar inget utrymme för argumentering. "Jag kommer att kontakta dem själv."

Jag sväljer min besvikelse. "Vad kommer du att säga till dem?"

"Att du lever och mår bra." Hans stora tumme masserar lätt insidan på min handflata, hans beröring distraherar mig, förvandlar mina ben till gelé.

"Men..." jag jämrar mig nästan när han trycker på en speciellt känslig punkt, "...men de kommer inte att tro dig..."

"Det kommer de." Han drar tillbaka sin hand, jag känner mig märkligt berövad. "Du kan lita på mig när det gäller detta."

Lita på honom? Eller hur. "Varför gör du så här mot mig?" frågar jag frustrerat. "Är det för att jag pratade med dig på klubben?"

Han skakar på huvudet. "Nej, Nora. Det är för att du är du. Du är allt jag har letat efter. Allt jag någonsin drömt om."

"Du vet att det är galenskap, eller hur?" Jag är så upprörd att jag glömmer att vara rädd. "Du känner mig inte ens!"

"Det är sant" säger han. "Men jag behöver inte känna dig. Jag behöver bara veta vad jag känner."

"Försöker du säga att du är kär i mig?" Av någon anledning skrämmer den tanken mig mer än när jag trodde att han bara hade vissa konstiga sexuella preferenser.

Han skrattar, slänger tillbaka huvudet. Jag stirrar på honom, irrationellt förolämpad. Jag vill inte att han ska vara förälskad i mig, men är han tvungen att tycka att det är så roligt?

"Självklart inte", säger han när han slutligen upphör att skratta. Han flinar dock fortfarande.

"Vad är det då du snackar om?" undrar jag frustrerat.

Hans leende bleknar långsamt. "Det spelar ingen roll Nora", säger han tystlåtet. "Allt du behöver veta är att du är speciell för mig."

"Så varför bjöd du inte helt enkelt ut mig på en dejt?" Jag försöker desperat förstå det obegripliga. "Varför var du tvungen att kidnappa mig?"

"Därför att du gick på en dejt med den där pojken." Det finns en plötslig ilska i Julians röst, en isig skräck sprider sig genom mina ådror. "Du kysste honom när du redan var min."

Jag sväljer. "Men jag visste inte att du ville ha mig." Min röst darrar lite. "Jag såg dig bara på klubben..."

"Och på din student."

"Och på min student", medger jag medan mitt hjärta hamrar i bröstet. "Men jag trodde att du kanske var där för någon annan. En yngre bror eller syster..."

Han tar ett djupt andetag och jag kan se att han är mycket lugnare nu. "Det spelar ingen roll nu, Nora. Jag ville ha dig här, med mig, inte där ute. Det är mycket säkrare för dig - och för den där pojken."

"Säkrare för Jake?"

Julian nickar. "Om du hade gått ut med honom igen hade jag dödat honom. Det är bäst för alla att du är här, långt från honom och andra som kanske vill ha dig."

Han är helt seriös när det handlar om att döda Jake. Det är inte ett tomt hot. Jag kan se det på hans ansiktsuttryck.

Mina läppar känns torra så jag väter dem med tungan. Hans ögon följer min tunga och jag kan se hur hans andning förändras. Min enkla handling verkar upphetsande på honom.

Plötsligt slås jag av en galen och desperat idé. Han vill uppenbarligen ha mig. Han är till och med villig att göra saker åt mig för att göra mig glad - som att låta min familj veta att jag lever. Och om jag använder det till min fördel? Jag är oerfaren men jag är inte fullständigt bortkommen. Jag vet hur man flörtar med killar. Klarar jag det?_Kan jag på något sätt förföra Julian till att låta mig gå?

Jag kommer att behöva vara väldigt försiktig. Jag kan inte göra helomvändningar. Jag kan inte förakta honom en sekund och älska honom i nästa. Han behöver tro att han kan ta mig med sig ifrån ön och att jag är villig att stanna med honom så länge som han önskar. Att jag aldrig skulle se åt Jake eller någon annan man igen.

Jag kommer att bli tvungen att ta mig tid och försäkra Julian om min hängivenhet.

KAPITEL 8

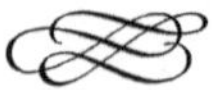

Under resten av middagen fortsätter jag att spela rädd och skrämd. Det är faktiskt inte spelat för det är så jag känner. Jag är i sällskap av en man som slumpmässigt talar om att döda oskyldiga människor. Hur skulle jag annars känna?

Trots det försöker jag verka förförisk. Genom små saker, som när jag stryker bort håret medan jag tittar på honom. Sättet jag biter i en papayabit som Beth har skurit upp till efterrätt och hur jag sedan slickar saften av mina läppar.

Jag vet att jag har fina ögon så jag tittar blygt på honom, med halvstängda ögonlock. Jag har övat på detta framför spegeln, och jag vet att mina ögonfransar ser omöjligt långa ut när jag vinklar huvudet på rätt sätt.

Jag gör det inte för mycket, då skulle han inte köpa det. Jag gör bara några små saker som jag tror han finner upphetsande och tilldragande.

Jag försöker också undvika ämnen som kan leda till konfrontering. Istället frågar jag honom om ön och hur kan kom att bli dess ägare.

"Jag hittade den här ön för fem år sedan", förklarar Julian, hans läppar krökt i ett charmigt leende. "Min Cessna hade ett tekniskt problem och jag behövde landa någonstans. Turligt nog finns det ett platt gräsområde på andra sidan, nära stranden. Jag lyckades få ner planet utan att krascha det helt och kunde göra de nödvändiga reparationerna. Det tog mig några dagar så jag fick chans att utforska ön. När det var dags att flyga iväg, visste jag att den här ön var precis det jag ville ha. Så jag köpte den."

Jag spärrar upp ögonen och ser imponerad ut. "Bara så där? Är det inte dyrt?"

Han rycker på axlarna. "Jag har råd."

"Kommer du från en välbärgad familj?" Jag är uppriktigt nyfiken. Min kidnappare är ett stort mysterium för mig. Jag har en mycket större chans att manipulera honom om jag bara förstår honom lite bättre.

Hans uttryck svalnar. "Något liknande. Min pappa hade ett framgångsrikt företag som jag tog över efter hans död. Jag ändrade dess riktning och utökade."

"Vad för ett sorts företag?"

Julians mun vrider sig lite. "Import och export."

"Av vad?"

"Elektronik och andra saker", säger han och jag inser att han inte kommer att säga mer för tillfallet. Jag misstänker starkt att "andra saker" är en omskrivning för något illegalt. Jag vet inte mycket om att göra affärer men jag tvivlar starkt på att någon som säljer TV-apparater eller MP3-spelare skulle få ihop en sådan förmögenhet.

Jag styr in samtalet på ett mer oskyldigt tema. "Besöker resten av din familj också ön?"

Hans blick blir stel och hård. "Nej. De är döda allihop."

"Åh... jag är hemskt ledsen..." Jag vet inte riktigt vad jag ska säga. Vad kan jag säga för att göra någonting liknande bättre? Ok, han kidnappade mig men han är fortfarande en människa. Jag kan inte ens föreställa mig en sådan förlust.

"Det är ok." Hans ton är helt utan känslor, men jag kan ana en underton av smärta. "Det hände för länge sedan."

Jag nickar i medkänsla. Jag känner genuint med honom och jag försöker dölja glansen av tårar i mina ögon. Jag är för blödig - säger Leah till mig varje gång jag gråter till en sorglig film - jag kan inte hjälpa sorgen jag känner inför Julians lidande.

Det slutar med att verka till min fördel för hans uttryck värms upp något. "Var inte ledsen för min skull, min skatt", säger han mjukt. "Jag har kommit över det. Varför berättar du inte lite mer om dig själv istället?"

Jag blinkar långsamt åt honom eftersom jag vet att den gesten drar uppmärksamheten mot mina ögon. "Vad är det du vill veta." Har han inte fått reda på allt om mig medan han följde efter mig?

Han ler. Det får honom att se så vacker ut att jag känner en liten knipkänsla i bröstet. Sluta Nora. Det är du som ska förföra honom, inte tvärtom.

"Vad gillar du att läsa?" frågar han. "Vad gillar du att titta på för filmer?"

Och de följande trettio minuterna får han veta allt om min fascination för romantiska noveller och detektivthrillers, min avsky mot romantiska komedier och min kärlek till episka filmer med massor av specialeffekter. Sedan frågar han mig om min favoritmat och favoritmusik, och han lyssnar uppmärksamt när jag pratar om min försmak för åttiotalsband och panpizza.

På något konstigt sätt är det nästan smickrande att han är så fokuserad på mig, så koncentrerad på varje ord jag säger. Sättet hans blå ögon är fixerade vid mitt ansikte. Det är som om han verkligen vill förstå mig, som om han verkligen bryr sig. Även med Jake fick jag inte mer än känslan av att jag var en söt och trevlig tjej vars sällskap han gillade.

Med Julian, känns det som om jag är den viktigaste i hela världen. Det känns som om jag verkligen betyder något.

EFTER MIDDAGEN, leder han mig uppför trappan till sitt sovrum. Mitt hjärta börjar slå hårdare av rädsla och förväntan.

Jag vet att jag i likhet med de andra två nätterna inte

kommer att kämpa emot. Faktum är att i natt kommer jag att gå ännu längre som en del av min förförelse-för-att-lyckas-fly plan.

Jag kommer att låtsas att jag har sex med honom av fri vilja.

När vi går igenom rummet beslutar jag modigt att ta upp ett ämne som har gnagt i bakhuvudet. "Julian..." frågar jag, min röst låter medvetet svag och osäker. "Borde vi inte använda skydd? Tänk om jag blir gravid eller något?"

Han stannar och vänder sig mot mig. Det finns ett litet leende på hans läppar. "Det kommer du inte, min skatt. Du har ett implantat, eller hur?"

Mina ögon spärras upp av chock. "Hur vet du det?" Implantatet är en liten plaststav under min hud, helt osynlig förutom ett litet märke där det blev infört.

"Jag gick igenom din medicinska historia innan jag tog med dig hit. Jag ville vara säker på att du inte hade något livshotande medicinskt tillstånd, som diabetes."

Jag stirrar på honom. Jag borde vara rasande på den här invasionen av mitt privatliv men istället känner jag mig lättad. Det verkar som om min kidnappare är ganska omtänksam - och ännu viktigare att han inte försöker få mig gravid.

"Och du behöver inte oroa dig för några sjukdomar", tillägger han, som svar på mina outtalade farhågor. "Jag har nyligen blivit testad och jag har alltid använt kondom tidigare."

Jag vet inte om jag tror på det. "Varför använder du de inte med mig då? Är det för att jag var oskuld?"

Han nickar och det finns en possessiv glans i hans ögon. Han lyfter sin hand och stryker sidan av mitt ansikte, mitt hjärta slår ännu fortare. "Ja precis. Du är bara min. Jag är den enda som någonsin har varit i din fina lilla fitta."

Mitt andetag fastnar i halsen och jag känner en ström av varm vätska mellan mina lår.

Jag kan inte förstå styrkan i min fysiska respons på honom. Är det normalt att jag blir så upphetsad av någon som jag räds och föraktar? Var det därför som Julian drogs till mig på klubben? Kände han på sig detta om mig? Visste han på något sätt om den här svagheten hos mig?

Självklart, med tanke på min plan, är det inte nödvändigtvis dåligt att han gör mig så tänd. Det skulle vara värre om han äcklade mig, om jag inte kunde stå ut med hans beröring.

Nej, det här är för det bästa. Jag kan vara den perfekta lilla fången, mottaglig, som sakta blir kär i min kidnappare.

Så istället för att stå där stel och rädd, ger jag efter för mitt begär och stöder mig lite mot hans hand, som om jag ofrivilligt svarar på hans beröring.

Någonting som liknar triumf blixtrar till i hans ögon och sedan sänker han huvudet och för sina läppar till mina. Hans starka armar omfamnar mig, formar mig mot hans kraftfulla kropp. Han är fullt upphetsad, jag kan känna hans hårda stånd mot min mjuka mage. Han smeker min mun med sina läppar, sin tunga. Han smakar sött från papayan vi just åt.

Eld flammar genom mina ådror, jag sluter mina ögon, förlorar mig i den överväldigande njutningen av hans kyss. Mina händer kryper upp mot hans bröst, tar osäkert på det. Jag kan känna värmen från hans kropp, känner lukten av hans hud - manlig och mustig, underligt lockande. Hans bröstmuskler rör sig under mina fingrar, och jag kan känna hans hjärta slå fortare.

Han backar upp mig mot sängen och vi ramlar i den. På något sätt är mina händer begravda i hans tjocka silkeslena hår och jag kysser honom tillbaka, passionerat, desperat. Jag tänker inte alls på min stora förförelseplan - jag tänker inte alls.

Han biter på min underläpp, suger in den i munnen. Hans hand sluter sig om mitt högra bröst, knådar det, klämmer på bröstvårtan genom de dubbla barriärerna av bh:n och klänningen. Hans hårdhänthet är perverst upphetsande, även om jag borde skrämmas av det.

Jag stönar och han slänger över mig på mage. En av hans händer pressar ner mig, trycker ner mig i madrassen medan den andra handen lyfter på min kjol, blottar mina underkläder.

Och så stannar han upp för en sekund, ser på min rumpa, smeker den lätt med sin stora handflata. "Så kurviga små skinkor", mumlar han "Så fina i vitt."

Hans fingrar når insidan av mina ben, känner fuktigheten där. Jag kan inte hjälpa att vrida mig vid den lätta beröringen. Jag är så tänd att jag inte behöver mycket för att det ska gå för mig.

Han drar ner mina underkläder och lämnar dem

hängande runt knäna. Hans hand smeker mina skinkor igen, lugnar mig, hetsar upp mig. Jag darrar av förväntan.

Plötsligt hör jag ett högt smack och känner en skarp, brännande dask på rumpan. Jag skriker till, skrämd, mer av den oväntade attacken än av någon verklig smärta.

Han pausar, gnuggar området lugnande, och sedan gör han det igen, daskar till min högra skinka med sin öppna handflata. Tjugo slag i snabb följd, varje gång hårdare än det föregående. Det gör ont, det är inte någon lätt lekfull smiskning.

Han har för avsikt att göra mig illa.

Jag glömmer allt om mitt beslut att spela med och börjar kämpa emot av rädsla. Han håller lätt ned mig och byter sida, daskar till mig tjugo gånger med samma styrka.

När han väl slutar snyftar jag i madrassen, bönar och ber honom att sluta. Min bakände bränns, det bultar av smärta.

Ännu värre än smärtan är den irrationella känslan av svek. Till min förskräckelse inser jag att jag hade börjat lita på min tillfångatagare, känna som om jag kände honom lite.

Han hade orsakat mig smärta tidigare men jag trodde inte det var med flit. Jag trodde det var för att jag var ny på sex. Jag hoppades min kropp skulle vänja sig och att det bara skulle vara njutbart i framtiden.

Jag var uppenbarligen en idiot.

Hela min kropp skakar och jag kan inte sluta gråta. Han håller fortfarande ner mig och jag är skräckslagen inför vad han kommer att göra härnäst.

Vad han sedan gör är lika chockerande som det han gjorde tidigare.

Han vänder på mig och lyfter upp mig i sina armar. Sedan sätter han sig ned, håller mig i sin famn och gungar mig fram och tillbaka. Mjukt och varsamt, som om jag är ett barn han försöker trösta.

Och trots allt, begraver jag mitt ansikte i hans axel och snyftar i desperat behov av den illusoriska ömheten, söker desperat tröst hos den som gjort illa mig.

NÄR JAG LUGNAT MIG LITE, STÄLLER HAN SIG UPP OCH ställer mig på fötter. Mina ben känner sig svaga och jag svajar lite medan han försiktigt klär av mig.

Jag väntar på att han ska säga något. Kanske en ursäkt eller en förklaring på varför han gjort illa mig. Straffade han mig? I så fall vill jag veta vad det är jag gjort, så jag kan undvika det i framtiden.

Men han säger inget - han tar bara av mina kläder. När jag är naken börjar han ta av sig sina kläder.

Jag ser på honom med en konstig blandning av bedrövelse och nyfikenhet. Hans kropp är fortfarande ett mysterium för mig för jag har slutit ögonen de två senaste nätterna. Jag har inte sett hans kön ännu, även om jag känt det inuti mig.

Så nu tittar jag på honom.

Hans kroppsform är magnifik. Väldigt manlig. Breda axlar, smal midja, slanka höfter. Han är muskulös överallt, men inte på en steroidkroppsbyggares sätt. Han ser snarare ut som en krigare. Av någon anledning kan jag med lätthet föreställa mig honom svinga ett svärd och hugga ner sina fiender. Jag lägger märke till ett ärr på hans lår och ett annat på hans axel. Det ökar bara på krigarbilden.

Hans hud är solbränd över hela kroppen och mängden hår på hans bröst är helt perfekt. Det finns mer mörkt hår runt hans navel och neremot hans skrev. Hans hudfärg får mig att tänka att antingen går han runt naken eller så är han naturligt mörkare, som mig. Kanske har han lite latinskt påbrå också.

Han är också fullt upphetsad. Jag kan se hans kuk sticka ut mot mig. Den är lång och grov, den liknar dem jag sett i porrfilmer. Inte undra på att jag är öm. Jag kan inte förstå att den ens får plats i mig.

När vi båda är nakna för han tillbaka mig till sängen. "Jag vill ha dig på alla fyra", säger han lågt och knuffar mig lätt.

Mitt hjärta hoppar till i panik och jag tvekar en sekund, vänder mig och tittar på honom istället. "Kommer du..." jag sväljer hårt. "Kommer du göra mig illa igen?"

"Jag har inte bestämt mig än", mumlar han och lyfter sin hand som han sluter om mitt bröst. Hans tumme gnider min bröstvårta, gör den hård. "Jag tror att det räcker för tillfället."

För tillfället? Jag vill skrika.

"Är du sadist?" frågan undslipper mig innan jag hinner tänka, och jag fryser fast på stället medan jag inväntar svaret.

Han ler mot mig. Det är hans vackra Lucifer-leende. "Ja, min skatt", säger han mjukt. "Ibland är jag det, var nu en duktig tjej och gör som jag bett dig. Du kanske inte gillar vad som händer annars..."

Innan han har talat färdigt skyndar jag mig att lyda, ställer mig på händer och knän på sängen. Trots att det är varmt i rummet, huttrar jag, darrar från topp till tå.

Våldsamma, hemska bilder fyller mitt sinne och får mig att må illa. Jag vet inte mycket om sadomasochism. *Femtio nyanser av grått* och ett par andra böcker av sitt slag är den totala erfarenheten av ämnet som jag har, men ingen av de där romanerna påminde någonting av min nuvarande situation. Även i mina mörkaste, mest hemliga fantasier har jag aldrig föreställt mig att hållas fången av en självutnämnd sadist.

Vad kommer han göra? Piska mig? Tortera mig? Kedja fast mig i en fängelsehåla? Finns det ens någon sådan här på ön? Jag föreställer mig en kammare i sten fyllt av tortyrinstrument som i en film om spanska inkvisitionen och jag vill kräkas. Jag är säker på att normal BDSM inte innehåller något liknande men det finns ingenting normalt med min och Julians situation. Han kan bokstavligt talat göra vad han vill med mig.

Han kommer upp på sängen bakom mig och stryker mig över ryggen. Hans beröring är långsam, försiktig.

Det skulle kunna ha varit lugnande men jag kryper ihop, förväntar mig ett slag när som helst.

Han förstår förmodligen det för han lutar sig över mig och viskar i mitt öra. "Slappna av Nora. Jag kommer inte att göra något mer idag."

Jag kollapsar nästan på sängen av lättnad. Tårar rullar nerför mitt ansikte igen. Den här gången är det tårar av lättnad och tacksamhet. Jag är patetiskt tacksam att han inte kommer att göra illa mig igen. Åtminstone inte i natt.

Och sedan är jag skräckslagen. Skräckslagen och äcklad - för när han börjar kyssa mig i nacken svarar min kropp på honom som om ingenting har hänt. Som om den aldrig upplevt en sekund av smärta i hans händer.

Min dumma kropp bryr sig inte om att han är en depraverad skitstövel. Att han kommer att göra mig illa om och om igen. Nej min kropp vill ha njutningen och den bryr sig inte om något annat.

Hans varsamma mun förflyttar sig från min nacke till mina axlar och sedan över till ryggen. Min andhämtning är ytlig, ojämn. Trots hans försäkrande är jag fortfarande rädd för honom och rädslan gör mig på något sätt blötare.

Hans läppar förflyttar sig till mina skinkor, kysser området där han slog mig bara ett par minuter tidigare. Hans hand trycker på min ländrygg och jag fogar mig lätt under hans tryck, förstår hans outtalade krav. Hans fingrar letar sig in mellan mina ben, och ett långt finger finner sin väg in i min våta kanal, djupt in.

Han kröker på fingret inuti mig och jag drar efter andan när han trycker mot en känslig punkt inom mig. Det gör mig spänd och jag darrar - men den här gången är det inte av rädsla.

Ju mer han rör det böjda fingret in och ut känner jag spänningen byggas upp inom mig. Mitt hjärtslag skjuter i höjden, plötsligt känner jag mig så het, som om jag brinner inifrån. Och sedan river en kraftig orgasm genom min kropp, som börjar i min kärna och sprids utåt. Den är så stark att min vision suddas ut för tillfället och jag kollapsar på sängen.

Innan mina sammandragningar slutar ställer han sig på knä bakom mig och börjar trycka sig in.

Jag är våt och hans intrång går relativt lätt även om han fortfarande känns enorm inom mig. Mina inre vävnader är känsliga och ömma från föregående natts hårda utnyttjande och jag kan inte hjälpa att jag flämtar till av smärta vid intrånget. När han är helt inne trycker hans skrev mot min smärtande stjärt, vilket ökar obehaget.

Han tar tag i mina höfter och börjar röra sig in och ut, långsamt och rytmiskt. Trots min inledande smärta verkar det som om min kropp gillar känslan av fullhet, av att bli uttänjd och svarar med att producera ännu mer glidmedel. När han ökar takten accelererar min andning och ett hjälplöst stönande undslipper min hals varje gång han stöter sig djupt in i mig.

Plötsligt, utan varning spänns mina muskler när mina sinnen når ytterligare en topp. Förlösningen ilar genom mig, njutningen är fantastisk i sin intensitet.

Bakom mig, kan jag höra hans stönande eftersom mitt klimax har provocerat hans - och jag känner det varma sprutet av hans säd inuti mig.

Efteråt kollapsar vi båda på sängen, hans kropp tung och hal av svett ovanpå min.

KAPITEL 9

Jag vaknar upp sakta, stegvis. Först känner jag en kittlande känsla av hår i ansiktet. Sedan värmen av solen på min bara arm. För ett ögonblick flyter mitt sinne runt i den där luddiga bekväma limbon mellan sömn och vakenhet, mellan dröm och verklighet.

Jag håller mina ögon slutna, jag vill inte vakna upp helt och hållet, det är så skönt.

Sedan inser jag att jag kan känna lukten av pannkakor i köket.

Mina läppar böjs i ett leende. Det är helg och min mamma har bestämt sig för att skämma bort oss igen. Hon gör pannkakor vid speciella tillfällen och ibland bara därför att.

Håret kittlar mig igen och jag rör armen för att få bort det ur ansiktet.

Jag är mer vaken nu och den varma känslan inuti löses upp och ersätts av en strävare gnagande rädsla.

Nej, snälla låt allt vara en dröm. Snälla låt allt vara en mardröm.

Jag öppnar ögonen.

Det är inte en dröm. Jag kan fortfarande känna lukten av pannkakorna men det finns inte en chans att det är min mamma som lagar dem.

Jag är på en ö i mitten av Stilla havet och hålls fången av en man som njuter av att göra mig illa.

Jag sträcker försiktigt på mig, tar kontroll över min kropp, inventerar. Förutom ömheten på rumpan verkar jag överlag vara okej. Han hade bara tagit mig en gång igår natt, vilket jag är tacksam för.

Jag vaknar och går naken till spegeln och tittar på min rygg. Det är några lätta blåmärken på min rumpa men inget värre. Det är en av fördelarna med guldfärgat skinn - jag får inte blåmärken så lätt. Imorgon borde jag se helt normal ut.

I slutändan har jag överlevt ännu en natt i min tillfångatagares säng.

När jag borstar tänderna tänker jag tillbaka på gårnatten. Middagen, min dumma plan att förföra honom, känslan av svek vid hans handlingar.

Jag kan inte tro att jag hade börjat lita på honom ens det lilla minsta. Normala män kidnappar inte tjejer från parken. De drogar dem inte och flyger dem till en privat ö. Män som gillar normalt ömsesidigt sex håller inte kvinnor fångna.

Nej, Julian är inte normal. Han är ett sadistiskt kontrollfreak, och jag kommer aldrig att glömma det. Det faktum att han inte har gjort mig riktigt illa än ändrar inte det faktum. Det är bara en tidsfråga innan han gör något riktigt illa mot mig.

Jag behöver fly innan det händer och jag kan inte ta mig tiden att förföra Julian. Han är alldeles för farlig och oförutsägbar.

Jag behöver hitta ett sätt att ta mig ifrån den här ön.

EFTER EN SNABBDUSCH OCH EFTER ATT HA BORSTAT TÄNDERNA GÅR JAG NEDFÖR TRAPPORNA TILL FRUKOSTEN. Beth måste redan ha varit i mitt rum för det ligger ett nytt ombyte kläder där. En baddräkt, flip-flops och ytterligare en solklänning.

Beth själv är i köket liksom pannkakorna jag kände lukten av tidigare.

Vid min entré ler hon mot mig, gårdagens spänning är uppenbarligen glömd. "God morgon", säger hon muntert. "Hur mår du?"

Jag ger henne en klentrogen blick. Vet hon vad Julian gjorde mot mig? "Bara bra", säger jag sarkastiskt.

"Så bra." Hon verkar inte ha registrerat min ton. "Julian var rädd att du skulle vara lite öm den här morgonen så han lämnade den här speciella krämen att ge dig bara ifall att."

Så hon vet.

"Hur kan du leva med dig själv?" frågar jag och är genuint nyfiken. Hur kan en kvinna stå bredvid och se en annan kvinna bli utnyttjad på det här sättet? Hur kan hon arbeta för den här grymma mannen?

Istället för att svara lyfter Beth en stor fluffig pannkaka till en tallrik och kommer med den till mig. Det finns också skuren mango på bordet bredvid en flaska lönnsirap.

"Ät, Nora", säger hon inte ovänligt.

Jag ger henne en bitter blick och hugger in på pannkakan. Den är ljuvligt god. Jag tror att hon har använt bananer i smeten för jag kan känna sötman. Jag behöver inte ens lönnsirapen, allt jag gör är att lägga till några skivor mango för att smaksätta.

Beth ler igen och återgår till sina många kökssysslor.

Efter frukost lämnar jag huset för att utforska ön på egen hand. Beth stoppar mig inte. Jag finner det fortfarande chockerande att de låter mig gå runt så här. De måste vara helt säkra på att det inte finns något sätt att lämna ön.

Nåväl, jag har som mål att finna ett.

Jag går outtröttligt i solen flera timmar tills flip-flopsen ger mig blåsor. Jag håller mig nära stranden och hoppas hitta en båt förtöjd någonstans, kanske i en grotta eller lagun.

Men jag hittar ingenting.

Hur kom han hit? Var det med ett plan eller en helikopter? Julian nämnde igår att han ursprungligen upptäckte ön när han flög ett plan. Kanske var det så han förde hit mig, i sitt privata plan?

Det skulle inte vara bra. Även om jag skulle hitta planet någonstans, hur skulle jag flyga det? Jag tror att det måste vara åtminstone lite komplicerat.

Å andra sidan, med tillräcklig motivation kanske man kan lista ut det. Jag är inte dum och att flyga ett plan kan inte vara hur svårt som helst.

Men jag hittar inte planet heller. Det finns en platt gräsyta på andra sidan ön med en byggnad i slutet av den men det finns ingenting inuti den. Den är helt tom.

Trött, törstig och med blåsor som börjar besvära mig vid varje steg, går jag tillbaka till huset.

"JULIAN ÅKTE FÖR ETT PAR TIMMAR SEDAN", säger BETH så fort jag kommer in.

Förbluffad stirrar jag på henne. "Vad menar du med att han åkt?"

"Han hade brådskande affärer att ta hand om. Om allt går som det ska kommer han att vara tillbaka nästa vecka."

Jag nickar, försöker se neutral ut och går upp till mitt rum.

Han är borta! Min plågoande är borta!

Det är bara jag och Beth på ön. Ingen annan.

Mitt sinne bubblar av möjligheter. Jag kan stjäla en kniv och hota Beth tills hon visar mig en väg bort från ön. Det finns förmodligen internet här och då kan jag kanske kommunicera med omvärlden.

Jag är så uppspelt att jag skulle kunna skrika högt.

Tror de på allvar att jag är ofarlig? Har mitt hittills undergivna beteende fått dem att tro att jag skulle fortsätta att vara en snäll och medgörlig fånge?

Nåväl, de kunde inte ha tagit mer miste.

Julian är den jag är rädd för, inte Beth. Med två av dem på ön hade det varit meningslöst och farligt att attackera Beth.

Nu är hon dock lovligt byte.

EN TIMME SENARE SMYGER JAG IN I KÖKET. SOM JAG hade förväntat mig är inte Beth där. Det är för tidigt att förbereda middag och för sent för lunch.

Mina fötter är bara för att minimera alla ljud. Jag ser mig försiktigt omkring och öppnar en av lådorna och tar fram en stor slaktkniv. Jag provar den med min fingertopp och konstaterar att den är vass.

Ett vapen. Perfekt.

Solklänningen jag bär har ett smalt skärp runt midjan och jag använder det för att knyta fast kniven på baksidan av min rygg. Det är ett väldigt enkelt hölster men det håller kniven på plats. Jag hoppas att jag inte skär mig i rumpan med det nakna bladet men även om jag gör det så är det en risk som är värd att ta.

En stor keramikvas är mitt nästa förvärv. Den är så tung att jag knappt kan lyfta den över mitt huvud med båda händerna. Jag kan inte tänka mig att en människoskalle skulle vara någon match för den här grejen.

När jag väl har de här två sakerna går jag och letar efter Beth.

Jag hittar henne på altanen, uppkrupen med en bok

på en lång bekväm utesoffa, där hon njuter av den friska luften och den vackra havsutsikten. Hon ser inte upp när jag sticker ut huvudet genom den öppna dörren och jag går snabbt tillbaka in, försöker lista ut vad jag ska göra härnäst.

Min plan är enkel. Jag behöver överraska Beth och slå henne över huvudet med vasen. Kanske binda fast henne med någonting. Sedan kan jag använda kniven till att hota henne till att låta mig kontakta omvärlden. På det här sättet, när Julian väl kommer tillbaka, kan jag redan ha blivit räddad och anmält honom.

Allt jag behöver nu är en bra plats för mitt bakhåll.

Jag ser mig omkring och lägger märke till en liten vrå nära köksdörren. Om man kommer in från altanen - som jag tror Beth kommer att göra - då ser man ingenting i den vrån. Det är inte det bästa stället att gömma sig på men det är bättre än att attackera henne öppet. Jag går dit och pressar mig själv mot väggen, vasen står på golvet nära mig där jag lätt kan grabba tag i den.

Jag tar ett djupt andetag och försöker stilla den lätta darrningen i mina händer. Jag är inte en våldsam person men där står jag hursomhelst, redo att krossa den här vasen mot Beths huvud. Jag vill inte tänka på det men jag kan inte hjälpa att föreställa mig hur hennes skalle spräcks och det kommer blod och smet överallt, som i en skräckfilm. Bilden gör mig illamående. Jag intalar mig själv att det inte kommer att bli så, att hon förmodligen kommer att få ett fult blåmärke eller en lätt hjärnskakning.

Väntan verkar evighetslång. Tiden går och går, varje sekund sträcker sig till en timme. Mitt hjärta bankar och jag svettas även om temperaturen i huset är mycket svalare än hettan utomhus.

Äntligen, efter vad som känns vara flera timmar, hör jag Beths fotsteg. Jag tar tag i vasen och lyfter den försiktigt över huvudet och håller andan medan Beth kliver in genom den öppna dörren som leder från altanen.

När hon går förbi mig håller jag vasen hårt och för den i riktning ned över hennes huvud.

Och på något sätt missar jag. I sista sekunden måste Beth ha hört rörelsen för vasen träffar henne på axeln istället.

Hon skriker till av smärta och håller sig om axeln. "Din djävla fitta!"

Jag drar efter andan och höjer vasen igen men det är för sent. Hon får tag i vasen och den faller ned och krossas i ett dussin bitar mellan oss.

Jag hoppar tillbaka medan min hand frenetiskt fumlar efter kniven. Fan, fan, fan. Jag lyckas få tag i handtaget och dra ut den men innan jag kan göra någonting får hon tag i min arm, hon rör sig snabbt som en orm. Hennes grepp är som ett stålband runt min högra vrist.

Hennes ansikte är rödflammigt och hennes ögon glittrar medan hon böjer min arm smärtsamt bakåt. "Släpp kniven, Nora", beordrar hon barskt, hennes röst är fylld av ilska.

Jag får panik och försöker slå henne i ansiktet med

min andra hand men hon fångar den armen med. Hon kan uppenbarligen slåss - och hon är dessutom starkare än mig.

Min högra arm skriker av smärta men jag försöker sparka henne. Jag kan inte förlora den här fajten. Det här är min bästa chans att fly.

Jag känner mina fötter få kontakt med hennes ben men jag har inga skor på mig så jag gör mer skada på mina tår än på hennes hud.

"Släpp kniven, Nora eller så bryter jag armen på dig", väser hon och jag vet att hon talar sanning. Mina axlar känns som de ska gå ur led och mitt synfält mörknar medan vågor av smärta strömmar ner genom armen.

Jag håller ut i någon sekund till och sedan släpper jag kniven. Den faller till marken med ett ljudligt klank.

Beth låter mig genast gå och böjer sig ned för att plocka upp den.

Jag backar undan, andas ljudligt, tårar av smärta och frustration bränner i mina ögon. Jag vet inte vad hon kommer att göra med mig nu, och jag vill inte ta reda på det.

Så jag springer.

~

Jag är snabb på foten och jag är i bra form. Jag hör Beth jaga efter mig, ropar mitt namn men jag tror inte hon har löpt tidigare.

Jag springer ut ur huset och ner till stranden. Stenar, kvistar och grus gräver sig in i mina fötter fast jag kan knappt känna det.

Jag vet inte vart jag springer men jag kan inte låta Beth fånga mig. Jag kan inte bli inlåst i rummet eller värre.

"Nora!"

Fan, hon är en god löpare också. Jag ökar farten, ignorerar smärtan i fötterna.

"Nora, var inte en idiot! Det finns ingenstans att ta vägen!"

Jag vet att det är sant, men jag kan inte vara ett passivt offer längre. Jag kan inte sitta undergivet i det där huset och äta Beths mat och vänta på att Julian ska komma tillbaka.

Jag kan inte låta honom göra mig illa igen och sedan låta min kropp åtrå honom.

Musklerna i mina ben skriker och mina lungor kämpar för luft. Jag skiljer mig från obehaget, låtsas att jag är i ett lopp och att mållinjen bara är hundra meter bort.

Det känns som om jag sprungit för evigt. När jag sneglar tillbaka, ser jag att Beth hamnar efter mer och mer.

Min fart dämpas lite. Jag kan inte hålla den farten länge till. Utan att tänka för mycket, söker jag mig till den steniga delen av ön där jag kan klättra på klipporna och försvinna i den tjocka skogen över dem.

Det tar mig ytterligare tio minuter att ta mig dit.

Vid den tidpunkten kan jag inte längre se Beth bakom mig.

Jag saktar ner och klättrar upp för klipporna. Nu när den uppenbara faran är över kan jag känna såren och skadorna på mina bara fötter.

Det är en långsam och plågsam klättring. Mina ben skälver från den ovana ansträngningen och jag kan känna postadrenalinet sätta in. Trots det lyckas jag ta mig upp för den klippiga kullen och in i skogen.

Tropisk vegetation, frodig och tjock, överallt runtomkring mig, håller mig utom synhåll. Jag går djupare in i buskarna, letar efter ett bra ställe att kollapsa av utmattning. Det kommer inte att bli lätt att hitta mig här. Från vad jag kan komma ihåg från mina tidigare utforskningar så täcker den här skogen större delen av den här sidan av ön.

Jag borde vara säker här för tillfället.

När det börjar bli mörkt söker jag skydd under ett stort träd där undervegetationen är särskilt ogenomtränglig. Jag gör rent en liten plätt av marken åt mig, försäkrar mig om att jag inte är i närheten av några myrstackar eller något annat som skulle kunna bita mig. Sedan lägger jag mig ner, ignorerar den bultande smärtan i mina sönderslitna fötter.

Det är inte första gången i mitt liv jag är tacksam för att min pappa tog med mig och campade när jag var liten. Tack vare den lärdomen är jag bekväm med naturen i all sin härlighet. Insekter, ormar, ödlor - inget av det besvärar mig. Jag vet att jag borde vara försiktig med vissa arter men jag är inte rädd för dem i största allmänhet.

Jag är mycket räddare för ormarna som har fört mig till ön.

Nu när jag är långt borta från Beth kan jag tänka lite klarare.

Den slanka, tonade kroppen hon har är definitivt inte från lättviktsträning och yoga på gymmet. Hon är stark - förmodligen lika stark som vissa män - och definitivt starkare än mig.

Hon verkar också ha någon form av specialträning. Kampsport kanske? Jag gjorde uppenbarligen ett misstag när jag försökte ta henne som gisslan. Jag skulle ha kört in den där kniven i ryggen på henne när hon inte såg det.

Det är dock inte för sent. Jag kan fortfarande smyga tillbaka till huset och överraska henne där. Jag behöver tillgång till internet och jag behöver det nu, innan Julian kommer tillbaka.

Jag vet inte vad han kommer att göra med mig för att jag attackerade Beth - och jag vill verkligen inte veta det heller.

KAPITEL 10

EN KONSTIG KÄNSLA VÄCKER MIG FÖLJANDE MORGON. Det känns nästan som -

"Åh fan..."

Jag hoppar upp och försöker skaka av mig den långbenta spindeln som lättsamt promenerar uppför min arm.

Spindeln flyger av och jag borstar snabbt av mitt ansikte, hår och kropp i ett försök att bli av med några eventuella läskiga kryp.

Okej, jag är inte direkt rädd för spindlar men jag gillar verkligen, verkligen inte att ha dem på mig.

Det här är definitivt inte det bästa sättet att vakna på.

Mitt hjärta återgår gradvis till sin normala rytm och jag inventerar min situation. Jag är törstig och hela min kropp är öm efter att ha sovit på den hårda marken. Jag känner mig sjaskig och mina fötter gör ont. Jag lyfter ett ben och kikar på fotsulan. Jag är ganska säker på att jag ser torkat blod där.

Min mage kurrar av hunger. Jag åt inte middag igår och är utsvulten.

På plussidan har Beth inte hittat mig än.

Jag vet inte riktigt vad jag ska göra härnäst. Kanske gå tillbaka till huset och försöka göra ett bakhåll på Beth där igen?

Jag funderar på det och bestämmer att det förmodligen är det bästa för tillfället. Förr eller senare kommer Beth eller Julian att hitta mig. Ön är inte så stor och jag kommer inte att kunna gömma mig från dem så länge. Och jag kan inte riskera att skjuta upp det ifall Julian kommer tillbaka tidigare än väntat. Två mot en är dåliga odds.

Jag blir också mer och mer hungrig och jag har en tendens att bli yr om jag inte äter regelbundet. Jag skulle förmodligen kunna hitta färskvatten att dricka, men mat är mer tveksamt. Jag vet inte var Beth får tag på de där mangorna. Om jag försöker gömma mig i ett par dagar till, kanske jag är för svag för att kunna attackera någon, ännu mindre en kvinna som skulle kunna vara en jädrans krigarprinsessa.

Dessutom kanske hon inte förväntar sig mig än, och jag kan verkligen behöva ett överraskningsmoment.

Så jag tar ett djupt andetag och börjar gå - eller rättare sagt, halta - tillbaka till huset. Jag vet att det här kanske inte slutar väl för mig men jag har inget val. Antingen slåss jag nu eller så kommer jag alltid att vara ett offer.

Det tar mig runt två timmar att gå tillbaka. Jag blir tvungen att stanna och ta pauser när jag inte längre står ut med smärtan i fötterna.

Det är ganska ironiskt att jag flydde för att jag är rädd för smärta och gjorde mig så fruktansvärt illa under just den processen. Julian skulle säkert älska att se mig så här. Den perversa djäveln.

Slutligen kommer jag fram till huset och hukar mig bakom några stora buskar nära huvudentrén. Jag vet inte om den är låst eller inte men jag tror inte att jag bara kan klampa in genom ytterdörren. Så vitt jag vet är Beth där i vardagsrummet.

Nej, jag behöver vara mer strategisk än så.

Efter några minuter, tar jag mig försiktigt bakom huset, mot den stora inglasade verandan där jag attackerade Beth under gårdagen.

Till min lättnad finns det ingen där.

Jag försöker att inte ge ifrån mig ett ljud, jag öppnar verandadörren och smiter in. I min hand håller jag en stor sten. Jag hade mycket hellre haft en kniv eller ett vapen men en sten får duga för tillfället.

Jag går i sidled till ett av fönstren och kikar in och blir lättad av att finna det tomt.

Jag sträcker på mig och går fram till glasdörren som leder till vardagsrummet, skjuter ljudlöst upp den och kliver in.

Huset är helt tyst. Det är ingen som lagar mat i köket eller dukar bordet.

Den digitala klockan i köket visar 7:12. Jag hoppas att Beth fortfarande sover.

Jag håller fortfarande stenen i ett hårt grepp, smyger in i köket och hittar en annan kniv. Jag håller i båda och går försiktigt upp för trappan.

Beths sovrum är det första på vänstra sidan. Jag vet för hon visade mig det under husvisningen.

Jag håller andan och öppnar ljudlöst dörren... och tvärstannar.

På sängen sitter människan som jag fruktar mest av alla.

Julian.

Han är tillbaka.

❧

"HEJ, NORA."

Hans röst är bedrägligt mjuk, hans perfekta ansikte uttryckslöst. Ändå kan jag känna raseriet bränna tyst under ytan.

Under en sekund stirrar jag bara på honom, paralyserad av skräck. Jag kan inte höra något annat än dånet av mina egna hjärtslag i mina öron. Och sedan börjar jag backa undan, fortfarande med blicken fixerad vid hans ansikte. Jag håller mina händer höjda till försvar framför mig, med ett fast grepp om både kniv och sten.

I samma ögonblick griper ett par händer av stål tag om mina armar bakifrån, klämmer smärtsamt om mina vrister. Jag skriker, kämpar emot, men Beth är för stark. Kniven vrids bakåt i min hand, når nästan min axel.

Som en blixt är Julian framme vid mig och både kniven och stenen rycks häftigt ur mina händer. Beth släpper mig och Julian grabbar tag i mig och håller mig hårt medan jag skriker och vrider mig hysteriskt i hans armar.

Ju mer jag kämpar desto hårdare blir hans grepp om mig tills jag blir lealös, nästan svimfärdig av brist på luft.

Då lyfter han upp mig och bär ut mig från Beths rum.

Till min förvåning för han mig till nedervåningen och stannar framför dörren som leder till hans kontor. En liten panel öppnas vid sidan och jag kan se ett rött ljus röra sig över Julians ansikte, som lasern i utcheckningen i snabbköpet.

Sedan öppnas dörren.

Jag kväver en flämtning av överraskning. Hans kontorsdörr öppnas via näthinnescanning - någonting jag bara sett i spionfilmer tidigare.

När han bär in mig försöker jag komma loss igen men det är lönlöst. Hans armar är fullständigt immobila, han håller mig i ett stadigt grepp.

Ännu en gång är jag hjälplös i hans famn.

Tårar av bitter frustration rinner nerför mitt ansikte. Jag hatar att vara så svag, så lätthanterlig. Han är inte ens andfådd från vår kamp.

Jag är inte säker på vad jag förväntar mig att han ska göra. Kanske slå mig, eller våldta mig brutalt.

Men han placerar mig bara på mina fötter när vi kommit in på hans kontor.

Så fort han släpper mig tar jag ett par steg tillbaka, jag behöver skapa distans mellan oss.

Han ler mot mig, det är någonting stört med skönheten i det där leendet. "Slappna av, min skatt. Jag kommer inte att göra dig illa. Inte nu i alla fall."

Och medan jag ser på går han fram till ett stort skrivbord, drar ut lådan och tar fram en fjärrkontroll. Sedan riktar han den mot väggen bakom mig.

Jag vänder mig varsamt om och stirrar på två platta TV-skärmar. De ser väldigt högteknologiska ut, inte som de jag är van vid att se hemma.

Den vänstra skärmen tänds. Bilden ser konstig ut eftersom den är så oväntad.

Det ser ut som ett sovrum i någons hus. Sängen är obäddad, lakanen oförsiktigt hopbuntade på madrassen. Affischer på flera fotbollsspelare tapetserar väggen och det finns en laptop på skrivbordet.

"Känner du igen det?" frågar Julian.

Jag skakar på huvudet.

"Bra", säger han. "Det är jag glad för."

"Vems sovrum är det?" En illamående känsla smyger sig på i magen medan jag ställer frågan.

"Kan du inte gissa det?"

Jag stirrar på honom och känner mig kallare för var sekund som går. "Jakes?"

"Ja, Nora. Jakes."

Jag börjar skaka inombords. "Varför är det på din TV?"

"Kommer du ihåg när jag sa att Jake är trygg så länge du uppför dig?"

Jag slutar andas ett ögonblick. "Ja..." Min viskning är knappt hörbar.

I sanningens namn hade jag glömt det här inledande hotet mot Jake, för fixerad vid upplevelsen av min egen fångenskap. Jag tror inte jag tog det hotet på allvar till att börja med. Särskilt inte efter att jag fått reda på att vi befann oss på en ö tusentals kilometer från min hemstad. Någonstans i bakhuvudet hade jag övertalat mig själv att Julian inte riktigt kunde skada Jake. Åtminstone inte på långt håll.

"Bra", säger Julian. "Då kommer du att förstå varför jag gör detta. Jag vill inte hålla dig inlåst, utan att kunna gå någonstans eller göra något. Den här ön är ditt nya hem och jag vill att du ska vara lycklig här..."

Lycklig här? Jag är mer övertygad nu än någonsin om att han är galen.

"...men jag kan inte låta dig försöka göra Beth illa i meningslösa flyktförsök. Du behöver lära dig att ta ansvar för dina handlingar..."

Illamåendekänslan inom mig sprids ut i hela kroppen. "Jag är hemskt ledsen. Jag kommer inte att göra det igen. Det kommer jag inte, jag lovar!" Mina ord ramlar ut huller om buller. Jag vet inte om jag kan förhindra detta men jag måste försöka. "Jag kommer inte att göra Beth illa och jag kommer inte att försöka fly. Snälla Julian, jag har lärt mig min läxa..."

Julian ser nästan ledset på mig. "Nej, Nora. Det har du inte. Jag var tvungen att komma tillbaka idag, avsluta min affärsresa på grund av vad du gjorde. Beth är inte här för att vara din fångvaktare. Det är inte hennes jobb. Hon finns här för att ta hand om dig, för att se till att du har det bra och är nöjd. Jag kan inte tillåta att du försöker döda henne i utbyte mot hennes godhet..."

"Jag försökte inte döda henne! Jag ville bara..." Jag tystnar, vill inte avslöja min plan för honom.

"Du trodde att du kunde ta henne gisslan?" Julian ser road ut nu. "Och göra vad? Få henne att ta dig från ön? Hjälpa dig att kontakta omvärlden?"

Jag tittar på honom, utan att varken förneka eller erkänna det.

"Nåväl, Nora, låt mig förklara någonting för dig. Även om din attack hade varit lyckad - vilket den aldrig skulle kunna ha varit eftersom Beth är mer än kapabel att hantera en liten tjej - så skulle hon inte ha kunnat hjälpa dig. När jag åker, åker planet med mig. Det finns ingen båt eller något annat sätt att ta sig ifrån ön."

Hans ord bekräftar vad jag redan misstänkt från mina utforskningar. Men jag hoppas fortfarande att -

"Och jag är den ende som har tillgång till mitt kontor. Det finns ingen dator eller kommunikationsutrustning någonstans i huset. Allt Beth kan göra är att skicka mig ett direktmeddelande på en speciell linje som vi har skapat. Så du ser, min skatt, hon skulle ha varit värdelös som gisslan."

Så mycket för det hoppet. Varje mening känns som att ytterligare en spik slås djupare i min kista. Om han inte ljuger för mig, så är min situation, mycket värre än väntat.

Ifall inte Julian väljer att låta mig gå så är jag fast på den här ön för alltid.

Jag vill skrika, gråta och kasta saker men jag kan inte tillåta mig falla i bitar just nu. Istället nickar jag och låtsas vara lugn och resonlig. "Jag förstår. Jag är hemskt ledsen Julian. Jag visste inte om det här tidigare. Jag kommer inte att försöka fly och jag kommer inte att göra Beth illa. Snälla du måste tro mig..."

"Jag skulle vilja det, Nora." Han ser nästan ångerfull ut. "Men jag kan inte. Du känner mig inte än så du är inte säker på om du kan lita på mig. Jag är tvungen att visa att jag är en man som står vid sitt ord. Ju snabbare du accepterar det oundvikliga, desto lyckligare kommer du att vara."

Och efter att ha sagt det stoppar han handen i fickan och drar fram något som ser ut som en telefon. Han trycker på en knapp, väntar några sekunder, sedan säger han bryskt: "Du kan fortsätta".

Sedan vänder han sin uppmärksamhet mot skärmen.

Jag gör samma sak, en ihålig känsla av skräck i maggropen.

Tv: n visar fortfarande ett tomt rum, men några sekunder senare, öppnas dörren och Jake kommer in.

Han ser skräckslagen ut. Ett av hans ögon är igensvullet och hans näsa är ocentrerad, som om den är bruten. Han följs av en stor maskerad och beväpnad man.

Ett skräckslaget kippande efter andan undslipper

mina läppar. "Snälla, nej..." Jag är inte ens medveten om att jag rör mig, men mina händer är på något sätt på Julians arm, rycker desperat i honom.

"Titta, Nora." Det finns ingen känsla i Julians ansikte när han drar in mig i hans armar och håller mig så att jag kan se Tv: n. "Jag vill att du ska lära dig en gång för alla att handlingar har konsekvenser."

På skärmen, sträcker sig den maskerade medbrottslingen efter Jake —

"Nej!"

— och slår honom hårt över ansiktet med vapenkolven. Jake snubblar bakåt, blod sipprar från hans mungipa.

"Snälla, nej!" Jag snyftar och kämpar i Julians järngrepp mina ögon fastklistrade vid den våldsamma scenen som utspelar sig tusentals mil bort.

Jakes anfallare är obeveklig, slår honom om och om igen. Jag skriker, jag känner varje slag i hjärtat. Varje brutalt slag mot Jakes kropp dödar något inom mig, något hopp om en ljusare framtid som har hållit mig samlad så långt.

När Jake faller på knä sparkar mannen honom i revbenen och jag kan höra Jakes stön av smärta.

"Snälla Julian", viskar jag i nederlag, nedsjunken i hans armar. "Snälla, sluta..." Jag vet att jag ber om nåd från en man som inte har någon. Han mördar Jake framför mina ögon och det finns ingenting jag kan göra åt det.

Min tillfångatagare låter misshandeln pågå i någon minut till innan han släpper mig och drar fram sin telefon. Jag stirrar på honom, darrar från topp till tå. Jag vågar inte ens hoppas.

Julian knappar snabbt in ett textmeddelande. På skärmen, ser jag Jakes angripare ta en paus och stoppa handen i fickan.

Sedan slutar han helt och lämnar Jakes rum.

Jake lämnas liggande på golvet, han är täckt av blod. Jag förblir fastklistrad vid skärmen, jag behöver veta om han fortfarande lever. Efter någon minut, hör jag honom stöna och han tar sig upp. Han stapplar mot husets telefon, rör sig som en gammal man istället för en ung och atletisk kille.

Och sedan hör jag honom ringa 112.

Jag sjunker till golvet och begraver mitt ansikte i mina händer.

Julian har vunnit.

Jag vet att mitt liv aldrig kommer att bli mitt eget igen.

KAPITEL 11

Näʀ jag vaknar upp nästa morgon är Julian borta igen.

Jag kommer inte alls ihåg vad som hände efter att jag kollapsat i Julians kontor igår. Resten av dagen är suddigt i mitt minne. Det är som om min hjärna stängts av, oförmögen att hantera våldet som jag bevittnat. Jag tror att jag vagt kan förnimma Julian lyfta upp mig från golvet och bära mig till duschen. Han måste ha tvättat mig och bandagerat mina fötter för de är inlindade i gasväv och de gör mycket mindre ont när jag går.

Jag är inte säker på om han hade sex med mig igår. Om han hade det måste han ha varit ovanligt försiktig för jag känner ingen ömhet den här morgonen. Jag kommer ihåg att han sov med mig i sängen, med sin stora kropp följsam efter min.

På vissa sätt förenklas allt av det som hänt. När det inte finns något hopp, när det inte finns något val, blir allting förvånansvärt klart. Faktum är att Julian sitter på alla kort. Jag är hans så länge han önskar behålla mig. Det finns ingen väg ut för mig.

När jag väl accepterat det blir mitt liv lättare. Innan jag vet ordet av, har jag varit på ön i nio dagar.

Beth talar om det för mig på frukosten den här morgonen.

Jag har kommit att tolerera hennes närvaro. Jag har inget val - när Julian inte är här, är hon min enda källa till mänsklig interaktion. Hon ger mig mat, kläder och städar upp efter mig. Det är nästan som om hon är min nanny, förutom att hon är ung och ibland riktigt spydig. Jag tror inte hon till fullo har förlåtit mig för att ha försökt slå in huvudet på henne. Det skadade hennes stolthet eller något.

Jag försöker låta bli att besvära henne för mycket. Jag lämnar huset om dagen, tillbringar mestadels av tiden på stranden eller med att utforska skogen. Jag kommer tillbaka till huset för måltider och för att hämta en ny bok att läsa. Beth talade om för mig att Julian kommer att ta med sig mer böcker när jag väl är färdig med de hundra eller så som för tillfället står i mitt rum.

Jag borde vara deprimerad. Jag vet om det. Jag borde vara bitter och ursinnig hela tiden, av hat mot Julian och ön. Ibland blir jag det. Men det kostar så mycket energi, att vara ett offer. När jag ligger i den heta solen, absorberad av en bok, hatar jag ingenting. Jag låter mig bara ryckas med av någon författares fantasi.

Jag försöker att inte tänka på Jake. Skuldkänslan är nästan olidlig. Rationellt sett vet jag att det är Julian som gjort detta men jag kan inte hjälpa att känna mig ansvarig. Om jag aldrig hade gått ut med Jake så hade detta aldrig hänt. Om jag inte hade närmat mig honom på den där festen hade han inte blivit så illa misshandlad.

Jag vet fortfarande inte vad Julian är eller hur han kan ha så stor räckvidd. Han är ett lika stort mysterium nu som han alltid varit.

Kanske är han medlem av Maffian. Det skulle förklara busarna han har som anställda. Självfallet kan han helt enkelt vara en förmögen excentriker med sociopatiska tendenser. Jag har ärligt talat ingen aning.

Ibland gråter jag mig till sömns om natten. Jag saknar min familj, mina vänner. Jag saknar att gå ut och dansa på klubben. Jag saknar mänsklig kontakt. Jag är inte en naturlig ensamvarg. Hemma är jag alltid i kontakt med folk - Facebook, Twitter, bara hänger med vänner på mejlen. Jag gillar att läsa men det är inte tillräckligt för mig. Jag behöver något mer.

Det blir så illa att jag försöker prata med Beth om det.

"Jag är uttråkad", säger jag till henne vid middagen. Det är fisk igen. Jag fick reda på att Beth fångar den själv nära grottan på andra sidan ön. Den här gången är det med mangosalsa. Det är tur att jag gillar fisk och skaldjur, för det får jag mycket av här.

"Är du?" Hon verkar road. "Varför? Har du inte tillräckligt med böcker att läsa?"

Jag himlar med ögonen. "Jo, jag har väl sjuttionio någonting kvar. Men det finns inget annat att göra..."

"Vill du hjälpa mig att fiska imorgon?" frågar hon och ger mig en hånfull blick. Hon vet att hon inte är min favoritperson och hon förväntar sig till fullo ett blankt nej. Å andra sidan förstår hon nog inte till vilken utsträckning jag verkligen är i behov av mänsklig interaktion.

"Okej!" säger jag och överraskar henne uppenbarligen. Jag har aldrig fiskat och jag kan inte tänka mig att det är en rolig aktivitet, speciellt inte om Beth kommer att vara retlig hela tiden. Ändå skulle jag göra nästan vad som helst bara för att bryta rutinen just nu.

"Okej då", säger hon. "Den bästa tidpunkten för att fånga de jävlarna är i gryningen. Tror du att du klarar det?"

"Visst", säger jag. Jag ogillar vanligen att vakna tidigt men jag sover så mycket här att jag är säker på att det inte kan skada. Jag sover förmodligen tio timmar per natt och ibland även några enstaka tupplurar i eftermiddagssolen. Det är ganska löjligt faktiskt. Min kropp tror att vi är på semester på något SPA-ställe. Det finns uppenbarligen förmåner med att inte ha internet och andra distraktioner; jag tror inte jag har känt mig så utvilad i hela mitt liv.

"Då borde du gå och lägga dig snart för jag kommer förbi ditt rum tidigt", varnar hon.

Jag nickar och avslutar min middag. Sedan går jag

upp på övervåningen och gråter mig själv till sömns än en gång.

~

"När kommer Julian tillbaka?" frågar jag medan jag iakttar Beth som försiktigt ordnar med betet på slutet av kroken. Vad hon gör ser äckligt ut och jag är glad att hon inte tvingar mig att hjälpa till.

"Jag vet inte", säger Beth. "Han kommer tillbaka när han tagit hand om sina affärer."

"Vilka sorters affärer?" Jag har frågat detta förut men jag hoppas att Beth kommer att svara mig någon dag.

Hon suckar. "Nora, sluta snoka."

"Varför är det så illa om jag får reda på något?" Jag ger henne en frustrerad blick. "Det är ju liksom inte så att jag åker härifrån snart. Jag vill bara veta vad han är, det är allt. Tycker du inte det är normalt att vara nyfiken i min situation?"

Hon suckar igen och kastar betet i havet med en mjuk och van rörelse. "Självklart är det det. Men Julian kommer att tala om allt för dig själv om han vill att du ska veta."

Jag tar ett djupt andetag. Jag kommer uppenbarligen inte att komma någon vart med den här utfrågningen. "Du är verkligen lojal mot honom, va?"

"Ja", säger Beth enkelt, där hon sitter bredvid mig. "Det är jag."

Eftersom han räddade livet på henne. Jag är nyfiken på det också men jag vet att hon är känslig på den punkten. Så istället frågar jag: "Hur länge har du känt honom?"

"Runt tio år", säger hon.

"Sedan han var nitton?"

"Ja, precis."

"Hur träffades ni?"

Hon biter ihop käkarna. "Det har du inte med att göra."

Jaha. Jag känner på mig att jag närmar mig det svåra ämnet igen. Jag beslutar att fortsätta ändå. "Var det då han räddade livet på dig? Var det så du träffade honom?"

Hon tittar på mig med avsmalnad blick. "Nora, vad sa jag till dig om att snoka?"

"Okej då..." Hennes avsaknad av svar är svar nog. Så jag förflyttar mig till ett annat intressant ämne. "Så varför förde Julian mig hit? Till den här ön, menar jag? Han är inte ens här själv."

"Han kommer tillbaka snart nog." Hon ger mig en ironisk blick. "Hurså, saknar du honom?"

"Nej, självfallet inte!" Jag ger henne ilsket en förolämpad blick.

Hon höjer på ögonbrynen. "Är det sant? Inte ens lite grand?"

"Varför skulle jag sakna det där monstret?" Jag väser åt henne, okontrollerad ilska bubblar plötsligt upp från maggropen. "Efter vad han gjorde mot mig? Mot Jake?"

Hon skrattar lätt. "Jag ddycker itte damen protestar så micket..."

Jag hoppar på fötter, oförmögen att höra hånfullheten i hennes röst längre. I det här ögonblicket hatar jag henne så mycket att jag gladeligen kunde ha huggit henne med kniven om den hade funnits tillgänglig. Jag har aldrig haft hett temperament men någonting hos Beth tar fram det värsta inom mig.

Tack och lov återfår jag kontrollen över mig själv innan jag stormar iväg och gör bort mig helt. Jag tar ett djupt andetag och låtsas som om jag hade tänkt ställa mig upp ändå. Jag går till vattnet, testar temperaturen med min tå och går sedan tillbaka mot Beth och sätter mig ned igen.

"Vattnet är verkligen varmt på den här sidan av ön", säger jag lugnt som om jag ännu inte kan känna ilskan bubbla inombords.

"Ja, fiskarna verkar gilla det här", säger hon i samma jämna ton. "Jag fångar alltid några fina i det här området."

Jag nickar och tittar ut över vattnet. Ljudet av vågor är lugnande och hjälper mig att kontrollera var det nu var som flög i mig. Jag förstår inte till fullo varför jag reagerade så starkt på hennes retsamhet. Det hade räckt med att ge henne en hånfull blick och kallt dissat hennes löjliga påstående. Istället hade jag nappat på hennes bete.

Låg det någon sanning i hennes ord? Var det därför det hade irriterat mig så mycket? Saknar jag i själva verket Julian?

Idéen är så vämjelig att jag vill kräkas.

Jag försöker tänka färdigt tanken en stund, för att få ordning på virrvarret av känslor i mitt bröst.

Okej, ja, en liten del av mig är förnärmad över att han har lämnat mig här på ön med enbart Beth som sällskap. För någon som ville ha mig så mycket att han var tvungen att stjäla mig är han inte särskilt påpasslig.

Inte för att jag vill ha hans uppmärksamhet. Jag vill att han håller sig så långt borta från mig som möjligt. Men på samma gång, är jag märkligt förolämpad av hans frånvaro. Det är som om jag inte är tillräckligt åtråvärd för att han ska vilja vara här.

När jag väl analyserat allt logiskt, kan jag se det absurda i mina motsägelsefulla känslor. Hela grejen är så dum, jag får ge mig själv en mental spark.

Jag kommer inte att bli en av de där tjejerna som blir kär i sin kidnappare. Jag vägrar att vara det. Jag vet att vistelsen på den här ön jävlas med mitt huvud men jag är fast besluten att inte låta det hända.

Kanske kan jag inte fly från Julian men jag kan låta bli att släppa honom in under skinnet.

Två dagar senare, återvänder Julian.

Jag får reda på det när han väcker mig efter min tupplur på stranden.

Först tror jag att jag drömmer. I min dröm, är jag varm och trygg i min säng. Varsamma händer börjar stryka över min kropp, smeker mig lugnande. Jag trycker mig mot dem, älskar deras beröring av min hud, avslöjar njutningen dem ger mig.

Och sedan känner jag heta läppar mot mitt ansikte, min nacke, mitt nyckelben. Jag stönar svagt, och händerna blir mer krävande, de drar i bikiniöverdelens band, sliter av mig bikinitrosan.

Insikten om vad som pågår nästlar sig in i min halvmedvetna hjärna och jag vaknar upp genom att häftigt dra efter andan, adrenalinet pumpar i mina ådror.

Julian är böjd över mig, han tittar ner på mig med sitt mörka änglalika leende. Jag är redan naken, jag ligger på den stora strandhandduken som Beth gav mig i morse. Han är också naken – och fullt upphetsad.

Jag stirrar upp på honom, mitt hjärta slår kraftigt med en blandning av upphetsning och fruktan. "Du är tillbaka", säger jag, för att påpeka det uppenbara.

"Ja, det är jag", mumlar han medan han lutar sig över mig och kysser mig i nacken igen. Innan jag kan samla ihop mina splittrade tankar ligger han redan ovanpå mig, hans knän delar på mina lår och hans erektion stöter på min ömtåliga öppning.

Jag kniper ihop ögonen när han börjar trycka sig in i mig. Jag är blöt, men jag känner mig fortfarande obekvämt uttänjd när han trycker sig in hela vägen. Han stannar till en sekund, låter mig anpassa mig, och börjar sedan röra sig, långsamt till en början och ökar sedan tempot.

Hans stötar pressar ner mig mot handduken och jag kan känna sanden röra sig under ryggen. Jag griper tag om hans hårda axlar, jag behöver något att hålla i när den välkända spänningen börjar dra sig samman långt därnere i magen. Huvudet på hans kuk vidrör den där känsliga punkten någonstans inom mig och jag kippar efter andan, välver mig mot honom för att ta honom djupare, jag behöver mer av den där intensiva känslan, jag vill att han ska driva mig över kanten.

"Har du saknat mig?" andas han i mitt öra och stannar upp precis lagom mycket för att förhindra att jag når klimax.

Jag är tillräckligt samlad för att skaka på huvudet.

"Lögnare", viskar han och hans juckningar blir hårdare, mer bestraffande. Skoningslöst driver han mig längre och längre tills jag skriker, mina naglar river hans rygg i frustration när den flyktiga förlösningen står precis utom räckhåll.

Och sedan är jag äntligen där, min kropp svävar isär när den kraftiga orgasmen sveper genom mig, och lämnar mig svag och flämtande i sitt kölvatten.

Med en snabbhet som överraskar mig, drar hans sig ur och slänger över mig på mage.

Jag skriker till av rädsla, men han trycker sig bara in i mig igen och fortsätter att knulla mig bakifrån, hans kropp känns stor och tung ovanpå min. Jag är omringad av honom; mitt ansikte är tryckt mot handduken och jag kan knappt andas. Allt jag kan känna är honom: fram och tillbaka, rörelsen av hans kuk inuti min kropp, hettan som strömmar från hans hud. I den här ställningen når han djupt, till och med djupare än vanligt och jag kan inte hjälpa de plågade flämtningarna som undslipper mig när hans kukhuvud stöter mot min livmoderhals vid varje höftrörelse. Samtidigt verkar det inte som om obehaget förhindrar att det inre trycket byggs upp igen, och jag kommer igen, mina inre muskler kramar hjälplöst hans lem.

Han stönar strävt, och sedan känner jag honom komma med, hans kuk vibrerar och rycker inuti mig, hans underliv juckar mot min bak. Det stegrar min egen orgasm, förlänger min njutning. Det är som om vi är sammankopplade, för mina sammandragningar slutar inte förrän hans har ebbat ut fullständigt.

Efteråt rullar han över på rygg, frigör mig och jag drar efter ett ostadigt andetag. Mina lemmar känns svaga och tunga, jag ställer mig upp på alla fyra och hittar min bikini och sätter på mig den medan han ser på, ett lättjefullt leende på sina vackra läppar. Han verkar inte ha bråttom med att ta på sig sina kläder, men jag kan inte står ut med att vara naken runt honom. Det får mig att känna mig så sårbar.

Ironin i det undslipper mig inte. Självklart är jag sårbar. Jag är så sårbar en kvinna bara kan vara, helt i händerna på en skoningslös galning. Ett par minimala lappar material kommer inte att försvara mig mot honom.

Ingenting kan göra det om han beslutar att verkligen göra mig illa.

Jag beslutar att inte tänka på det. Istället frågar jag: ”Var var du?”

Julians leende breddas ”Så du saknade mig trots allt.”

Jag ger honom en sardonisk blick och försöker ignorera det faktum att han är naken och utspretad bara någon meter ifrån mig. "Ja, jag saknade dig."

Han skrattar, inte alls berörd av min retliga attityd. "Jag visste att du skulle göra det", säger han. Sedan reser han sig och drar på sig ett par badbyxor som låg i sanden bredvid oss. När han vänder sig mot mig sträcker han ut handen. "Ett dopp?"

Jag stirrar på honom. Är han seriös? Förväntar han sig att vi ska ta ett dopp som om vi var vänner eller nåt?

"Nej tack", säger jag och tar ett steg tillbaka.

Han rynkar pannan lite. "Varför inte, Nora? Kan du inte simma?"

"Självklart kan jag simma", säger jag indignerat. "Jag vill bara inte simma med dig."

Han höjer på ögonbrynen. "Varför inte?"

"Öh... kanske för att jag hatar dig?" Jag vet inte varför jag är så modig idag, men det verkar som om separationen har gjort mig mindre rädd för honom. Eller kanske är det bara för att han verkar vara på ett lätt, lekfullt humör och på grund av det verkar mindre otäck.

Han ler igen. "Du vet inte vad hat är, min skatt. Du kanske inte gillar mina handlingar, men du hatar mig inte. Du kan inte. Det finns inte i din natur."

"Vad vet du om min natur?" Av någon anledning finner jag hans ord offensiva. Hur vågar han påstå att jag inte kan hata min kidnappare? Vem tror han att han är, som talar om för mig vad jag kan känna och inte känna?

Han ser på mig, hans läppar fortfarande krökta i det där leendet. "Jag vet att du hade vad de kallar en normal uppväxt, Nora", säger han mjukt. "Jag vet att du växte upp i en kärleksfull familj att du hade goda vänner, ordentliga pojkvänner. Hur kan du möjligtvis veta vad hat är?"

Jag stirrar på honom. "Och det vet du? Du vet vad riktigt hat är?"

Hans uttryck hårdnar. "Olyckligtvis, ja", säger han och jag kan höra sanningen i hans röst.

En illamående känsla stiger i magen "Är jag den du hatar?" viskar jag. "Är det därför du gör så här mot mig?"

Till min stora lättnad ser han förvånad ut. "Hatar dig? Nej, så klart hatar jag inte dig, min skatt."

"Så varför?" frågar jag igen, bestämd att få några svar. "Varför kidnappade du mig och förde mig hit?"

Han tittar på mig, hans ögon omöjligt blå mot hans solbrända skinn. "Därför att jag ville ha dig, Nora. Jag har redan sagt det till dig. Och därför att jag inte är en särskilt trevlig man. Men det har du redan listat ut, eller hur?"

Jag sväljer och tittar ner i sanden. Han skäms inte ett dugg för sina handlingar. Julian vet att det han gör är fel men han bryr sig helt enkelt inte.

"Är du en psykopat?" Jag vet inte vad det är som förmår mig att fråga det. Jag vill inte göra honom arg, men jag kan inte hjälpa att jag vill försöka förstå. Jag håller andan när jag tittar upp på honom igen.

Tack och lov ser han inte förolämpad ut av frågan. Istället ser han tankfull ut när han sätter sig ned på handduken bredvid mig. "Kanske det", säger han efter ett par sekunder. "En läkare trodde att jag var en borderline sociopat. Jag har inte kollat alla alternativ så det finns ingen definitiv diagnos."

"Du träffade en läkare?" Jag vet inte varför jag är så chockad. Kanske för att han inte verkar vara typen som går till en psykolog.

Han flinar år mig. "Ja, ett tag."

"Varför?"

Han rycker på axlarna. "För att jag trodde att det kanske skulle hjälpa."

"Hjälpa dig att bli mindre psykopatisk?"

"Nej, Nora." Han ger mig en ironisk blick. "Om jag var en sann psykopat skulle inget kunna hjälpa det."

"Så varför?" Jag vet att jag snokar i väldigt personliga saker men det känns som han är skyldig mig svar. Samtidigt, om du inte kan vara personlig med en man som precis knullat dig på stranden, när kan du då vara det?

"Du är nyfiken i en strut, eller hur?" säger han mjukt och lägger handen på mitt lår. "Är du säker på att du vill veta, min skatt?"

Jag nickar, försöker ignorera det faktum att hans fingrar bara är någon decimeter ifrån min bikinilinje. Hans beröring är både upphetsande och störande, ödelägger min balans.

"Jag träffade en terapeut efter det att jag mördat männen som mördade min familj", säger han tystlåtet och tittar på mig. "Jag trodde att det skulle hjälpa mig att hantera det bättre."

Jag stirrar blankt på honom. "Att kunna hantera det faktum att du hade dödat dem?"

"Nej", säger han. "Med det faktum att jag ville döda fler."

Min mage vänder sig och det känns som om det kryper där Julian tar på mig. Han har precis erkänt någonting så hemskt att jag inte ens vet hur jag ska reagera.

Som om jag var långt borta hör jag min röst säga: "Så, hjälpte det dig att kunna hantera det?" Jag låter lugn som om vi inte pratar om något mer tragiskt än vädret.

Han skrattar. "Nej, min skatt, det gjorde det inte. Läkare är värdelösa."

"Har du dödat fler?" Förlamningen som inkapslat mig släpper och jag kan känna hur jag börjar skaka.

"Det har jag", säger han, ett mörkt leende leker på hans läppar. "Är du inte glad att du frågade?"

Mitt blod fryser till is. Jag vet att jag borde sluta prata men jag kan inte. "Kommer du att döda mig?"

"Nej, Nora." Han låter förtvivlad för ett ögonblick. "Jag har redan talat om det för dig."

Jag väter mina torra läppar. "Eller hur. Du kommer bara att göra mig illa närhelst du känner för det."

Han säger inte emot. Istället reser han sig upp igen

och ser på mig. "Jag ska ta ett dopp. Du kan hänga på om du vill."

"Nej tack", säger jag ledset." Jag känner inte för att simma nu."

"Som du vill", säger han och går iväg, vadar ut i vattnet.

Fortfarande i chocktillstånd, ser jag hans högresta, bredaxlade gestalt gå djupare ut i havet, hans mörka hår glänser i solen.

Djävulen bär förvisso en vacker mask.

KAPITEL 12

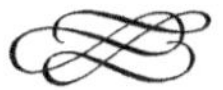

Efter Julians avslöjanden på stranden kände jag inte för att ställa några frågor på ett tag. Jag visste redan att jag hölls fånge av ett monster och vad jag fick reda på stärkte bara det detta faktum. Jag vet inte varför han var så öppen med mig och det skrämmer mig.

Vid middagen höll jag mig mestadels tyst och svarade bara på direkta frågor. Beth äter med oss idag och de två för en livlig konversation, mestadels om ön och hur hon och jag tillbringat vår tid.

”Så du är uttråkad?” frågar Julian mig efter det att Beth talat om mitt bristande intresse av att läsa hela tiden.

Jag rycker på axlarna, jag vill inte göra en grej av det. Efter vad jag fått reda på tidigare föredrar jag leda framför Julians sällskap när som.

Han ler. ”Okej, jag har en medicin mot det. Jag

kommer att ta med mig en TV och en hög filmer tillbaka nästa gång jag åker någonstans."

"Tack", säger jag och stirrar ned i tallriken. Jag känner mig så eländig att jag vill gråta men jag är för stolt för att göra det framför dem.

"Vad är det med dig?" undrar Beth som slutligen lägger märke till mitt okarakteristiska beteende. "Mår du bra?"

"Inte riktigt", säger jag, glad över att haka på tråden hon gett mig. "Jag tror jag var för mycket i solen idag."

Beth suckar. "Jag sa till dig att inte sova på stranden mitt på dagen. Det är 35 grader ute."

Det är sant; hon har varnat mig för det. Men mitt lidande idag har ingenting med hettan och allting med mannen på andra sidan bordet att göra. Jag vet att när middagen är över kommer han att ta med mig upp till övervåningen och sätta på mig igen. Kanske göra mig illa.

Och jag kommer att ge honom gensvar, det gör jag alltid.

Det är det värsta. Han misshandlade Jake framför ögonen på mig. Han har erkänt att han är en sociopatisk mördare. Jag borde vara äcklad. Jag borde inte se på honom med något annat än rädsla och förakt. Det faktum att jag kan känna minsta gnutta åtrå för honom är sjukt.

Det är fullkomligt skruvat.

Så jag sitter där, petar i min mat med en stor sten i magen.

Äntligen är måltiden över. Julian tar min hand och

leder mig uppför trappan. Det känns som om jag går till min avrättning fast det är förmodligen att vara lite väl dramatisk. Han sa att han inte skulle döda mig.

När vi är i rummet sätter han sig ned och drar in mig mellan hans ben. Jag vill streta emot, åtminstone kämpa emot på något sätt men min hjärna och min kropp verkar inte prata det språket nuförtiden. Istället står jag där stumt, darrar från topp till tå medan han tittar på mig. Hans ögon sveper över mina ansiktsdrag, dröjer vid min mun och rör sig sedan ned mot min urringning där mina bröstvårtor syns genom det tunna tyget på min solklänning. De står ut som om de är upphetsade men jag tror att det är för att jag är kall. Beth måste ha slagit på luftkonditioneringen för natten.

"Väldigt fin", säger han slutligen och stryker kanten på min käke med sina fingrar. "Så fint gyllene skinn."

Jag sluter ögonen, vill inte se monstret framför mig. Jag ville döda mer.... jag ville döda fler... Hans ord upprepas om och om igen i min hjärna, som om det var en sång på repris. Jag vet inte hur jag kan stänga av det, hur jag kan vrida tillbaka tiden för att skrubba bort eftermiddagens minnen från mitt minne. Varför insisterade jag på att få veta detta om honom? Varför luskade och snokade jag tills jag fick de här svaren? Nu kan jag inte tänka på något annat än att mannen som tar på mig är en skoningslös mördare.

Han lutar sig närmare mig och jag kan känna hans heta andedräkt i nacken. "Ångrar du att du ställde alla de där frågorna idag?" viskar han i mitt öra. "Gör du, Nora?"

Jag rycker till, mina ögon öppnas häftigt. Kan han läsa tankar också?

Som svar på min reaktion ler han och drar sig tillbaka. Det är någonting i det där leendet som får mig att känna mig tio gånger värre. Jag vet inte vad som är på gång med honom i natt men vad det än är skrämmer det mig mer än någonting han gjort tidigare.

"Du är rädd för mig eller hur, min skatt?" säger han mjukt, han håller mig fortfarande fången mellan sina ben. "Jag kan känna dig skaka som ett löv."

Jag vill förneka det och vara tapper men jag kan inte. Jag är rädd och jag skakar. "Snälla", viskar jag, jag vet inte ens varför jag ber. Han har inte gjort något mot mig än.

Han knuffar mig lätt och frigör mig på så sätt från sitt grepp. Jag tar ett par steg tillbaka, glad över att få lite distans mellan oss.

Han reser sig upp från sängen och går ut från rummet.

Jag stirrar efter honom, kan inte fatta att han lämnat mig ifred. Skulle det kunna vara så att han inte vill ha sex nu? Han har redan tagit mig en gång på stranden tidigare idag.

Och just när jag var på väg att tillåta mig att känna mig lättad, kommer Julian tillbaka, med en svart gympåse i handen.

Jag blir vit i ansiktet. Hemska tankar rusar till. Vad

har han där - knivar, vapen, någon form av tortyrredskap?

När han tar fram en ögonbindel och en liten dildo blir jag nästan tacksam. Sexleksaker. Han har bara några sexleksaker i påsen. Jag skulle välja sex över tortyr närsomhelst.

När det kommer till kritan skiljer sig de två nödvändigtvis sig inte åt vilket jag kommer att inse den natten.

"Klä av dig, Nora", ber han mig och sätter sig ned på sängen igen. Han lägger ögonbindeln och dildon på madrassen. "Ta av dina kläder, långsamt."

Jag stelnar till. Vill han att jag ska klä av mig medan han tittar på? För ett ögonblick funderar jag på att vägra men sedan börjar jag klä av mig med klumpiga fingrar. Han har redan sett mig naken idag. Vad skulle jag vinna på att vara anständig nu? Dessutom känner jag fortfarande den där konstiga känslan från honom. Hans ögon glittrar med en upphetsning som är bortom vanlig lust.

Det är en upphetsning som får mitt blod att bli kallt.

Han iakttar mig när klänningen faller av min kropp och jag sparkar av mig flip-flopsen. Mina rörelser är träiga, stela av rädsla. Jag tvivlar på att en vanlig man skulle finna den här stripteasen upphetsande men jag kan se att Julian tänder på det. Under klänningen har jag enbart ett par krämfärgade spetstrosor på mig. Den kalla luften rör vid min hud och får mina bröstvårtor att hårdna ännu mer.

"Underkläderna också", säger han.

Jag sväljer och drar ner trosorna. Sedan stiger jag ur dem.

"Duktig flicka", säger han uppskattande. "Kom hit nu."

Den här gången är jag oförmögen att lyda honom. Min självbevarelsedrift skriker att jag måste springa, men det finns ingenstans att springa. Julian skulle fånga mig om jag försökte ta mig ut genom dörren nu - och det är inte som om jag skulle kunna lämna ön ändå.

Så jag står bara där, naken och skälvande, fastfrusen på stället.

Julian ställer sig upp själv. I motsats till vad jag räknat med ser han inte arg ut. Istället ser han nästan... nöjd ut. "Jag kan se att jag gjorde rätt i att börja träna dig i natt", säger han när han går fram till mig. "Jag har varit för försiktig med dig på grund av din oerfarenhet. Jag ville inte förstöra dig, skada dig på ett sätt som aldrig skulle läka..."

Mina skakningar intensifieras när han cirklar runt mig som en haj.

"Men jag måste börja forma dig till det jag vill att du ska vara, Nora. Du är redan så nära perfektion, men så finns dessa små tillfälliga snedsteg..." Han följer min kroppskontur neråt med fingrarna, ignorerar att jag värjer mig mot hans beröring.

"Snälla", viskar jag, "snälla Julian, förlåt." Jag vet inte vad jag ber om ursäkt för men jag säger vad som helst nu för att förhindra den här träningen, vad det nu kan vara.

Han ler mot mig. "Det är ingen bestraffning min skatt. Jag har bara speciella behov, det är allt - och jag vill att du ska vara kapabel att tillfredsställa dem."

"Vilka behov?" Mina ord är knappt hörbara. Jag vill inte veta, verkligen inte, men samtidigt kan jag inte hindra mig från att fråga.

"Det får du se", säger han, tar mig runt överarmen och leder mig mot sängen. När jag kommer fram sträcker han sig efter ögonbindeln och knyter den runt mina ögon. Mina händer sträcker sig automatiskt mot ansiktet men han håller ned dem, så de hänger utefter sidorna.

Jag hör ett prasslande ljud, som om han letar efter något i sin påse. Skräcken griper tag i mig igen och jag gör en krampartad rörelse för att frigöra mina ögon, men han får tag på mina vrister. Sedan känner jag hur han binder mina händer bakom ryggen.

Nu börjar jag gråta. Jag ger inte ifrån mig ett ljud men jag kan känna att ögonbindeln blir blöt från fukten som undslipper mina ögon. Jag vet att jag var hjälplös förut, utan förbundna ögon och bundna händer, men känslan av utsatthet är tusen gånger värre nu. Jag vet att det finns kvinnor som gillar detta, som leker sådana lekar med sina partners, men Julian är inte min partner. Jag har läst tillräckligt med böcker för att känna till reglerna - och jag vet att han inte följer dem. Det finns inget säkert, hälsosamt eller ömsesidigt med vad som pågår här.

Och ändå, när Julian stoppar in handen mellan benen och smeker mig där, så inser jag till min egen förskräckelse att jag är våt.

Det gör honom nöjd. Han säger inget men jag kan känna tillfredställelsen strömma från honom när han börjar leka med min klitoris, då och då för han in toppen av ett finger inuti mig för att stämma av min fysiska respons på hans stimulering. Hans rörelser är säkra, inte ett dugg tveksamma. Han vet precis vad han ska göra för att öka min upphetsning, hur han ska ta på mig för att få mig att komma.

Jag hatar det, hans expertis på att tillfredsställa mig. Hur många kvinnor har han gjort det här med? Säkerligen behövs det en hel del träning för att bli så bra på att ge en kvinna orgasm trots hennes rädsla och motvilja.

Inget av detta betyder naturligtvis något för min kropp. Med varje beröring av hans tränade fingrar byggs spänningen inom mig upp, det inre trycket börjar samlas därnere i botten av min mage. Jag stönar, mina höfter trycker sig motvilligt mot honom medan han leker med mitt kön. Han tar inte på mig någon annanstans, bara där, men det verkar vara tillräckligt för att göra mig galen.

"Åh ja", mumlar han och böjer sig ner för att kyssa mig i nacken. "Kom för mig, min skatt."

Som om ett svar på hans order, kontraheras mina inre muskler... och klimaxen rusar genom mig med kraften av ett godståg. Jag glömmer bort att vara rädd, jag glömmer allt i det ögonblicket förutom njutningen som exploderar genom mina nervändar.

Innan jag kan återhämta mig, knuffar han ner mig på sängen, ansiktet nedåt. Jag hör honom röra sig, gör någonting, och sedan lyfter han mig och placerar mig på en hög av kuddar, som höjer upp mina höfter. Nu ligger jag på magen medan mitt arsle sticker ut och mina händer bundna bakom ryggen, ännu mer utsatt och sårbar än tidigare. Jag vrider huvudet sidledes så jag inte kvävs i madrassen.

Mina tårar, som nästan hade slutat innan, börjar igen. Jag misstänker starkt att jag vet vad han ska göra med mig nu.

När jag känner någonting svalt och blött mellan mina skinkhalvor är min misstanke bekräftad. Han smörjer in mig med glidmedel, förbereder mig på vad som komma skall.

Mitt skakande intensifieras när han stryker över min skinkhalva med sin stora handflata.

"Shhh, baby", hans ton är mjuk och lugnande. "Jag kommer att lära dig att njuta av det här också."

Jag hör fler ljud, och sedan känner jag någonting som pressas in i mig, i den där andra öppningen. Jag spänner mig, pressar samman musklerna med min hela kraft men trycket är för starkt för att stå emot och saken börjar penetrera mig.

"Snälla", stönar jag när den brännande smärtan börjar och Julian lyssnar faktiskt på mig den här gången och gör en kort paus.

"Slappna av, älskling", säger han mjukt och smeker mitt ben med en av sina händer.

"Det är inget annat än en liten leksak. Det kommer inte att göra ont om du slappnar av."

"Är inte hela grejen att göra mig illa?" frågar jag bittert. "Är inte det som ger dig en kick?"

"Vill du att jag ska göra dig illa?" Hans röst är mjuk, nästan hypnotisk. "Det skulle ge mig en kick, du har rätt. Är det vad du vill, min skatt? Att jag ska göra dig illa?"

Nej, det vill jag inte. Det vill jag inte alls. Jag skakar nästan omärkligt på huvudet och gör mitt bästa för att slappna av. Jag tror inte jag lyckas så bra. Det känns bara så fel, känslan av att något pressar sig in där utifrån.

Trots det verkar Julian nöjd med min ansträngning. "Bra", mumlar han. "Duktig flicka, så där ja..." Han håller ett stadigt tryck och saken tränger djupare in i mig, passerar motståndet av min ringmuskel, centimeter för centimeter. När den kommit hela vägen in, pausar han, låter mig vänja mig vid känslan.

Den brännande känslan finns där, liksom den illamående framkallande känslan av fullhet. Jag fokuserar på att ta små, jämna andetag och inte röra mig. Efter någon minut, börjar smärtan avta, lämnar enbart efter sig den desorienterade känslan av att ha ett främmande objekt inkört i kroppen.

Julian lämnar leksaken där och smeker mig överallt, hans beröring är märkligt lätt. Han börjar med mina fötter, gnuggar dem, hittar alla känsliga punkter och masserar dem ingående. Sedan fortsätter han uppför mina vader och lår som nästan vibrerar av spänning. Hans händer är vana och säkra på min kropp; det han gör är bättre än någon annan massage jag fått. Trots allt, känner jag att jag smälter under hans händer, mina muskler blir till mos under hans fingrar. När han väl kommer till min nacke och mina axlar är jag mer avslappnad än jag varit sedan jag kom till ön. Om det inte var för att jag hade förbundna ögon, var bunden och sodomiserad skulle jag ha trott att jag var på ett spa.

När han tar bort leksaken runt tjugo minuter senare, glider den ut, utan minsta antydan till smärta eller obehag. Han trycker in den igen och den här gången är smärtan minimal. Om något känns det... intressant... speciellt när hans fingrar hittar min klitoris och börjar stimulera den igen.

Jag motsätter mig inte njutningen som de fingrarna ger mig. Varför bry sig? Jag skulle välja njutning över smärta när som. Julian kommer att göra vad han vill så jag kan lika gärna njuta av vissa delar av det.

Så jag skiljer mig från känslan av att något är fel och låter mig enbart känna. Jag kan inte se något med ögonbindeln, och jag kan inte göra något för att kämpa emot med mina händer fastbundna bakom ryggen. Jag är helt hjälplös - och det är något besynnerligt befriande i det. Det finns ingen mening med att oroa sig, ingen mening med att tänka. Jag driver helt enkelt runt i mörkret, hög på endorfiner efter massagen.

Han knullar mig med leksaken, trycker in och ut

samtidigt som hans fingrar trycker mot min klitoris. Hans rörelser är rytmiska, koordinerade och jag stönar när mitt kön börjar bulta, spänningen inom mig växer med varje stöt. Känslan blir abrupt för mycket och det är ett plötsligt intensivt utbrott av njutning, som börjar vid min kärna och sprider sig utåt. Mina muskler klämmer ihop om leksaken, och den ovanliga känslan bara stegrar min orgasm. Oförmögen att kontrollera mig själv, skriker jag ut min förlösning och gnider mig mot Julians fingrar. Jag vill att den här extasen ska vara för evigt.

Allt för snart är den dock över och jag lämnas lealös och skakande i dess eftersvall. Julian är såklart inte färdig med mig, inte på långa vägar. Precis när jag börjat återhämta mig drar han ut leksaken och pressar ett annat, större objekt mot min bakre öppning. Det är hans kuk inser jag, spänner mig igen när han börjar pressa sig in.

"Nora..." Det finns en varnande ton i hans röst och jag vet vad han vill ha av mig men jag vet inte om jag kan göra det. Jag vet inte om jag kan slappna av tillräckligt för att släppa in honom. Det är för mycket, han är för grov, för lång. Jag förstår inte hur något så stort kan ta sig in i mig där utan att slita sönder mig.

Men han är obeveklig, och jag känner hur mina muskler sakta ger efter, oförmögna att motstå hans tryck. Huvudet på hans kuk tycker sig förbi det hårda trycket av min ringmuskel och jag skriker vid den brännande tänjande känslan. "Shh", säger han lugnande medan han stryker mig över ryggen när han sakta borrar sig in djupare. "Shhh... allt är okej..."

När han väl tagit sig in hela vägen är jag en skakande svettig röra. Smärtan finns där, ja, men det är också den nya upplevelsen av att ha något så stort invadera min kropp på det här konstiga, onaturliga sättet. Jag vet att folk gör detta - och möjligtvis också finner njutning i den akten - men jag kan inte föreställa mig hur någon kan göra detta frivilligt.

Han pausar, låter mig anpassa mig till känslan, och jag snyftar lätt i madrassen, jag vill inget annat än att detta ska vara över. Han är dock tålmodig, hans starka händer smeker mig, får mig att slappna av tills mina tårar ger vika och det inte längre känns som om jag kommer att svimma.

Han känner när mitt obehag börjar släppa och börjar då röra sig inuti mig, sakta, försiktigt. Jag kan höra hans sträva stönande, och jag vet att han utövar en stor mängd självkontroll, att han förmodligen vill knulla mig hårdare men att han försöker att inte ´skada mig bortom läkning ´. Oavsett detta får hans rörelser mitt inre att vrida sig i uppror, får mig att utropa av smärta vid varje stöt.

Och just som jag tror att jag inte kan stå ut länge glider hans hand in under mina höfter och finner min svullna klitoris igen. Hans fingrar är försiktiga, hans beröring lätt som en fjärilsvinge och jag börjar känna den bekanta känslan i magen, min kropp svarar på honom trots den smärtsamma invasionen. Vad han gör får inte smärtan att upphöra men den distraherar mig, tillåter mig att fokusera på njutningen. Jag hade aldrig vetat att njutning och smärta kunde samexistera på det sättet, men det är något märkligt beroendeframkallande med den kombinationen, någonting mörkt och förbjudet som resonerar med en del av mig själv som jag inte visste existerade.

Han ökar tempot och på något sätt gör det hela bättre. Kanske har några nervändar blivit okänsliga vid det här laget - eller kanske har jag bara vant mig vid att ha honom inom mig - men smärtan avtar, försvinner nästan. Allt som finns kvar är en mängd andra känslor, obekanta känslor som är fascinerande på sitt eget sätt. Det, och njutningen från hans duktiga fingrar som leker med mitt kön, hetsar upp mig tills jag utropar av en annan anledning, tills jag ber Julian om det, att skicka mig över randen igen.

Och det gör han. Hela min kropp spänns och exploderar, skälver av kraften av min förlösning. Han stönar när mina muskler kramar hårt om hans lem och jag känner hur den varma vätskan av hans säd badar min insida, sältan får mitt öppna kött att svida.

"Duktig flicka", viskar han i mitt öra, hans kuk mjuknar inuti mig. Han kysser min örsnibb och den ömma gesten är en sådan kontrast till vad han just gjorde att jag känner mig desorienterad. Är detta normalt kidnappningsbeteende? När han drar sig ur mig känner jag mig tom och kall, som om jag saknade hettan från det hans att hans kropp tryckte ner min egen.

Han lämnar mig dock inte ensam länge. Han lösgör

mina händer och gnuggar dem lätt innan han tar av mig ögonbindeln. Jag blinkar, låter mina ögon anpassa sig till ljuset i rummet och rör mina armar, håller mig om mina armbågar.

"Kom", säger han mjukt, lägger sin hand runt min överarm. "Låt oss få in dig i duschen."

Jag låter honom rycka upp mig på fötter och leda in mig i badrummet. Mina ben känns skakiga så jag är glad att han håller mig. Jag vet inte om jag skulle kunna ha gått själv.

Han slår på vattnet i duschen, väntar på att vattnet ska hettas upp några sekunder och leder in mig i det stora båset. Sedan tvättar han grundligt varje del av min kropp, sköljer av varje spår av sperma och glidmedel. Han till och med schamponerar och balsamerar mitt hår, hans fingrar masserar min hårbotten och får mig att slappna av igen. När han är färdig känner jag mer ren och omhändertagen.

"Nu är det din tur", säger han och vänder upp min hand och häller lite flytande tvål i den.

"Vill du att jag ska tvätta dig?" säger jag klentroget och han nickar med ett litet leende på läpparna. Med vattnet rinnande ner för hans muskulösa kropp är han till och med snyggare än vanligt, som om han vore någon sorts havsgud.

Ett havsmonster rättar jag mig själv. Ett vackert havsmonster.

Han fortsätter att titta uppfordrande på mig. Väntar för att se om jag kommer att göra som jag blir tillsagd och jag rycker på mina mentala axlar. Varför inte tvätta honom egentligen? Det kommer åtminstone inte att göra mig illa. Förutom det, även om jag hatar honom så kan jag inte förneka att jag är nyfiken på hans kropp - att ta på honom är något jag finner upphetsande.

Så jag gnuggar mina händer mot varandra och för dem över hans bröst, sprider ut tvålen över hans bronsfärgade hud. Han lyfter sina armar och jag tvättar hans sidor och underarmar och sedan hans rygg.

Hans hud är mestadels mjuk, den är bara sträv på några ställen där det finns mörkt maskulint hår. Jag kan känna de kraftfulla musklerna spännas under mina fingrar och jag inser att jag gillar den här upplevelsen. I det här ögonblicket kan jag nästan låtsas att jag vill vara här, att den här snygga varelsen är min älskare istället för min tillfångatagare.

Jag tvättar honom lika grundligt som han tvättade mig, mina tvåliga händer glider över hans ben, hans fötter. När jag kommer till hans kön börjar hans kuk styvna igen och jag stelnar till, jag inser att mitt hanterande oavsiktligt hetsat upp honom.

Han tolkar min reaktion rätt som rädsla. "Slappna av, min skatt", säger han, hans röst är fylld av munterhet. "Jag är bara mänsklig, vet du. Även om du är en riktig godbit behöver jag mer än några minuter för att återställa mig helt."

Jag sväljer och vänder mig om, sköljer mina händer under det rinnande vattnet. Vad i helvete håller jag på med? Han hade inte tvingat mig att röra vid honom. Jag hade gjort det på eget initiativ. Han hade frågat men jag är ganska övertygad om att jag skulle kunna ha vägrat och att han inte skulle ha gjort en grej av det. Den mörka underströmmen jag känt från honom tidigare under kvällen finns inte där nu. Faktum är att Julian verkar vara på bra humör, hans sätt är nästan lekfullt.

Jag vill gå ut ur duschen nu så jag gör en rörelse för att glida förbi honom. Han stoppar mig, blockerar min väg med sin arm.

"Vänta", säger han mjukt, böjer upp min haka med sina fingrar. Sedan böjer han ned sitt huvud och kysser mig, hans läppar söta och försiktiga på mina. En nu bekant känsla fyller min kropp, får mig att vilja gnida mig mot honom som en brunstig katt. Han låter det dock inte gå så långt. Efter någon minut lyfter han på huvudet och ler ner mot mig, hans blåa ögon glänser av tillfredställelse. "Nu kan du gå."

Fullkomligt förvirrad stiger jag ut ur duschen, torkar mig och smiter in på mitt rum så fort jag kan.

KAPITEL 13

DEN NATTEN UPPTÄCKER JAG JULIANS MARDRÖMMAR.

Efter duschen lägger han sig hos mig i min säng, hans muskulösa kropp följer min rygg, en tung arm ligger över min överkropp. Jag stelnar till först, säker på vad jag har att vänta men allt han gör är att somna medan han håller mig nära sig. Jag kan höra den jämna rytmen av hans andetag medan jag stirrar ut i mörkret och sedan somnar även jag gradvis.

Jag vaknar av ett underligt ljud. Det rycker mig upp ur min djupa sömn och mina ögon öppnas, mitt hjärta bankar från adrenalinkicken.

Vad var det? Först vågar jag inte andas men sedan inser jag att ljuden kommer från andra sidan sängen - från mannen som sover bredvid mig.

Jag sätter mig upp och kisar mot honom. Det ser ut som om han rullat iväg från mig under natten och han har dragit åt sig alla täcken för sig själv. Jag är helt naken och utan täcke och det känns lite kyligt eftersom luftkonditionering är i full gång.

Ljuden som kommer från honom är kvävda men det är något rått med dem som ger mig gåshud. De påminner mig om ett plågat djur. Han andas häftigt, han kippar nästan efter andan.

"Julian?" säger jag osäkert. Jag vet inte riktigt vad jag ska göra i den här situationen. Borde jag väcka honom? Han har uppenbarligen en otäck dröm. Jag minns att han berättade om sin familj, att alla mördades, och jag kan inte hjälpa att tycka synd om den här vackra, skruvade mannen.

Han gör ett lågt och hest utrop och vänder sig på rygg, en arm slår i kudden bara några få centimeter ifrån mig.

"Öh, Julian?" Jag sträcker försiktigt fram min hand och rör vid hans.

Han mumlar och rör sitt huvud, fortfarande i djup sömn. Om vi var någon annanstans än på den här ön skulle detta vara det perfekta flyktögonblicket. I nuläget finns det dock ingen mening i att gå någonstans så jag tittar varsamt på Julian, jag undrar om han kommer att vakna själv eller om jag ska försöka göra något mer.

För några få ögonblick verkar det som om han kommer till ro, hans andning lugnar sig lite. Sedan skriker han igen.

Den här gången är det ett namn.

"Maria", skorrar han. "Maria..."

Under en chockerande sekund känner jag en våg av

svartsjuka svepa över mig. Maria... Han drömmer om en annan kvinna.

Sedan återställer sig min rationella sida. Maria skulle lätt kunna vara hans mamma eller syster - och även om så inte var fallet, varför skulle jag bry mig om ifall han drömmer om henne. Det är ju inte som om han är min pojkvän eller nåt.

Så jag sväljer och sträcker ut handen igen, trycker undan resterna av svartsjuka. "Julian!" Så fort mina fingrar rör vid hans arm grabbar han tag i mig, hans rörelser är så snabba och skrämmande att bara ett litet flämtande undslipper mig medan han drar mig mot honom. Hans armar runt mig är orubbliga, hans omfamning nästan kvävande och jag kan känna hur han skakar medan han håller mig tätt intill sig, mitt ansikte hårt pressat in i hans axel. Hans hud är kall och klibbig av svett och jag kan höra hans hjärta galoppera i bröstet.

"Maria", mumlar han i mitt hår, hans fingrar gräver sig in så djupt i ryggen att jag är säker på att jag kommer att få blåmärken imorgon. Jag har dock ingenting emot det eftersom jag vet att han inte gör detta med flit. Han är i sin mardröms våld och han söker tröst - och jag är den enda som kan ge honom det just nu.

Efter ett tag, kan jag höra hans andning lätta. Hans armar slappnar av lite, han klämmer mig inte längre så desperat och hans frenetiska hjärtslag börjar sakta ned. "Maria", viskar han igen men det finns mindre smärta i hans röst nu, som om han återupplever lyckligare stunder med henne, vilka de än må vara.

Jag låter honom hålla mig, orörlig för att inte väcka honom från sin nu fridfulla vila. Han är inte den enda som mottar bekvämlighet här. Trots allt han gjort mot mig, kan jag inte förneka att en del av mig vill ha detta från honom, den här känslan av närhet, av säkerhet. Han är det enda jag behöver frukta, logiskt sett vet jag det. Det spelar dock ingen roll, därför att just nu känns det som om han håller det otäcka på avstånd, att han håller mig säker från andra monster som kanske lurar därute.

Liksom jag håller honom trygg från hans mardrömmar.

NÄR JAG VAKNAR NÄSTA MORGON ÄR JULIAN BORT IGEN.

"Var är han?" frågar jag Beth vid frukosten och ser på när hon skär upp mango åt mig. Jag känner ett tillfälligt sting av obehag när jag rör mig, en påminnelse om min tillfångatagares mer exotiska böjelser.

"En akut arbetsbelägenhet", säger hon, hennes händer rör sig med en graciös effektivitet som jag inte kan annat än beundra. "Han borde vara tillbaka inom ett par dagar."

"Vad för sorts arbetsbelägenhet?"

Beth rycker på axlarna. "Jag vet inte. Du kan fråga Julian när han kommer tillbaka."

Jag ser på henne, försöker lista ut vad det är som motiverar henne. "Du sa att jag är den första tjejen han tagit hit till ön", säger jag med en formell ton. "Så vad gjorde han med de andra?"

"Det fanns inga andra." Hon är färdig med mangon och hon ställer ner tallriken framför mig innan hon sätter sig ned för att äta sin egen frukost.

"Så varför gör han detta mot mig? Jag vet att han har en särskild smak, men det finns säkert kvinnor om gillar det..."

Beth flinar åt mig, visar jämna vita tänder. "Självklart. Men han vill ha dig."

"Varför? Vad är så speciellt med mig?"

"Det får du fråga Julian om."

Återigen inget svar. Hennes undvikande svar får mig att vilja skrika. Jag spetsar en bit mango på gaffeln och tuggar den långsamt och tänker över detta.

"Är det på grund av Maria?" Jag vet inte riktigt vad som får mig att fråga detta förutom att jag inte kan få det namnet ur huvudet.

Det är uppenbarligen rätt fråga för det får Beth att sätta i halsen. "Berättade Julian för dig om Maria?" Hon låter chockad.

"Han nämnde henne." Det är inte riktigt en lögn. Hennes namn kom upp, även om Julian inte vet om det. "Varför förvånar det dig?"

Hon rycker på axlarna igen, hon ser inte längre chockad ut. "Jag antar att det inte gör det nu när jag tänker på det. Om han skulle berätta för någon så skulle det nog vara för dig."

Mig? Varför? Jag bränner av nyfikenhet, men jag försöker hålla mig uttryckslös som om det inte är något nytt för mig. "Självklart", säger jag lugnt medan jag äter min mango.

"Då förstår du, Nora", säger hon medan hon ser på mig. "Du måste åtminstone förstå litegrann. Din likhet med henne är kuslig. Jag såg fotot, och hon skulle kunna ha varit din yngre syster."

"Så lik?" Jag kämpar för att hålla chocken borta från min röst. Mitt hjärta bultar i bröstet. Det här är så mycket mer än jag kunnat hoppas på och Beth gav mig precis den här informationen på ett silverfat.

Hon rynkar på ögonbrynen. "Sa han inte det?"

"Nej", svarar jag. "Han sa inte mycket. Bara litegrann." Bara hennes namn, yttrat under sina plågade mardrömmar.

Beths ögon vidgas när hon insett att hon förmodligen avslöjat mer än hon borde ha gjort. Hon ser olycklig ut för ett ögonblick och sedan mjuknar hennes uttryck. "Jaja" säger hon. "Jag antar att du vet nu. Jag är tvungen att berätta för Julian om det här bara så du vet."

Jag sväljer och mangobiten glider ner genom halsen som en sten. Jag vill inte att hon ska berätta någonting för Julian. Jag vet inte vad han kommer att göra med mig när han får reda på att jag vet om Maria - att jag såg honom när han var som mest sårbar.

Min dumma nyfikenhet.

"Varför?" säger jag, försöker att inte låta ängslig. "Du är den som han kommer att bli arg på, inte mig."

"Det skulle jag inte vara så säker på, Nora" säger Beth och ger mig ett ondskefullt leende. "Dessutom har jag inte hemligheter för Julian. Han är väldigt bra på att få ur dem ur folk. Snoka rätt på."

Och så reser hon sig och börjar ta hand om disken.

JAG ÄGNAR DE TVÅ FÖLJANDE DAGARNA MED ATT SPEKULERA OM MARIA OCH ATT OROA MIG FÖR JULIANS ÅTERKOMST.

Vem är hon? Någon som uppenbarligen ser ut som mig. Så lik mig att hon skulle kunna vara min yngre syster, hade Beth sagt. Hur gammal är den här tjejen? Vem är hon för Julian? Frågorna gnager i mig, stör min sömn. Han rövade bort mig på grund av min likhet till henne - så långt är det uppenbart för mig. Men varför? Vad hände med henne? Hur kommer det sig att hon finns i hans mardrömmar?

Jag vill förstå, jag vill veta, samtidigt är jag rädd att Julians reaktion när han kommer tillbaka är att jag har snokat. Jag skulle kunna förklara att jag fick reda på det av en slump, att jag inte menade att invadera hans privatliv men jag misstänker starkt att min tillfångatagare inte är den förstående typen.

Beth säger ingenting mer om Maria. Faktum är att hon inte pratar mycket med mig överhuvudtaget. Hon är en av de där individerna som verkar lyckliga över att bara vara med sig själva. Om jag var hon skulle jag bli galen av att sitta fast här på ön, och inte göra annat än att laga mat, städa och se efter Julians sexleksak, men det verkar vara helt ok för henne.

Jag å andra sidan är långtifrån ok. Jag tänker konstant på mitt gamla liv, jag saknar min familj och mina vänner. De tror förmodligen att jag är död vid det här laget. Jag gissar att det var en stor skallgång efter mig men jag tvekar på att den gav några resultat.

Jag tänker även på Jake, jag undrar om han återhämtade sig från misshandeln. Det hade sett så brutalt ut, det Julians buse hade gjort mot honom. Vet Jake att det är mitt fel? Att han blev attackerad i sitt hus på grund av mig?

Jag tar ett djupt andetag och intalar mig själv att det inte spelar någon roll om han vet det eller inte. Vad jag och Jake än skulle kunna ha haft tillsammans så är det över. Jag tillhör Julian nu och det finns ingen mening med att tänka på någon annan man.

På sätt och vis är jag lyckligt lottad. Jag vet det. Jag är säker på att det finns många tjejer som slutar långt värre än mig. Jag såg en dokumentär en gång om sexslaveri och bilderna av de hålögda kvinnorna hemsökte mig under lång tid. De verkade trasiga, fullkomligt och absolut krossade av vad det nu var som hade gjorts mot dem och det faktum att de blivit räddade verkade inte skingra lidandet som var fastetsat i deras ansikten.

Min fångenskap är annorlunda. Det här är mycket bättre, mycket bekvämare. Julian försöker inte krossa mig och det är jag tacksam för. Jag kanske är hans sexslav men åtminstone så är han min ende herre. Det kunde definitivt vara mycket värre.

Eller åtminstone intalar jag mig det medan jag inväntar hans återkomst, och hoppas desperat att mitt snokande inte ska ha varit så illa som jag fruktar.

KAPITEL 14

Julian kommer tillbaka mitt i natten. Jag kan inte ha sovit så djupt för jag vaknar så fort jag hör ett tyst mummel av röster på nedervåningen. Min tillfångatagares mörkare toner blandas med Beths mer feminina och jag misstänker starkt att jag vet vad de pratar om. Jag sätter mig upp i sängen, mitt hjärta galopperar i bröstet. Jag går upp, drar snabbt på mig gårdagens kläder och rusar in i badrummet för att fräscha upp mig. Jag vet inte varför jag bryr mig om att borsta tänderna nu men jag gör det. Jag vill vara så vaken och förberedd som möjligt för att vara beredd på vad Julian kommer att göra med mig.

Sedan sätter jag mig på sängen och väntar.

Slutligen öppnas dörren till mitt rum och Julian kommer in. Han ser ovanligt trött ut, med mörka ringar under ögonen och en skymt av skäggstubb på hans normalt välrakade ansikte. Dessa skönhetsfel borde ha gjort honom mindre snygg men i själva verket gör det honom mänskligare och understryker på så sätt hans fördelaktiga utseende.

"Du är vaken." Han låter förvånad.

"Jag hörde röster", säger jag och ser försiktigt på honom.

"Och du bestämde dig för att välkomna mig. Så fint av dig, min skatt."

Jag vet att han retas med mig så jag säger ingenting, fortsätter bara att se på honom. Mina handflator är svettiga och jag gör mitt bästa för att uppvisa ett lugnt beteende.

Han sätter sig ned på sängen bredvid mig och lyfter sin hand för att röra vid mitt hår "Min fina skatt", mumlar han och lyfter en tjock hårtest och kittlar lekfullt min kind med den. "En sådan nyfiken liten kisse..."

Jag sväljer, min andning är lätt och ytlig. Vad kommer han att göra med mig?

Han reser sig och börjar klä av sig medan jag iakttar honom, fastfrusen av en blandning av rädsla och märklig förväntan. Hans kläder åker av och avslöjar hans kraftfulla maskulina kropp och jag känner en våg av begär rulla in över mig, värmer upp min kärna.

Jag vill ha honom. Trots allt, vill jag ha honom, och det är det mest skruvade av allt. Han kommer förmodligen att göra någonting hemskt med mig, men jag vill fortfarande ha honom mer än jag hade trott att jag skulle vilja ha någon alls.

"Gjorde du så här mot Maria?" frågar jag lågt. "Var hon också din skatt?"

Han ser på mig, hans ögon lika blå och mystiska som havet. "Är du säker på att du vill veta det, Nora?" Hans röst är mjuk, förrädiskt lugn.

Jag stirrar på honom, jag känner mig okaraktäristiskt orädd. "Jo, Julian, det vill jag." Min ton är bittert sarkastisk och jag inser att min våghalsighet härrör från svartsjuka, att jag hatar Maria eftersom hon är speciell för Julian. Men även den insikten är inte tillräcklig för att stoppa mig. "Vem är hon? Är hon någon annan tjej som du utnyttjat?"

Hans uttryck mörknar och jag håller andan, väntar på att se vad han gör näst. På sätt och vis vill jag provocera honom. Jag vill att han ska straffa mig, göra mig illa. Jag vill det för jag behöver se honom enbart som ett monster, för min egen mentala hälsa behöver jag hata honom.

Han kommer över och sätter sig på sängen bredvid mig. Jag hejdar impulsen att rygga tillbaka när han sträcker ut handen och griper tag om min nacke med sina starka fingrar. Med ett fast grepp om min hals böjer han sig fram mot mig och stryker sin kind mot min, fram och tillbaka som om han uppskattar den mjuka känslan av min kind mot hans sträva, stubbtäckta käke. Hans fingrar klämmer inte åt, men hotet finns där och jag kan känna att jag skakar, min andningsrytm ökar i skräckfylld förväntan.

Han skrockar och jag känner små luftpuffar mot mitt öra. I motsats till hans uppenbarelse är hans andedräkt fräsch och söt, som om han precis tuggat ett tuggummi. Jag sluter ögonen, försöker övertala mig själv att Julian inte kommer att döda mig, att han bara leker med mig just nu.

Han kysser mitt öra, nafsar lätt på min örsnibb. Hans beröring i det känsliga området skickar njutbara signaler nedför ryggraden och min andning ändras igen, blir långsammare och djupare vartefter jag blir mer upphetsad. Jag kan känna den mustiga lukten från hans hud, och mina bröstvårtor hårdnar som en reaktion på hans närhet. Värken mellan mina lår ökar och jag skruvar på mig lite, försöker förlösa lite av spänningen inom mig.

"Du vill ha mig, eller hur?" viskar han i mitt öra och låter handen glida in under nederdelen på min klänning och stryker lätt över mitt kön. Jag vet att han kan känna fuktigheten där och jag kväver ett stön när han sticker in ett långt finger i mig, gnuggar det mot min hala inre vägg. "Är det inte så, Nora?"

"Ja", jag kippar efter andan när han rör vid en särskilt känslig punkt.

"Ja, vad?" Hans röst är sträv, beordrande. Han vill ha mitt fullkomliga överlämnande.

"Ja, jag vill ha dig", medger jag i en bruten viskning. Jag kan inte förneka det. Jag vill ha Julian. Mannen som kidnappade mig, som gjorde mig illa. Jag vill ha honom och jag hatar mig själv för det.

Han drar ut sitt finger och släpper min hals. Skrämd öppnar jag ögonen och möter hans intensiva blick. Han lyfter sin hand mot mitt ansikte och pressar ett finger mot mina läppar. Det är fingret han precis hade inuti mig. "Sug på det", beordrar han och jag öppnar lydigt munnen och suger in fingret. Jag kan känna smaken av mig själv, mitt eget begär och det gör mig ännu kåtare.

När han är nöjd med att fingret är rent, tar han ut det ur min mun, griper istället tag om min kind och tvingar mig att möta hans blick. Jag stirrar upp på honom, hypnotiserad av de mörkblå räfflorna i hans irisar. Min kropp bultar av behov, begär desperat hans besittande. Jag vill att han ska ta mig, fylla den värkande tomheten inuti mig,

Men allt han gör är att se på mig med sitt retsamma halvleende spelande på sina läppar. "Tror du att jag kommer att straffa dig i natt?" undrar han mjukt. "Är det vad du förväntar dig att jag ska göra?"

Jag blinkar till, överraskad av frågan. Självklart förväntar jag mig att han ska göra det. Jag gjorde något som gjorde honom upprörd och han drar sig inte för att göra illa mig när jag uppför mig som bäst.

Uppenbarligen läser han svaret på mitt ansikte och hans leende breddas. "Nåväl, jag är ledsen att göra dig besviken min skatt men jag är alldeles för utmattad för att orka bestraffa dig ordentligt i natt. Allt jag vill ha nu är din mun." Och med det för han in handen i mitt hår och trycker ned mig så jag knäböjer mellan hans ben, hans stånd i min ögonhöjd.

"Sug på den", mumlar han medan han ser ned på mig. "Precis som du gjorde med fingret."

Avsugningar är inget främmande för mig, jag gav några till mitt ex så jag vet hur man gör. Jag sluter mina läppar runt den tjocka pelaren till lem och virvlar tungan runt toppen. Han smakar lite salt, lite mysk och jag tittar upp, iakttar hans ansikte när jag kupar handen om hans kulor och klämmer lätt på dem. Han stönar, sluter ögonen och hans grepp om mitt hår hårdnar, jag fortsätter, rör min mun upp och ner över hans kuk, sväljer honom djupare varje gång.

Av någon anledning har jag inget emot att tillfredsställa honom så här. Faktum är att jag finner det märkligt njutbart. Även om det är en illusion, känns det som om han är i mitt våld nu, att det är jag som har makten. Jag älskar de hjälplösa stön som undslipper hans hals och använder mina händer och tunga till att föra honom så nära jag kan till orgasmens rand, för att sedan sakta ner. Jag älskar det plågade uttrycket i hans ansikte när jag tar hans pung i min mun och suger på kulorna, känner hur de dras samman i min mun. Jag älskar sättet på hur han ryser när jag lättsamt skrapar mina fingernaglar under hans pung och sedan, när han slutligen exploderar, älskar jag hur han grabbar tag i mitt huvud, håller mig på plats när han kommer, hans kuk pulserande och bultande i min mun.

När han släpper taget om mig, slickar jag mig om läpparna, avlägsnar alla spår av sperma medan jag ser upp på honom hela tiden.

Han stirrar ner på mig, andas fortfarande tungt. "Det där var väldigt bra, Nora", hans röst är låg och släpig. "Väldigt bra. Vem lärde dig det?"

Jag rycker på axlarna. "Det var inte så att jag var en nunna innan jag träffade dig", säger jag utan att tänka.

Hans ögon smalnar och jag inser att jag precis gjort ett misstag. Det här är en man som verkar gotta sig åt det faktum att han är min första, som gillar idén att jag tillhör honom och bara honom. Referenser till andra pojkvänner är det bäst att jag håller för mig själv.

Till min stora lättnad, ser han inte benägen ut att straffa mig för det övertrampet heller. Istället drar han upp mig, tillbaka upp på sängen. Sedan tar han av mig kläderna, släcker lampan, lägger sin arm runt mig och håller mig nära medan han somnar.

MIN BESTRAFFNING INFINNER SIG INTE FÖRRÄN NÄSTA NATT. Julian tillbringar hela sin dag på kontoret och jag ser honom inte förrän det är middagsdags.

Av någon anledning är jag inte lika rädd som förut. Det lilla mellanspelet igår natt - och sovandet i Julians armar efteråt - lättade min ångest, fick mig att tro att bestraffningen inte skulle vara så illa som jag först hade fruktat. Han verkade inte särskilt arg för att jag fått veta om Maria vilket var en stor lättnad. Jag hoppas att han avstår från att bestraffa mig helt och hållet, speciellt om jag gör mitt bästa för att uppföra mig idag.

Vi tre äter middag igen och jag lyssnar när Julian och Beth diskuterar de senaste händelserna i Mellanöstern. Det förvånar mig att se hur välinformerade de båda två är i ämnet. Innan min kidnappning var jag ganska bra på att följa med i nyheterna men jag har aldrig hört namnen på de flesta politikerna de nämner. Fast å andra sidan, om Julian driver ett import-exportföretag, är det logiskt att han har koll på världspolitiken.

Min nyfikenhet förbigår mig igen och jag frågar om Julians företag har mycket affärer i Mellanöstern.

Han ler och spetsar en räkbit på sin gaffel. "Ja, min skatt, det har det."

"Var det dit du åkte på den senaste resan?"

"Nej", säger han medan han biter i den saftiga räkan. "Jag var i Hong Kong den här gången."

Jag gör en mental notering här. Hong Kong måste vara tillräckligt nära ön för att han ska kunna flyga dit, göra sina affärer och flyga tillbaka - allt inom loppet av två dagar. Jag föreställer mig bilden av Stilla havet i huvudet. Det är lite suddigt eftersom geografi inte är min starka sida men jag tror att den här ön inte kan vara långt från Filippinerna.

Beth erbjuder mig lite currypotatis som tillbehör till mina räkor och jag tar emot dem och tackar med ett leende. Jag har märkt att vi får mer varierad mat strax efter det att Julian kommit tillbaka från fastlandet. Jag gissar att han tar med sig mat varifrån han än kommer.

Beth ler tillbaka mot mig och jag ser att hon är på bra humör. Generellt sett verkar hon gladare när Julian är här, lättsammare. Jag är säker på att det inte är så roligt för henne, att tackla min attityd hela tiden. Man skulle nästan kunna tycka synd om henne - med betoning på nästan.

"Jag har aldrig varit i Asien", säger jag till Julian. "Är Hong Kong verkligen så som de visar i filmer?"

Julian flinar åt mig. "Ungefär. Det är fantastiskt. Förmodligen en av mina favoritstäder. Arkitekturen är fantastisk, och maten..." Han gör en show av att slicka sig om läpparna. "Man kan dö för den där maten." Han gnuggar sin mage och jag skrattar, charmad trots allt som hänt.

Resten av middagen passerar på samma trevliga sätt. Julian berättar underhållande historier om olika platser han varit på i Asien och jag lyssnar fascinerat, stundtals drar jag efter andan och skrattar åt några av de mest överdrivna historierna. Beth stämmer in då och då, men mestadels är det bara jag och Julian, som om vi hade roligt på en dejt.

I likhet med den gången vi åt middag själva finner jag att jag faller för Julians förtrollning. Han är mer än charmig, han är hypnotiserande. Hans lockelse går bortom hans utseende även om jag inte kan förneka den fysiska attraktionen mellan oss. När han skrattar eller ger mig ett av hans genuina leenden, känner jag en varm glöd, som om han är solen och jag värmer mig i hans strålar. Allt med honom tilltalar mig - sättet han talar på, hur han gestikulerar för att understryka en poäng, sättet hans ögon rynkar sig vid kanterna när han flinar åt mig. Han är också en utmärkt historieberättare och de tre timmarna flyger bokstavligt förbi av hans underhållande berättelser om hans äventyr i Japan där han bodde under ett år som tonåring.

Jag vill inte att den här middagen ska ta slut och jag försöker få den att räcka så längre som möjligt med en andra, tredje och fjärde portion av frukten som Beth har förberett till efterrätt. Jag är säker på att Julian är medveten om min förhalningstaktik men han verkar inte motsätta sig.

Slutligen har allting ätits upp och Beth reser sig för att ta itu med disken. Julian ler mot mig och för första gången under kvällen känner jag en tillstymmelse till rädsla. Jag kan återigen skymta den där mörka undertonen i hans leende och jag inser att det har funnits där hela tiden - det finns alltid där hos Julian. Den charmiga mannen som jag precis spenderat tre timmar med är ungefär lika verklig som ett påfund av min hjärna.

Han ler fortfarande när han erbjuder mig sin hand. Det är en gentlemannamässig gest men jag kan inte hjälpa den kyliga ilning som letar sig nedför ryggraden när jag ser den där bekanta glimten i hans blåa ögon. Han ser än en gång ut som en mörk ängel, hans sublima skönhet med en svag skugga av ondska.

Jag sväljer för att bli av med den plötsliga klumpen i halsen, lägger min hand i hans och låter honom leda mig uppför trappan. Det är bättre på det här sättet, mer civiliserat. Det låter mig låtsas i några minuter till - att hålla fast vid illusionen av att jag har ett val.

När vi kommer in i rummet får han mig att ta av mig kläderna och lägga mig ner på sängen, på magen. Sedan binder han mig igen, nu binder han fast mina vrister bakom ryggen. En ögonbindel dras över ögonen och en kudde placeras under min höft. Det är exakt samma position i vilken han tog mig sist och jag kan inte hjälpa att spänna mig vid minnet av våndan - och extasen - av hans besittande.

Är det vad han kommer att göra? Ha analsex med mig igen? I så fall är det inte så illa. Jag överlevde sist, jag är säker på att jag klarar det igen.

Så när jag känner kylan av glidmedel mellan mina skinkor försöker jag slappna av, och låta honom göra vad som faller honom in. En leksak glider in, invasionen är överraskande men inte särskilt smärtsam. Jag kan definitivt tolerera det. Liksom förut lämnar han leksaken inom mig när han ger mig massage, får mig att slappna av, hetsar upp mig med sin beröring. Han kysser mig baktill i nacken, nafsar på en känslig punkt nära min axel och sedan färdas han mun nedåt längs min ryggrad, kysser varje kota. På samma gång glider hans finger in i min vaginala öppning och ökar spänningen som rullar ihop sig i magen.

Min förlösning, när den kommer, är så kraftfull att jag kastas mot madrassen, hela min kropp skälver och skakar häftigt. Medan jag återhämtar mig från efterskalvet drar Julian ut sitt finger och jag känner kall luft på min rygg när han för ett ögonblick lutar sig bort från mig.

Snärten av eld över min bak är lika skarp som den är plötslig. Skrämd skriker jag till, försöker vrida mig undan men jag kommer inte långt och det andra slaget är till och med mer smärtsamt än det första och landar på mina lår. Jag inser att han piskar mig med något. Jag vet inte vad det är men jag kan höra svischet i luften när han för ner det mot min försvarslösa bak om och om igen medan jag snyftar och försöker rulla iväg.

Uppenbarligen trött på att jaga mig över hela sängen löser han upp mina händer och försäkrar sig om deras orörlighet genom att istället knyta fast dem i huvudänden av trä, över mitt huvud.

"Julian, snälla, jag är ledsen!" bönar jag i ett desperat försök att få honom att sluta. "Snälla, jag är ledsen att jag snokade. Snälla, jag kommer inte att göra det igen. Jag kommer inte... "

"Självklart kommer du att göra det, min skatt", viskar han i mitt öra, hans andetag varmt mot min nacke. "Du är lika nyfiken som en liten kissekatt. Men ibland måste du låta saker och ting bero. För ditt eget bästa, förstår du?"

"Ja! Ja, det gör jag. Snälla, Julian..."

"Sch...", lugnar han och kysser min nacke igen. "Du måste acceptera din bestraffning som en duktig tjej." Och med det, drar han sig tillbaka igen och lämnar min rygg och ända exponerad för honom.

Jag försöker vrida mig bort men han får tag i mina ben och håller samman mina anklar med en hand. Han är stark, mycket starkare än jag kunde ha trott för han är stark nog att hålla mina sprattlande ben med en hand och piska mig med den andra.

Jag kan höra det svischande ljudet från hans hjälpmedel och jag kan inte hjälpa skriken som undslipper mig varje gång de landar på min rumpa. Min rumpa och mina lår känns som om de brinner och ögonbindeln är blöt av tårar. Jag vill att det ska sluta, jag ber honom att sluta men Julian är immun mot mina böner.

Det verkar hålla på i en evighet, tills jag är för hes för att skrika och för utmattad för att kämpa emot. Jag kan inte ens samla ihop tillräckligt med energi för att hålla mina muskler spända och på något sätt verkar det hjälpa mot smärtan. Jag slappnar av ytterligare, låter min kropp bli lealös och mer hanterbar, varje piskrapp känns mindre som ett bett och mer som en smekning. När piskandet fortsätter verkar det som om min värld smalnar av tills ingenting existerar mer än detta ögonblick. Jag tänker inte längre, jag känner bara, jag är. Det är något surrealistiskt, dock oerhört beroendeframkallande i upplevelsen. Varje klatsch för med sig en skarp sensation som för mig djupare i det här underliga tillståndet, får det att kännas som om jag flyter. Smärtan är inte längre outhärdlig, istället är den tröstande på något perverst sätt. Den jordar mig, tillhandahåller allt jag behöver för stunden. En varm glöd sprider sig genom min kropp och all min oro, alla mina rädslor försvinner. Det är en kick olikt allt annat jag upplevt tidigare.

När Julian slutligen slutar och lösgör mig, klamrar jag mig fast vid honom, hela min kropp darrar. Utan ögonbindeln och repen känner jag mig vilsen, överväldigad. Som om han vet vad jag behöver, drar han mig till sitt knä och vaggar mig sakta i sina armar, låter mig gråta mot hans axel tills det inte längre känns som om jag kommer att falla i bitar.

Efter en stund blir jag medveten om den hårda

längden av hans erektion som pressar mot min rumpa som är öm och bultar efter piskningen. Den lilla leksaken han stoppat i min röv tidigare är fortfarande där, säkert inhyst inuti mig och jag inser att den varma glöden inom mig är annorlunda nu, mer sexuell i sin natur.

Uppenbarligen känner han mitt humörskifte och lyfter mig försiktigt och positionerar mig så att jag sitter gränsle över honom med ansiktet vänt mot honom. Mina händer är på hans axlar och jag kan känna de kraftfulla musklerna spela under hans hud. Med mina lår brett isär pressar toppen av hans kuk mot mitt kön. Den lena hettan glider in mellan min hud och gnider mot min klitoris som intensifierar min upphetsning. Jag stönar, mitt huvud böjs bakåt och han kommer långsamt in i mig, penetrerar mig centimeter för långsam centimeter. Med leksaken i min röv känns han större än vanligt och jag kippar efter andan medan han kommer in djupare, fyller mig med sin grovhet.

Det känns bra, så otroligt skönt och jag stönar igen, spänner mina inre muskler runt hans lem. Han stönar och sluter ögonen och jag gör det igen, jag vill ha mer av den känslan.

Han öppnar ögonen och stirrar på mig, hans ansikte är spänt av lust och hans ögon glittrar. Jag håller fast hans blick, fascinerad av det häftiga begäret jag ser där. Han är lika mycket min slav nu som jag är hans och den insikten bara ökar mitt begär, hettar upp mitt inre ännu mer.

Han lyfter sin hand, kupar handflatan runt min

kind, torkar bort återstoden av tårarna med sin tumme. Sedan böjer han sitt huvud och kysser mig ömmare än jag någonsin blivit kysst. Jag vältrar mig i den kyssen, hans ömhet och kärlek är som en drog för mig nu - jag behöver den med en desperation som jag inte till fullo förstår.

Jag sluter ögonen och mina händer glider uppför hans axlar, finner sin väg in i hans hår. Det är tjockt och mjukt vid beröring, som mörkt satin. Jag pressar mig närmare honom och gnider mitt nakna bröst mot hans kraftfulla muskulösa bröst och känner känslan av hans av hår sträva hud mot mina känsliga bröstvårtor. Hans läppar är bestämda och varma på mina och hans kuk inuti mig är otroligt hård, tänjer mig, fyller mig till gränsen.

Medan han fortfarande kysser mig börjar han gunga fram och tillbaka, vilket får hans lem att röra sig inom mig även om det nästan är obetydligt och det skickar vågor av hetta genom hela min kropp. Hursomhelst, varje rörelse fungerar också som en påminnelse om den tidigare piskbestraffningen och ett plågat stön undslipper mig när min ömma bak gnuggas mot hans hårda lår. Han sväljer ljudet, hans mun konsumerar nu min med otyglad hunger.

Hans hand glider in i mitt hår, håller det hårt när han slukar mig med sin kyss, hans höfter gungar hårdare, ökar trycket som byggs upp inom mig. Hans hand rör sig nedför min kropp och sedan trycker han på leksaken, pressar den djupare in i min bakre öppning.

Jag faller isär. Min orgasm är så stark att jag kan inte ens få fram ett ljud. Under några få lycksaliga minuter är jag fullkomligt uppslukad av njutning, en extas så intensiv att den nästan är plågsam. Min kropp skakar och ondulerar ovanpå Julians och mina rörelser triggar hans förlösning.

I efterdyningarna håller han mig, smeker mitt svettdränkta hår. Jag kan känna hur hans lem mjuknar inom mig och sedan sträcker han in handen mellan mina skinkor och får tag i leksaken, drar försiktigt ut den.

Sedan får han mig på fötter och leder mig in i duschen.

KAPITEL 15

HAN TAR HAND OM MIG I DUSCHEN IGEN. HAN ÄR speciellt försiktig med mina lår och bak, försäkrar sig om att han inte orsakar något ytterligare obehag. Till min lättnad ser det inte ut som om huden är spräckt någonstans. Min rumpa är skär med några röda strimmor och jag är säker på att det kommer att bli blåmärken men det finns inget spår av blod någonstans.

När jag är ren och torr leder han mig tillbaka till sängen. Han är tyst och likaså är jag. Jag har fortfarande inte tagit mig ut ur det märkliga tillstånd jag hamnade i tidigare. Det är som om jag delvis är bortkopplad från kroppen. Det enda som håller mig samman är Julians hand och hans märkligt lätta beröring.

Vi lägger oss ner tillsammans och Julian släcker lampan, lindar in oss i mörker. Jag ligger på mage eftersom någon annan position är för smärtsam. Han drar mig närmare honom så att hans bröst fungerar som huvudkudde och min arm draperar hans bröstkorg. Jag sluter ögonen, önskar inget annat än sömnens glömska.

"Min pappa var en av de mäktigaste knarkkungarna i Colombia." Julians röst är knappt hörbar, hans andedräkt rufsar om det fina håret nära min panna. Jag hade nästan somnat, men plötsligt är jag klarvaken, mitt hjärta hamrar i bröstet.

"Han började forma mig till sin efterträdare när jag var fyra år gammal. Jag höll i mitt första vapen när jag var sex." Julian gör en paus, hans hand stryker lätt över mitt hår. "Första gången jag dödade någon var jag åtta."

Jag är så bestört att jag bara ligger där, stel av chock.

"Maria var dotter till en av männen i min fars organisation", fortsätter Julian, hans röst är låg och känslolös. "Jag träffade henne när jag var tretton och hon var tolv. Hon var allt som jag inte var. Vacker, näpen... oskuldsfull. Du förstår, till skillnad från min far skyddade hennes föräldrar henne från verkligheten i deras liv. De ville att hon skulle vara ett barn, att hon inte skulle veta något om det hemska i vår värld. Men hon var smart, som du. Och nyfiken. Så väldigt, väldigt nyfiken..." Hans röst tunnas ut för ett ögonblick, som om han förlorat sig i ett minne. Sedan skakar han av sig det och återupptar sin historia. "Hon följde efter sin far en dag för att se vad han gjorde. Hon gömde sig i baksätet på bilen. Jag hittade henne för att det var mitt jobb att hålla utkik, att vakta mötesplatsen."

Jag kan knappt andas, oförmögen att tro att Julian berättar detta för mig. Varför nu? Varför i natt?

”Jag kunde ha berättat för hennes far, och därmed satt henne i skiten, men hon bad så innerligt, såg på mig så bedjande med sina stora bruna ögon att jag inte kunde göra det. Jag såg till att en av mina fars män körde hem henne istället.”

”Efter det kom hon för att träffa mig. Hon ville lära känna mig bättre sa hon. Bli vän med mig.” Det finns en underton av hågkommet tvivel i Julians röst, som om ingen vid sina sinnes fulla bruk skulle kunna vilja något sådant.

Jag sväljer, mitt hjärta värker enfaldigt nog för den lilla pojken han en gång var. Hade han haft några vänner, eller hade hans far stulit det också, precis som han förstört Julians barndom?

”Jag försökte säga till henne att det inte var en bra ide, att jag inte var någon som hon borde ha sällskap med, men hon vägrade lyssna på mig. Hon lyckades hitta mig någonstans varje vecka tills jag inte hade något val än att ge upp och börja tillbringa tid tillsammans med henne. Vi gick och fiskade ihop, och hon visade mig hur man ritar.” Han pausar ett ögonblick, hans hand smeker fortfarande mitt hår. ”Hon var väldigt duktig på att rita.”

”Vad hände med henne?” Jag frågar det när han inte säger något alls på en stund. Min röst är konstigt hes. Jag harklar mig och försöker igen. ”Vad hände med Maria?”

”En av min fars rivaler fick reda på att jag träffade

henne. Vi hade precis plundrat hans ställe och han var förbannad. Så han beslutade att lära min far en läxa... genom mig."

Varje litet hår på min kropp ställer sig upp och en kyla sprider sig och gör min hud sträv av gåshud. Jag kan redan se vartåt den här historien barkar, och jag vill säga åt honom att sluta men jag kan inte få ett enda ord förbi klumpen i halsen.

"De fann hennes kropp i en gränd nära en av min fars fastigheter." Hans röst är stadig men jag anar plågan begravd långt därinne. "Hon hade blivit våldtagen, sedan stympad. Det var menat som ett meddelande till mig och min pappa. 'Håll er borta, för helvete', stod det."

Jag kniper ihop ögonlocken, försöker hindra tårarna som bränner i mina ögon från att tränga fram men det är ett meningslöst försök. Jag vet att Julian förmodligen kan känna fukten på sitt bröst. "Ett meddelande? Till en trettonårig pojke?"

"Vid det laget var jag redan fjorton." Jag kan inte se Julians bittra leende men jag kan känna det. "Och ålder betydde ingenting. Inte för min far... och säkerligen inte för hans rival."

"Jag är ledsen." Jag vet inte vad annars jag kan säga. Jag vill gråta - för honom, för Maria, för den unge pojken som förlorat sin vän på ett sådant brutalt sätt. Och jag vill gråta över mig själv, för nu förstår jag min tillfångatagare bättre - och jag förstår att mörkret i hans själ är djupare än jag någonsin kunnat föreställa mig.

Julian rör sig under mig och jag blir medveten om att min hand ligger på hans axel och att mina naglar gräver sig in djupt i hans hud. Jag tvingar mig själv att släppa taget och tar ett djupt andetag. Jag måste behärska mig, annars kommer jag att brista ut i gråt.

"Jag dödade de männen." Hans ton är vanlig nu, nästan pratsam, fast jag kan känna spänningen i hans kropp. "De som våldtog henne. Jag spårade upp dem och dödade dem, en efter en. De var sju. Efter det skickade min far iväg mig, först till USA, sedan till Asien och Europa. Han var rädd att allt dödandet skulle vara dåligt för affärerna. Jag kom inte tillbaka förrän flera år senare när han och min mor hade blivit dödade av ytterligare en annan rival."

Jag fokuserar på att kontrollera min andning och hålla tillbaka gallan i halsen. "Är det därför du inte har en spansk accent?" Min fråga kommer överraskande. Jag vet inte ens vad det är som får mig att fråga något så trivialt i ett ögonblick som detta.

Men uppenbarligen är det rätt ögonblick för Julian slappnar av något, lite av hans spänning lämnar hans muskler. "Ja. Det är delvis därför, min skatt. Min mamma var amerikanska också så hon lärde mig engelska från tidig ålder."

"Amerikanska?"

"Ja. Hon var modell i sin ungdom, lång och blond. De träffades i New York när min far var där på en affärsresa. Hon föll huvudstupa för honom och de gifte sig innan han berättade något om sin verksamhet."

"Vad sa hon när hon fick reda på det?" Jag vet att jag

förmodligen fokuserar på fel saker men jag måste distrahera mig från de hemska bilderna som fyller mitt sinne - bilder av en död tjej som är en yngre version av mig...

"Det fanns ingenting hon kunde göra", säger Julian. "Hon var redan gift med honom, och levde i Colombia."

Han förklarar inte närmre men det behöver han inte. Det är uppenbart för mig att hans mamma var lika mycket fånge som jag är. Förutom att hon valt sin fångenskap - åtminstone till en början.

Under några minuter ligger vi bara där tysta, utan att prata. Jag är inte längre sömnig Jag vet inte om jag kommer att lyckas sova någonting alls i natt. Värken i min kropp är ingenting i jämförelse med den i mitt hjärta.

"Så är det vad du sysslar med nu? Droger?" frågar jag slutligen för att bryta tystnaden Det är inte långt från min ursprungliga misstanke att han utgjorde en del av Maffian eller någon kriminell organisation.

"Nej", säger han till min förvåning. "Den delen av mitt liv tog slut när mina föräldrar blev dödade. Jag drev familjeföretaget åt ett annat håll."

"Vilket håll"? Jag kommer ihåg att han berättade något om import-exportföretag men jag kan inte föreställa mig Julian hålla på med något så oskyldigt som att sälja elektronik. Inte nu när jag precis fått reda på hans uppväxt.

Han skrockar, som om han är road av min envishet. "Vapen", säger han. "Jag är vapenhandlare, Nora."

Jag blinkar till, förvånat. Jag vet lite - det vill säga,

jag tror jag vet lite - om knarklangare, tack vare vissa populära TV-program. Vapenhandlare däremot, är ett fullkomligt mysterium för mig. Jag misstänker starkt att Julian inte menar några få vapen här.

Jag har en miljon frågor om det här yrket, men det är något jag behöver veta först, medan Julian verkar vara på humör att dela med sig. "Varför stal du mig? Är det för att jag påminde dig om Maria?"

"Ja", säger han mjukt, hans röst lindar sig runt mig som en kashmirsjal. "När jag först såg dig på den där klubben, var du så lik henne, att det var kusligt. Bara det att du var äldre - och ännu vackrare. Och jag ville ha dig. Jag behövde dig. För första gången på flera år, kunde jag verkligen känna. Självfallet var känslorna du väckte i mig ingenting gentemot det jag kände en gång för henne. Hon var min vän, men du..." Hans andas in djupt och hans bröstkorg rör sig under mitt huvud. "Jag behövde ha dig, Nora. När jag tog på dig den där dagen, när jag kände lenheten i din hud, kände jag så starkt för att ta dig, att ta av de där tighta kläderna du hade på dig och knulla dig sanslös rakt upp och ner, där på golvet på klubben. Och jag ville göra dig illa... som jag ibland gillar att göra kvinnor illa, på sättet de ber mig att göra dem illa... jag ville höra dig skrika - av smärta och av njutning."

Hans hand fortsätter att leka med mitt hår och den ömma beröringen håller mig tillräckligt lugn för att fortsätta lyssna. I mörkrets skydd är inget av detta verkligt. Det är bara Julian och hans röst, som berättar saker som en normal människa skulle finna skrämmande - saker som på något sätt får mig att bli våt istället.

"Jag tog med dig hit, till min ö, för att det är det säkraste stället för dig. Mina affärspartners letar alltid efter tecken på svaghet, och du min skatt, är en av mina svagheter. Jag har aldrig känt så för någon annan kvinna. Jag har aldrig varit så..." Han gör en paus, som om han letar efter det rätta ordet, "...så djävla besatt. Bara tanken på att en annan man rör vid dig, kysser dig, gjorde mig galen. Jag försökte hålla mig borta, försökte glömma dig men jag kunde inte motstå att se dig en gång till på din student. Och när jag såg dig där, visste jag att du kände det med, det här bandet mellan oss... och då visste jag att det var ofrånkomligt... att jag skulle ta dig, och att du alltid skulle vara min."

Hans ord sköljer över mig som en varm havsvåg och för med sig en stor mängd oro samt en sorts ohälsosam upphetsning. Några skruvade delar av mig festar på det faktum att jag är speciell för Julian, att han är lika hjälplöst dragen till mig som jag till honom.

Av någon underlig anledning, känner jag mig manad att bemöta hans öppenhet. "Jag var rädd för dig", säger jag tystlåtet. "På klubben, och sedan när jag såg dig på min student, var jag rädd."

"Bara rädd?" han låter road och lätt tvivlande.

"Rädd och attraherad", erkänner jag. Detta verkar vara avslöjandenas natt. Dessutom vet han redan sanningen. Trots min rädsla, åtrår jag honom. Jag ville ha honom från allra första början, och inget han gjort sedan dess ändrar det faktumet.

"Bra." Hans hand sveper lätt nedför min rygg. "Det är väldigt bra, min skatt. Det gör saken lättare för oss båda."

Lättare? Jag överväger den kommentaren. Lättare för honom alldeles säkert. Men för mig? Det är jag inte så säker på.

"Kontaktade du någonsin min familj?" frågar jag, och tänker på hans löfte för alla de där dagarna sedan. "Vet de att jag lever?"

"Ja." Hans hand gör en paus i kurvan i mitt ryggslut. "De vet."

Jag undrar vad han har sagt till dem och hur de reagerade. Jag undrar om det gjorde det lättare eller svårare för dem.

"Kommer du någonsin att låta mig gå?" Trots att jag redan vet svaret behöver jag höra honom säga det.

"Nej, Nora", svarar han och jag kan känna hans leende i mörkret. "Aldrig."

Och drar mig till sig, han håller mig tills vi båda somnar.

KAPITEL 16

Under de följande sex månaderna faller mitt liv på ön in i någon sorts rutin. När Julian är där, kretsar min värld kring honom. Hans humör, hans behov och begär formar mina dagar och nätter.

Han är en oförutsägbar älskare - vänlig en dag, grym nästa. Ibland är han en blandning av båda, en kombination jag finner särskilt förödande. Jag förstår vad det är han gör mot mig, men förståelse får det inte att bli mindre effektivt. Han tränar mig att associera smärta med njutning, för att njuta av vad han än gör med mig, oberoende av hur sjukt och perverst det är. Och alltid efteråt, finns den där rubbade ömheten. Han vänder mig ut och in, plockar isär mig och sätter ihop bitarna igen - allt inom loppet av en natt.

Och hans träning fungerar. Jag går villigt i hans armar nu, har ett sug efter den där kicken jag får efter en särskilt brutal session. Julian säger att jag är en naturlig underkastad med latenta masochistiska tendenser. Jag vet inte om jag ska tro honom - jag vet att jag definitivt inte vill tro honom - men jag kan inte förneka att den här särskilda formen av att ha sex appellerar till mig på någon nivå. Leksaker, piskor, käppar - han har använt allt, och jag har alltid till viss del funnit vad han gjort njutbart.

Självfallet är han inte alltid sadistisk. Ibland är han nästan öm, masserar mig över hela kroppen, kysser mig tills jag smälter och älskar sedan med mig när jag är nästan utom mig av begär. Sådana dagar vill jag inte lämna ön. Allt jag vill är att Julian ska hålla om mig, smeka mig... älska mig på vilket sätt han än kan.

Kanske är detta det mest störda av allt - det faktum att jag nu har behov av min tillfångatagares kärlek. Jag vet inte ens om han är kapabel till den känslan men jag kan inte hjälpa att behöva den från honom. Han vill ha mig, det vet jag, men det är inte nog. Någonstans på vägen, har jag förlorat mitt hat mot honom och jag vet inte ens när eller hur det inträffade. Jag är fortfarande förnärmad över min fångenskap, men de känslorna är nu separerade från mina känslor för Julian.

Istället för att frukta hans besök på ön, väntar jag nu ivrigt på dem. Hans jobb håller honom borta mer än jag tycker om, och jag börjar förstå hur husdjur känner sig när de väntar på att deras ägare ska komma hem från jobbet.

"Varför kan du inte sköta mer av ditt jobb härifrån?" frågar jag en dag när vi vaknar tillsammans på morgonen. Han sover alltid med mig nu. Han gillar att hålla om mig under natten, det hjälper mot hans mardrömmar.

"Jag gör så mycket jag kan på distans", säger han. "Varför, vill du ha mig här, min skatt?" Hans kyliga blick retas med mig när han vänder på huvudet för att se på mig. Han gillar inte när jag frågar ut honom om hans arbete. Det är en del av hans liv som han vill hålla för sig själv. Oftast får jag känslan att han skyddar mig och Beth från några av de hemskare delarna av världen. Beth är fullt medveten om vad Julian gör men jag vet inte om hon vet mer om vapenhandel än vad jag gör.

"Ja", svarar jag ärligt. "Jag vill ha dig här." Det är meningslöst att låtsas som motsatsen, Julian vet precis hur jag känner. Han är väldigt bra på att läsa mig, och manipulera mig. Jag hyser inga tvivel om att han gillar mitt växande beroende av honom och gladeligen gör sitt bästa för att hjälpa det på traven.

Så sant som det är sagt, vid mitt medgivande, kröks han läppar i ett leende. "Okej, baby", säger han mjukt, "jag ska försöka vara här mer." Och han sträcker sig mot mig för en kyss som får mig att lösas upp i hans omfamning.

FÖR VARJE DAG SOM GÅR, VERKAR MITT GAMLA LIV VARA längre bort, suddas ut till en dimmig tid jag känner till som dåtid. När Julian är borta sysselsätter jag mig med att läsa, vandra runt ön, simma och gå på sporadiska fisketurer med Beth. Julian tog med sig en storbilds-TV med en DVD-spelare och hundratals filmer, så Beth och jag har något att göra när det är dåligt väder också.

Vi är inte precis vänner, Beth och jag, men vi har definitivt kommit varandra närmare. Delvis tror jag hon gillar det faktum att jag inte längre försöker fly. Efter mitt misslyckade försök att drämma henne över huvudet - och den hemska händelsen med Jake som följde - har jag varit en mönsterfånge.

Självklart vore det idiotiskt att vara något annat. Även under Julians besök, när planet är här, är det inlåst inuti hangaren som jag fann på andra sidan ön. Jag är ganska säker på att Julian förvarar nycklarna till hangaren på sitt kontor där bara han har tillgång till dem. Och även om jag lyckades lägga vantarna på nycklarna, tvivlar jag starkt på att det skulle finnas en manual behändigt instoppat i planet som talade om för mig hur jag flyger det.

Nej, min tillfångatagare visste precis vad han gjorde när han förde hit mig till ön. Det är ett fängelse lika säkert som något jag kan föreställa mig.

När dagar blir till veckor och månader försöker jag komma på fler aktiviteter för att fylla ut min fritid - och för att förhindra mig från att längta så intensivt efter Julian när han inte är här.

Det första jag gör är att börja springa igen.

Jag börjar med korta distanser, för att inte överanstränga mitt knä, och sedan ökar jag långsamt både farten och distansen. Jag springer antingen på morgonen eller på kvällen när det är svalare och det tar inte lång tid innan jag är i lika god form som jag en gång var på löparbanan. Jag kan göra ett femkilometers lopp på under sjutton minuter - en prestation som gör mig löjligt glad.

Jag börjar måla också. Inte för att jag kommer ihåg att Maria var bra på att rita, utan för att jag finner det både underhållande och avslappnande. Jag hade alltid tyckt om bildlektionerna i skolan men jag var alltid för upptagen med vänner och andra aktiviteter för att ge konsten en riktig chans. Nu hade jag hursomhelst en massa tid att över så jag börjar lära mig hur man ritar och målar på riktigt. Julian tar med sig ett ton konstmaterial och tillbehör, åtskilliga instruktionsvideos och snart finner jag mig absorberad i försöken att fånga öns skönhet på duk.

"Du är väldigt bra på det", säger Beth tankfullt en dag, när hon kommer fram till mig på verandan en dag när jag håller på att avsluta en målning av solnedgången över havet. "Du har fångat färgerna med exakt precision - det glödande orangea med det djupt rosa."

Jag vänder mig mot henne och ger henne ett stort leende. "Tycker du verkligen det?"

"Det gör jag", säger Beth seriöst. "Det går bra för dig, Nora."

Jag får känslan av att hon inte pratar om målningen. "Tack", säger jag torrt. Borde jag lägga till det på min lista av bedrifter - det faktum att jag kan växa och frodas i fångenskap?

Hon flinar till svar, och för första gången känns det som om vi verkligen förstår varandra. "Det var så lite."

Hon går över till utesoffan och kryper upp där och tar fram sin bok. Jag ser på henne några sekunder och återgår sedan till målningen, försöker att återskapa det flerdimensionella skimret från vattnet - och funderar på pusslet som Beth utgör.

Hon har fortfarande inte berättat mycket om sin historia men jag har en känsla av att ön utgör en sorts fristad för henne. Hon ser Julian som sin räddare och världen utanför som en obehaglig och fientlig plats. "Saknar du inte att gå till shoppingcentret?" frågar jag henne vid ett tillfälle. "Äta middag med dina vänner? Gå ut och dansa? Du är inte en fånge här, du kan lämna ön när du vill. Varför ber du inte Julian att ta med dig någon gång på en av sina resor? Och gör något kul innan du kommer tillbaka hit igen?"

Hennes svar var att skratta åt mig. "Dansa? Kul? Låta män lägga sina händer på min kropp - är det vad du kallar kul?" Hennes röst blir hånfull. "Borde jag köpa sexiga kläder och smink också - så jag blir fin nog åt dem? Och vad säger du om föroreningar, drive by-skjutningar och rån - borde jag sakna det också?" Hon skrattar igen och skakar på huvudet. "Nej, tack. Jag är hur nöjd som helst där jag är."

Och det var allt hon hade att säga om det.

Jag vet inte vad som hänt för att göra henne så bitter, men jag misstänker starkt att Beth inte har haft ett lätt liv. När vi kollar på *Pretty Woman* fäller hon spydiga kommentarer om hur riktig prostitution inte hade något att göra med askungesagan de visade. Jag frågade ingenting om det då men jag har varit nyfiken ända sedan dess. Kan hon ha varit en prostituerad?

Jag lägger ned penseln, vänder mig om och tittar på Beth. "Får jag måla av dig?"

Hon tittar skrämt upp från boken. "Vill du måla av mig?"

"Ja, det vill jag." Det skulle vara en rolig omväxling från alla landskap jag har fokuserat på under sista tiden - och det kanske ger mig chansen att lära känna henne bättre.

Hon stirrar på mig några sekunder och rycker sedan på axlarna. "Okej. Antar jag."

Hon verkar osäker så jag ler ett uppmuntrande leende. "Du måste inte göra någonting. Bara sitt där, sådär, med din bok. Det är en fin bild."

Och det är sant. Strålarna av den nedgående solen får hennes röda hår att framstå som en flammande låga och med benen uppdragna under sig ser hon ung och sårbar ut. Mycket vänligare än vanligt.

Jag ställer duken jag arbetat på åt sidan och sätter upp en ny tom duk. Sedan börjar jag skissa, försöker fånga de symmetriska konturerna av hennes ansikte, de mjuka linjerna och kurvorna av hennes kropp. Det är en absorberande uppgift och jag slutar inte förrän det är för mörkt för att se någonting.

"Är du klar för idag?" undrar Beth och jag inser att hon har suttit i samma position under den senaste timmen.

"Åh ja, självklart", säger jag. "Tack för att du är en sån bra modell."

"Inga problem." Hon ger mig ett genuint leende när hon reser sig upp. "Redo för middag?"

UNDER DE TRE FÖLJANDE DAGARNA ARBETAR JAG PÅ BETHS PORTRÄTT. Hon sitter tålmodigt modell för mig och jag är så upptagen att jag knappt tänker på Julian alls. Det är bara om natten som jag får en chans att sakna honom - att känna den kalla ensamheten i min king size-säng där jag ligger och längtar efter hans omfamning. Han har fått mig så beroende att en vecka utan honom känns som en grym bestraffning - en bestraffning som är oändligt mycket värre än den sexuella tortyren min tillfångatagare har delat ut så långt.

"Sa Julian när han skulle komma tillbaka?" frågar jag Beth när jag lägger sista touchen på målningen. "Han har redan varit borta i sju dagar."

Hon skakar på huvudet. "Nej, men han kommer så fort han bara kan. Han kan inte hålla sig borta från dig Nora, det vet du."

"Verkligen? Har han sagt någonting till dig?" Jag kan höra ivern i min röst och ger mig själv en mental spark. Hur patetisk får man vara? Jag skulle lika gärna kunna sätta en stämpel i pannan: en till dum tjej som föll för sin kidnappare. Självklart tvivlar jag på att många kidnappare har Julians dödliga charm så jag kanske inte skulle vara så hård mot mig själv.

Tack och lov retar Beth inte mig för min uppenbara

förälskelse. "Han behöver inte säga nåt", säger hon istället. "Det är helt uppenbart."

Jag låter penseln vila en sekund. "Uppenbart hur då?" Det här samtalet fyller ett behov jag inte ens visste att jag hade. Det där tjejsnacks - "skvallret" om män och deras oförklarliga känslor.

"Ah, men snälla du." Beth börjar låta förtvivlad. "Du vet väl att Julian är helt djävla galen i dig. Närhelst jag talar med honom är det Nora hit, Nora dit... Behöver Nora någonting? Har Nora ätit ordentligt?" Hon sänker sin röst för att härma Julians mörkare toner.

Jag flinar åt henne. "Är det sant? Det visste jag inte." Och det gjorde jag inte. Jag menar, jag visste att Julian var galen i att knulla mig - och han hade definitivt erkänt att han hade en särskild besatthet när det gällde mig på grund av min likhet med Maria - men jag trodde inte att han tänkte så mycket på mig utanför sovrummet.

Beth himlar med ögonen. "Eller hur. Du är inte alls så naiv som du låtsas vara. Jag har sett dig fladdra med de där långa ögonfransarna mot honom vid middagen när du försöker linda honom runt ditt lillfinger."

Jag ger henne mitt bästa storögda oskuldsfulla uttryck. "Va? Nej!"

"Eller hur." Beth köper det inte alls.

Hon har naturligtvis rätt; jag flörtar visst med Julian. Nu när jag inte längre är så rädd för min tillfångatagare gör jag mitt bästa än en gång för att hamna på hans plussida. Någonstans i bakhuvudet, finns ett orubbligt hopp att ifall han litar tillräckligt på mig - om han bryr sig tillräckligt om mig - kanske han tar med mig ifrån ön.

När den här planen först slog mig - de där första skräckslagna dagarna i min fångenskap - hade jag spelat. Så fort jag hade kommit iväg från ön skulle jag ha gjort mitt bästa för att fly, oavsett vilka löften jag möjligtvis avgett. Nu, vet jag inte ens vad jag skulle göra ifall Julian tog mig med sig. Skulle jag försöka lämna honom? Vill jag ens lämna honom? Jag har ärligt talat ingen aning.

"Har du någon gång varit kär?" frågar jag Beth och plockar upp penseln igen.

Till min förvåning passerar en mörk skugga över hennes ansikte. "Nej!" säger hon kort. "Aldrig."

"Men du har älskat... någon, eller?" Jag vet inte vad det är som får mig att fråga men jag har uppenbarligen hittat en känslig punkt för hela Beths kropp spänns som om jag precis slagit henne.

Till min förvåning nickar hon dock bara istället för att fräsa åt mig. "Ja", säger hon tystlåtet. "Ja, Nora jag har älskat." Hennes ögon är onaturligt blanka, som om de glittrar av ogråtna tårar.

Och jag inser då att hon lider - att vad som än hänt henne har det lämnat djupa, outplånliga ärr i hennes psyke. Hennes taggiga yttre är bara en mask, ett sätt att försvara sig från ytterligare smärta. Och just nu, av någon anledning, har masken glidit av, exponerat den verkliga kvinnan därunder.

"Vad hände med den personen?" frågar jag, min röst mjuk och försiktig. "Vad hände med den du älskade."

"Hon dog." Beths röst är känslolös men jag kan känna det bottenlösa hålet av lidande i det enkla konstaterandet. "Min dotter dog när hon var två."

Jag drar häftigt efter andan. "Jag är hemskt ledsen, Beth. Herregud, jag beklagar..." Jag läger ner penseln igen, går över till Beths soffa och sätter mig, jag lägger armarna om henne.

Först är hon spänd och stel, som om hon inte är van vid mänsklig kontakt men hon stöter inte bort mig. Hon behöver mig just nu. Jag vet bättre än någon hur mycket en lugnande och varm kram kan betyda när känslorna är överallt. Julian njuter av att få mig att falla i bitar, så att han sedan kan få vara den som sätter ihop dem och lagar mig igen.

"Jag är ledsen", upprepar jag mjukt, stryker hennes rygg med cirkulära rörelser. "Jag är hemskt ledsen."

Gradvis lämnar lite av spänningen Beths kropp. Hon låter sig bli lugnad av min beröring. Efter ett tag verkar det som hon börjar återfå balansen och jag släpper taget om henne, jag vill inte att hon ska känna sig obekväm efter omfamningen.

Hon drar sig tillbaka lite, ger mig ett litet, generat leende. "Jag är ledsen, Nora. Jag menade inte att..."

"Nej, det är okej", avbryter jag. "Ursäkta att jag snokade. Jag visste inte..."

Och så ser vi båda på varandra, och inser att vi kan be om ursäkt i all evighet och det skulle inte förändra något.

Beth sluter ögonen för en sekund och när hon öppnar dem är masken bestämt tillbaka på sin plats.

Hon är min fångvaktare igen och lika självbehärskad som vanligt.

"Middag?" frågar hon och reser sig.

"Lite av morgonens fångst vore toppen", säger jag oberört, medan jag går för att ställa undan mina konstgrejer.

Och så fortsätter vi, som om ingenting hänt.

KAPITEL 17

Efter den dagen undergick mitt förhållande med Beth en subtil men noterbar förändring. Hon var inte längre så bestämd att stänga mig ute och sakta lärde jag känna personen bakom den fräkniga fasaden.

"Jag vet att du tycker att du har blivit tilldelad en dålig hand", säger hon en dag när vi går och fiskar tillsammans, "men tro mig, Nora, Julian bryr sig verkligen om dig. Du kan skatta dig lycklig som har någon som honom."

"Lycklig? Varför?"

"Därför att vad han än har gjort, så är Julian inte riktigt ett monster", säger Beth seriöst. "Han beter sig inte alltid på ett sätt som samhället anser acceptabelt men han är inte ond."

"Inte? Vad är ondska då?" Jag är genuint nyfiken på hur Beth definierar det ordet. För mig är Julians handlingar själva sammanfattningen av vad en ond man skulle kunna göra, trots mina dumma känslor för honom.

"Ond är någon som skulle kunna mörda ett barn", säger Beth och stirrar på det klara blåa vattnet. "Ond är någon som skulle sälja sin trettonåriga dotter till en mexikansk bordell..." Hon pausar för en sekund och tillägger sedan, "Julian är inte ond. Du kan tro mig."

Jag vet inte vad jag ska säga, så jag tittar bara på vågorna som slår mot stranden. Mitt bröst känns som om det blivit fastklämt i ett skruvstäd. "Räddade Julian dig från ondska?" frågar jag efter en stund, när jag är säker på att jag kan hålla min röst någotsånär stadig.

Hon vänder på huvudet och ser på mig. "Ja", säger hon tystlåtet. "Det gjorde han. Och sedan förstörde han ondskan åt mig. Han gav mig ett vapen och lät mig använda det på de där männen - på dem som dödade min lilla dotter. Du förstår Nora, han tog en utnyttjad, nedbruten gathora och gav henne hennes liv tillbaka."

Jag håller kvar Beths blick, det känns som om jag smulas sönder inuti. Min mage vänder sig av illamående. Hon har rätt. Jag vet inte vad lidande innebär. Vad hon har gått igenom är något jag inte kan begripa.

Hon ler mot mig, uppenbarligen gillar hon min chockade tystnad. "Livet är inget mer än en sjuk roulett", säger hon mjukt, "där hjulet fortsätter snurra och fel nummer kommer upp. Du kan gråta hur mycket du vill men om sanningen ska fram är detta så nära en vinstlott man kan komma."

Jag sväljer för att bli av med klumpen i halsen. "Det

är inte sant", säger jag och min röst är lite hes. "Det är inte alltid så här. Det finns en hel värld där ute - en värld där normala människor lever, där ingen försöker göra dig illa..."

"Nej", säger Beth bryskt. "Du inbillar dig. Den världen är ungefär lika verklig som en Disneysaga. Du kanske har levt som en prinsessa men de flesta människorna gör inte det. Normala människor lider. De har ont, de dör och de förlorar dem de älskar. Och de gör varandra illa. De sliter varandra i stycken som de vilda rovdjur de är. Det finns inget ljus utan mörker Nora, natten kommer slutligen ikapp oss alla."

"Nej." Jag tror det inte. Jag vill inte tro det. Den här ön, Beth, Julian - allt detta är en avvikelse, inte hur saker alltid är. "Nej, så är det inte..."

"Det är sant", säger Beth. "Du kanske inte inser det än, men det är sant. Du behöver Julian precis lika mycket som han behöver dig. Han kan försvara dig Nora. Han kan hålla dig säker."

Hon verkar helt övertygad om detta faktum.

"God morgon, min skatt", viskar en välkänd röst i mitt öra, väcker mig, och jag öppnar ögonen för att se Julian sitta där, lutad över mig. Han måste ha kommit direkt från ett formellt affärsmöte för han är klädd i en kostymskjorta istället för hans normalt ledigare kläder. En våg av lycka flammar upp i mig. Leende lyfter jag mina armar och tvinnar dem runt hans nacke, drar honom närmare mig.

Han gosar med min nacke, hans varma tunga vikt pressar mig mot madrassen och jag trycker mig mot honom, känner de sedvanliga begären vakna. Mina bröstvårtor hårdnar, och mitt innersta förvandlas till en pöl av flytande begär, hela min kropp smälter av hans närhet.

"Jag har saknat dig", andas han i mitt öra och jag skälver av välbehag, knappt förmögen att kväva ett stön när hans talangfulla mun rör sig nedåt min nacke och nafsar på en känslig punkt nära mitt nyckelben. "Jag älskar när du är så här", mumlar han och överöser mig med små kyssar på min överkropp och axlar, "så varm, mjuk och sömnig... och min..."

Jag stönar nu och hans mun sluter sig om min högra bröstvårta och suger hårt på den, använder precis rätt mängd tryck. Hans hand glider in under täcket och mellan mina lår och mina stönanden blir mer intensiva när han börjar smeka min hud, hans fingrar ritar retsamma cirklar runt min klitoris.

"Kom för mig, Nora", beordrar han mjukt, trycker ner på min klitoris och jag splittras i tusen bitar, min kropp spänns och når höjdpunkten som om det är på hans befallning. "Duktig tjej", viskar han och fortsätter leka med mitt kön för att dra ut på min orgasm. "En sån fin, duktig tjej..."

När mina efterskalv är över tar han ett steg tillbaka och börjar klä av sig. Jag tittar hungrigt på honom, oförmögen att ta ögonen ifrån sevärdheten. Han är omänskligt läcker och jag vill verkligen ha honom. Hans skjorta åker av först, och visar hans breda axlar och tvättbrädemage och jag kan inte lägga band på mig. Jag sätter mig upp och sträcker mig efter gylfen på hans kostymbyxor, mina händer skakar av otålighet.

Han drar in ett häftigt andetag när min handflata nuddar vid hans svällda kuk. Så fort jag lyckas frigöra den lägger jag mina fingrar runt skaftet och böjer mitt huvud och tar honom i munnen.

"Helvete, Nora!" stönar han, fattar tag om mitt huvud och stöter sina höfter mot mig. "Åh, ja, baby, det är bra..." Hans fingrar glider genom mitt hår, fastnar i de oborstade testarna och jag suger långsamt djupare, öppnar min hals så jag kan få in så mycket som möjligt av honom.

"Åh fan..." Hans sträva stön fyller mig med behag och jag klämmer lätt på hans pung, känner deras tyngd i min handflata. Hans kuk blir ännu hårdare, jag vet att han är på gränsen att komma, men till min förvåning drar han sig bort och tar ett steg tillbaka.

Han andas tungt, hans ögon glittrar som blå diamanter, men han lyckas kontrollera sig tillräckligt för att ta av sig återstoden av kläderna innan han klättrar upp på mig. Hans händer tar tag om mina vrister och sträcker dem över mitt huvud, och hans höfter lägger sig tungt på mina öppna lår och skaftet på hans kuk puffar på min sårbara öppning. Jag stirrar på honom med en blandning av oro och upphetsning, han ser magnifik och primitiv ut med sitt mörka ovårdade hår och vackra ansikte ihopdraget av lust. Han kommer inte att vara speciellt försiktig idag - jag kan redan se det.

Och jag har rätt. Han kommer in i mig med en kraftfull stöt, så djupt in i mig att jag drar efter andan, det känns som om han delar mig i två halvor. Och trots det svarar min kropp på honom, producerar mer glidmedel, gör det lättare för honom. Han knullar mig hårt, skoningslöst, men mina skrik är av njutning, spänningen inom mig stiger ständigt utom kontroll än en gång innan han äntligen kommer.

UNDER FRUKOSTEN ÄR JAG LITE ÖM MEN OAVSETT DET ÄR JAG GLAD. Julian är här och allt är okej i min värld. Han verkar vara på bra humör också, retar mig för att ha sett en hel säsong av *Vänner* på en vecka och frågar ut mig om mina senaste löptider. Han gillar att jag har börjat intressera mig för träning på sista tiden - eller snarare, han gillar resultaten av det.

Fysiskt sett är jag i min bästa form någonsin och det syns. Min kropp är smal och definierad, och jag är ett levande bevis på fördelarna av en hälsosam diet, mycket frisk luft och regelbunden motion. Mitt tjocka bruna hår växer utan några tecken på kluvna toppar och min hud är perfekt len och solbränd. Jag kan inte komma ihåg när jag hade så mycket som en finne.

"Min senaste runda gick på 16.20", säger jag till Julian utan falsk blygsamhet. "Jag tror inte många killar skulle kunna slå det."

"Det är sant", säger han, hans blå ögon glittrar av skratt. "Det kan förmodligen inte jag heller."

"På riktigt?" Jag är fascinerad av idén av att vara bättre än Julian på något. "Vill du försöka? Jag springer gärna ikapp med dig."

"Gör det inte, Julian", säger Beth och skrattar. "Hon är snabb. Hon var snabb innan men nu är hon en jävla raket."

"Jaså?" Han lyfter ett ögonbryn mot mig. "En jävla raket, va?"

"Japp." Jag ger honom en utmanande blick. "Vill du springa ikapp eller är du en fegis?"

Beth börjar låta som en höna och Julian flinar, kastar en bit bröd på henne. "Tyst med dig, din förrädare."

Jag skrattar åt deras upptåg och slänger en bit bröd på Julian och Beth skäller på oss båda. "Det är jag som måste städa upp den här röran", muttrar hon och Julian lovar att hjälpa henne med brödsmulorna och lugnar hennes humör med ett av hans megawattleenden.

När han är så här, är hans charm ett levande väsen som suger in mig, får mig att glömma sanningen i min situation. I bakhuvudet vet jag att ingenting av detta är verkligt - att denna känsla av anknytning, denna gemenskap inte något mer än är en hägring - men för varje dag som går - betyder det mindre och mindre. På något konstigt sätt, känns det som om jag är två personer: kvinnan som håller på att förälska sig i den ursnygga skoningslösa mördaren som sitter vid frukostbordet och kvinnan som observerar allt detta med skräck och misstro.

Efter frukost byter jag om till mina träningskläder - ett par skor och en sporttopp - och tar en bok med mig till verandan så jag kan smälta maten innan jag springer. Julian går in på sitt kontor som vanligt. Hans affärer väntar inte bara för att han är på ön, ett illegalt vapenimperium kräver konstant uppmärksamhet.

Även om Julian sällan talar om sitt arbete, har jag lyckats snappa upp ett par saker under de åtskilliga månaderna. Som jag förstår det, är min tillfångatagare ledaren av en internationell organisation som specialiserar sig på fabricering och distribuering av högmoderna vapen och vissa typer av elektronik. Hans klienter är organisationer eller individer som inte kan köpa vapen lagligt.

"Han har att göra med några riktigt farliga jävlar", sa Beth en gång. "Många av dem är psykopater. Jag skulle inte lita på dem från långt håll."

"Så varför gör han det?" frågade jag. "Han är så rik. Jag är säker på att han inte behöver pengarna..."

"Det handlar inte om pengar", förklarade Beth. "Det handlar om kicken, utmaningen. Män som Julian trivs med sånt."

Ibland undrar jag vad det är Julian gillar när det gäller mig - utmaningen att forma mig efter sin vilja, att få mig att bli vadhelst han tycker det är att han behöver. Tänder han på det, vetskapen om att jag är hans fånge och att han kan göra vad han vill med mig? Hetsar den olagliga aspekten i det hela upp honom?

"Redo?" Julians röst avbryter mina tankar och jag ser upp från min bok för att se honom stå där, klädd enbart i ett par svarta löparshorts och svarta sneakers. Hans överkropp med perfekt definierade muskler och hans mjuka gyllene skinn glänser i solskenet. Det får mig att vilja smeka honom överallt.

"Öh, ja." Jag reser mig och lägger ner min bok och börjar stretcha, i ögonvrån ser jag Julian göra detsamma. Hans kropp är otrolig och jag undrar vad han gör för att hålla sig i form. Jag har aldrig sett honom träna här på ön.

"Tränar du nåt under dina resor?" undrar jag och stirrar skamlöst medan han böjer sig framåt och rör vid sina tår med överraskande flexibilitet. "Hur håller du dig i så bra form?"

Han sträcker på sig och flinar mot mig. "Jag tränar när jag kan med mina män. Jag antar att det räknas."

"Dina män?" Jag tänker omedelbart på busen som misshandlat Jake. Minnet gör mig illamående och jag stöter bort det, jag vill inte tänka på sådana mörka saker nu. Jag måste göra så här ibland, separera det här nya livet i små prydliga sektioner, hålla isär det goda och det onda. Det är min egen patenterade överlevnadsmekanism.

"Mina livvakter och andra anställda", förklarar Julian när vi går ut mot stranden, går fort för att värma upp. "Vissa av dem är före detta Navy SEAL och att träna med dem är ingen barnlek, tro mig."

"Du tränar med Navy SEAL?" Jag stannar och ger

Julian en hård blick. "Du bara skojade tidigare, eller hur? Om att du inte skulle kunna slå mig i ett lopp?"

Hans läppar kröks i ett skälmskt - och ytterst förföriskt - leende. "Jag vet inte, min skatt", säger han mjukt. "Gjorde jag? Varför springer du inte ikapp och kollar?"

"Okej då", säger jag, beslutad att göra mitt bästa. "Nu kör vi".

VI BÖRJAR VÅRT LOPP NÄRA ETT TRÄD SOM JAG MÄRKT UT SPECIELLT FÖR DETTA. På andra sidan ön finns ett annat träd som fungerar som mållinje. Om vi springer i sanden bredvid havet så blir det exakt fem kilometer härifrån och dit.

Julian räknar till fem, jag förbereder mitt stoppur och vi har startat, var och en startar i ett avvaktande tempo som inte är vår snabbaste. Medan jag springer känner jag mina muskler lugnt komma in i rytmen av rörelserna och jag ökar gradvis takten, jag pushar mig lite hårdare än vanligt så här tidigt i loppet. Julian springer bredvid mig, hans längre steg gör det lätt för honom att hålla samma takt.

Vi springer under tystnad, och jag sneglar titt som tätt på Julian ur ögonvrån. Vi är halvvägs genom loppet och jag svettas och flåsar medan min läckre tillfångatagare inte verkar anstränga sig alls. Han är i fenomenal form, hans jämna muskler glänser med små droppar av perspiration, drar sig samman och frigörs vid varje rörelse. Han springer lätt, landar på tå på dynorna och jag avundas hans lätta kliv, jag önskar att jag hade om en fjärdedel av hans uppenbara styrka och uthållighet.

När vi kommer till de sista 800 meterna ökar jag drastiskt hastigheten fullt bestämd att försöka slå honom trots att jag inser det meningslösa i ansträngningen. Han är inte ens andfådd än och jag kippar redan efter andan. Han ökar också farten och det spelar ingen roll hur fort jag springer, jag kan inte lägga någon distans mellan oss. Han är praktiskt taget klistrad vid min sida.

När vi befinner oss 100 m från trädet droppar svetten om mig och varje muskel i min kropp skriker efter syre. Jag är på gränsen till kollaps och jag vet det men jag gör en sista heroisk insats och sprintar i mål.

Precis när min hand är på väg att dunka i trädet, och utmärka mig till loppets vinnare, smäller Julians handflata i barken, bokstavligt talat en sekund före min.

Frustrerad snurrar jag runt och finner mig själv med ryggen pressad mot trädet och Julian böjd över mig. "Där fick jag dig", säger han, hans ögon glänser och jag kan se att hans andning är nästan normal.

Kippande efter luft knuffar jag honom men han rör sig inte ur fläcken. Istället kliver han närmare och hans knä kilar sig fast mellan mina lår. Samtidigt grabbar hans händer tag bakom mina knän och lyfter upp mig mot honom, mina lår säras brett när han gnider sin erektion mot mitt bäcken.

Vårt lilla lopp har tydligen gjort honom kåt.

Flämtande stirrar jag på honom, mina händer grabbar tag i hans axlar. Jag kan knappt hålla mig upprätt och han vill knulla?

Svaret är tydligen ja för han sätter ner mig på fötter en stund, drar ner mina shorts och underkläder och sedan gör han detsamma med sina egna kläder. Jag svajar, mina ben skakar från ansträngningen. Jag kan inte fatta att detta händer. Vem knullar efter ett lopp? Allt jag vill göra är att lägga mig ner och dricka en hel dunk vatten.

Men Julian har andra planer. "Ställ dig på knä", beordrar han strävt och knuffar ner mig innan jag hinner lyda.

Jag landar tungt på knä och stödjer mig på händerna. Ställningen hjälper mig faktiskt att återhämta andningen något och jag suger tacksamt i mig luften. Mitt huvud snurrar av hettan ute - och från ansträngningen av loppet - och jag hoppas att jag inte kommer att svimma.

En hård muskulös arm glider in under mina höfter, håller mig på plats och sedan känner jag hans kuk pressas mot mina skinkor. Omtumlad och darrande väntar jag på stöten som kommer att förena oss, min förrädiska kön bultar av förväntan. Min kropps fysiska reaktion på Julian är galen, löjlig, med tanke på mitt fysiska tillstånd överlag.

Han stryker bort mitt svettdränkta hår från ryggen och böjer sig framåt för att kyssa mig i nacken, täcker mig med sin tunga kropp. "Vet du ", viskar han, "att du är vacker när du springer? Jag har velat göra detta sedan den första kilometern." Och efter det trycker han sig djupt in i mig, hans grovhet tänjer mig, fyller mig hela vägen.

Jag skriker, mina händer griper i jorden när han börjar jucka, båda hans händer håller nu mina höfter när han rammar in i mig. Mina sinnen smalnar av, fokuserar bara på detta - de rytmiska rörelserna av hans höfter, smärtan-njutningen av hans hårda besittande. Det känns som om jag brinner inuti, dör från den våldsamma brygden av hetta och lust. Spänningen som byggs upp inom mig är för stark, outhärdlig och jag kastar tillbaka huvudet med ett skrik när hela min kropp exploderar, frigörelsen passerar genom mig med sådan styrka att jag bokstavligt talat svimmar.

När jag återfår medvetandet igen sitter jag i vagga i Julians knä. Han sitter med ryggen mot mållinjeträdet och han ger mig små munnar vatten, försäkrar sig om att jag inte kvävs. "Är du okej, sötnos?" frågar han, tittar ner på mig med vad som verkar vara genuin omtanke i hans vackra ansikte.

"Öh, ja". Min hals känns fortfarande torr men jag känner mig definitivt bättre - och mer än lite generad över min korta svimning.

"Jag insåg inte att du hade blivit så uttorkad", säger han och en liten rynka delar hans ögonbryn. "Varför ansträngde du dig så hårt?"

"För att jag ville vinna", erkänner jag när jag sluter

mina ögon och andas in lukten av hans hud. Han luktar sex och svett, en underligt tilldragande kombination.

"Här, drick lite mer vatten", säger han och jag öppnar mina ögon igen, dricker lydigt när han pressar flaskan mot mina läppar. Flaskan är från kylväskan jag förvarar på den här sidan ön för att undvika uttorkning efter mina springturer.

Efter några minuter - och en hel flaska vatten - känner jag mig tillräckligt återställd för att börja gå tillbaka. Förutom att Julian inte låter mig gå. Så fort jag kommer på fötter böjer han sig ned och lyfter mig utan ansträngning i sina armar som om jag vore en docka. "Ta tag om min hals", beordrar han och jag lägger mina armar runt honom och låter honom bära mig hem.

KAPITEL 18

Nästa morgon vaknar jag av den lyxiga känslan att få mina fötter masserade. Det känns så underbart att under några sekunder tror jag att jag drömmer och försöker undvika att vakna upp. Känslan av starka fingrar som knådar mina fötter är dock alldeles för verklig och jag stönar av salighet när varje tå gnuggas en i taget med precis rätt tryck.

När jag öppnar ögonen ser jag Julian sitta på sängen, gloriöst naken och en flaska massageolja i handen. Han häller lite i handflatan, böjer sig över mig och masserar mina anklar och vader näst.

"God morgon", mumlar han förtjust och tittar på mig. Jag stirrar tillbaka på honom, stum av förvåning. Julian har gett mig massage förut men vanligtvis var det bara för att få mig att slappna av innan han gjorde något som fick mig att skrika. Han har aldrig väckt mig på ett så behagligt sätt tidigare.

Ett halvt leende spelar på hans sensuella läppar och

jag kan inte låta bli att bli nervös. "Öh, Julian", säger jag osäkert. "Vad ... vad gör du?"

"Jag ger dig en massage", säger han, och ögonen glänser av förtjusning. "Varför slappnar du inte av och njuter av det?"

Jag blinkar, ser hans händer sakta röra sig uppför mina vader. Han har stora händer - starka och maskulina. Mina ben ser omöjligt slanka och feminina ut i hans grepp, även om jag har väldefinierade muskler från all löpning. Jag kan känna förhårdnaderna på hans handflator skrapa lätt mot min hud och jag sväljer, de ovälkomna tankarna att de händerna tillhör en mördare smyger sig in i mitt sinne.

"Vänd på dig", säger han och drar i mina ben så jag vänder mig på mage, jag känner mig fortfarande nervös. Vad håller han på med? Jag gillar inte överraskningar när det gäller Julian.

Han börjar knåda baksidan på mina ben, ofelbart hittar han områdena som är mest ömma från gårdagen och jag stönar när spända muskler börjar lösas upp under hans skickliga fingrar. Jag kan fortfarande inte slappna av helt och hållet, Julian är för oförutsägbar för att jag ska känna mig lugn.

Uppenbarligen känner han av min oro för han böjer sig ner över mig och viskar: "Det är bara en massage, min skatt. Inget att vara så orolig för".

Någorlunda övertygad, låter jag mig själv slappna av, sjunker in i komforten av min madrass. Julians händer är magiska. Jag har fått professionell massage som inte var hälften så bra. Han är totalt fokuserad på mig, märker minsta skillnad i min andning, minsta lilla ryck i mina muskler. Efter några minuter bryr jag mig inte längre om hans konstiga beteende. Jag vältrar mig helt enkelt i sällheten av den här upplevelsen.

När hela min kropp blivit grundligt masserad och jag ligger där i lealös belåtenhet slutar Julian och vallar in mig i duschen. Sedan ställer han sig på knä i duschen och tillfredsställer mig med munnen tills jag exploderar i en otrolig förlösning.

På frukosten nynnar jag av belåtenhet. Det här är den bästa morgonen jag haft på flera månader, kanske år. Som av en märklig slump har Beth gjort min favoritfrukost - ägg Benedikt med krabbkakor. Jag har inte ätit något så syndigt sedan jag kom till ön. Maten Beth lagar åt oss är god men den är normalt sett åt det hälsosamma hållet. Frukt, grönsaker och fisk utgör större delen av vår diet. Jag kan inte komma ihåg sist jag åt något så fett och tillfredsställande som hollandaisesåsen Beth gjorde idag.

"Mmmm, det här är så gott", stönar jag mellan tuggorna. "Beth, det här är fantastiskt. Det är förmodligen de bästa ägg jag någonsin ätit."

Hon flinar åt mig. "De blev bra, eller hur? Jag visste inte säkert om jag lyckades med receptet men det verkar som det."

"Det gjorde du absolut", försäkrar jag henne och serverar mig själv en andra portion. "Det här är toppen."

Julian ler, hans ögon glittrar av varm munterhet. "Hungrig, min skatt?" Han har redan ätit en stor portion själv men jag håller på att komma ikapp honom.

"Utsvulten", säger jag till honom och för ytterligare en full gaffel till munnen. "Jag antar att jag brände en hel del kalorier igår."

"Det är jag säker på att du gjorde", säger han, hans leende breddas och så berättar han för Beth hur jag nästan vann loppet, men utlämnade delen om vårt knullande och hur jag svimmade efteråt.

När frukosten är över är jag så mätt att jag inte får ner en tugga till. Jag tackar Beth för maten, ställer mig upp, på väg att hämta min bok för en avslappnande lässtund på altanen, när Julian överraskar mig genom att ta tag i min handled. "Vänta, Nora", säger han mjukt, och drar ner mig tillbaka i stolen. "Beth har förberett något särskilt idag." Och han avfyrar ett mystiskt ögonkast mot Beth - vid vilket hon omedelbart reser sig och går ut i köket.

"Öh, okej." Jag är ordentligt förvirrad. Hade hon tillagat något men inte serverat det under måltiden?

I samma ögonblick kommer Beth tillbaka till bordet med ett fat med en stor chokladtårta på - en tårta full med brinnande ljus.

"Grattis på födelsedagen, Nora", säger Julian med ett leende och Beth ställer ner tårtan framför mig. "Nu kan du önska dig något och blåsa ut ljusen."

JAG BLÅSER UT LJUSEN PÅ AUTOPILOT OCH MÄRKER

KNAPPT ATT DET TAR MIG TRE FÖRSÖK ATT LYCKAS. Beth hejar på, klappar i händerna, och jag hör ljudet som om det kommer långt bortifrån. Mitt sinne snurrar, ändå känner jag mig märkligt avtrubbad, som om ingenting kan nå mig just nu. Allt jag kan tänka på är det faktum att det är min födelsedag.

Min födelsedag. Det är min födelsedag. Jag blir nitton idag.

Insikten får mig att vilja skrika.

Jag träffade Julian kort före min förra födelsedag och han förde mig till den här ön strax därefter. Det är min födelsedag idag, så nära ett år har passerat sedan jag blev kidnappad. Sedan har jag varit här, i Julians våld och helt isolerad från resten av omvärlden.

Ett år av mitt liv har passerat i fångenskap.

Det känns som jag kvävs, som om all luft lämnat rummet men jag vet att det bara är en illusion. Det finns gott om syre här; det verkar bara inte som om jag kan andas in den.

"Nora?" Beths röst tar sig på något sätt förbi bruset i mina öron. "Nora, är du okej?"

Jag lyckas äntligen dra in lite välbehövlig luft och ser upp från tårtan. Beth stirrar på mig med en undrande min och Julian ler inte längre. Istället ser han ut som en farlig främling igen, hans blick fylld av något ont och oroväckande.

Med en övermänsklig ansträngning lyckas jag hålla mig samman och jag klämmer fram ett skakigt leende. "Självklart. Tack för tårtan, Beth."

"Vi ville överraska dig", säger hon, hennes drag

slätas ut när hon tror på mina ord istället för mitt uttryck. "Jag hoppas du har lite plats över för dessert. Chokladtårta är din favorit eller hur?"

Bruset i mina öron intensifieras. "Öh, ja". Trots mina goda försök låter min röst kvävd. "Och du överraskade mig verkligen."

"Lämna oss, Beth", säger Julian skarpt och slänger en blick på henne. "Nora och jag behöver vara ensamma just nu."

Beth blinkar till, uppenbarligen överrumplad av Julians tonläge. Jag har aldrig hört honom tilltala henne så förut. Oavsett vilket lyder hon omedelbart och springer praktiskt taget uppför trapporna till sitt rum.

Jag har inte sett Julian så arg på ett bra tag och jag vet att jag borde vara rädd men i det här ögonblicket kan jag inte förmå mig att tänka på vad som komma skall. Varje muskel i min kropp darrar av ansträngningen att tygla den hemska storm som jag känner bubbla inom mig, och det är en lättnad att Beth inte är närvarande. Ett år. Det har gott ett helt jävla år. Raseriet som byggs upp inom mig är olikt allt annat jag upplevt tidigare. Det är som om en damm har brustit och inte kan tyglas längre. En röd dimma sänker sig över mig, och min syn, och bruset i öronen stiger när mina känslor rusar utom kontroll.

Så fort Beth är utom synhåll exploderar jag. Jag är inte längre rationell eller förnuftig; jag är ursinnet personifierad. Jag grabbar tag i det närmaste föremål jag kan få tag i - chokladtårtan - och slänger den tvärs över rummet, den mörka glasyren stänker överallt.

Min tallrik och mitt glas kommer näst, de krossas mot väggen i tusen bitar och jag hör skrik komma mot mig långt bortifrån. Någon del av min hjärna som fortfarande fungerar inser att det är jag - att det är mina egna skrik och svordomar jag hör - men det hjälper mig inte att hålla tillbaka tyfonen. All ilska, skräck och frustration från det gångna året har kokat upp till ytan och får nu sitt utbrott i en lava av ilsket raseri.

Jag vet inte hur länge jag befinner mig i det sinneslösa tillståndet innan armar av stål slås runt mig bakifrån, fängslar mig i en välbekant omfamning. Jag sparkar och skriker tills min röst blir hes, min kamp är meningslös. Julian är mycket, mycket starkare än jag och nu använder han den styrkan till att hålla mig hårt tills jag är helt utmattad och sjunker ihop mot honom i nederlag, tårar rinner nerför mitt ansikte.

"Är du klar?" viskar han i mitt öra, och jag kan höra den välkända mörka tonen i hans röst. Som vanligt finner jag det både smärtsamt och upphetsande, min kropp kräver nu smärtan som kommer att följa - och den sinnesupplösande sällhet som följer med den.

Jag skakar på huvudet som svar på hans fråga, men jag vet att jag är klar. Jag vet att vad det nu var som flög i mig har passerat och lämnat mig dränerad och tom.

Fortfarande i hans armar vänder Julian på mig så jag står vänd mot honom. Jag stirrar upp på honom, min tårfyllda blick hjälplöst dragen till den perfekta symmetrin i hans ansikte. Hans höga kindben har ett stänk färg på sig och det finns något oroväckande i sättet han ser på mig - som om han vill förtära mig, slita ut min själ och svälja den hel. Våra ögon möts och jag vet att jag står på randen av ett stup nu, att ett avgrundshål öppnas under mina fötter.

Och i det ögonblicket ser jag allting klart.

Jag är inte arg för att jag har blivit tillfångatagen på ön under ett helt år. Nej, mitt raseri är djupare än så. Vad som bränner mig inifrån och ut är inte det faktum att jag har hållits fången hela den här tiden - utan att jag har kommit att tycka om min fångenskap.

Under de senaste månaderna har jag på något sätt funnit mig i mitt nya liv. Jag har kommit att gilla den lugna, avslappnade rytmen på ön. Havet, sanden, solen - det är så nära paradiset jag kan föreställa mig. Frihet och allt det innebär är nu bara en vag, omöjlig dröm. Jag kan knappt föreställa mig ansiktena på dem som lämnats bakom mig. De är bara suddiga figurer i mitt minne. Det enda som betyder något för mig nu är mannen som håller mig hårt i sin famn.

Julian - min tillfångatagare, min älskare.

"Varför, Nora?" frågar han nästan ljudlöst. Hans arm hårdnar om mig, hans fingrar gräver sig in i mitt mjuka skinn på ryggen. När jag inte svarar mörknar hans uppsikt ännu mer. "Varför?"

Jag förblir tyst, ovillig att ta det där sista oåterkalleliga steget. Jag vill inte blotta mig för Julian sådär. Jag kan bara inte. Han har redan tagit alltför mycket från mig. Jag kan inte låta honom ta detta också.

"Berätta", beordrar han, en hand glider upp för att

vrida mitt huvud, tvingar mig att böja mig bakåt. "Berätta nu."

"Jag hatar dig", kraxar jag, samlar ihop mina sista spillror av trots. Min röst låter som sandpapper, hes från allt skrikande. "Jag hatar dig..."

Hans ögon gnistrar av blå eld. "Jaså, är det så?" viskar han och lutar sig över mig, han håller mig fortfarande hjälplöst böjd mot honom. "Hatar du mig, min skatt?"

Jag håller kvar hans blick, vägrar att blinka. Den som ger sig in i leken får leken tåla. "Ja", väser jag, "jag hatar dig!" Jag måste övertyga honom om mitt hat mot honom för alternativet är otänkbart. Han kan inte få veta sanningen. Han får bara inte.

Julians ansikte hårdnar, fryser till is. Med en snabb rörelse, drar han ner resten av tallrikarna och tillbehören på golvet och knuffar upp mig på bordet, tvingar mig att böja mig framåt, mitt ansikte glider på den lena träytan. Jag försöker sparka med benen men det är lönlöst. Han har ett starkt grepp om min nacke och jag hör det hotande ljudet av ett bälte som spänns upp.

Jag sparkar hårdare och jag lyckas faktiskt träffa hans ben. Självklart vinner jag inget på det. Jag kan inte komma undan Julian. Jag kommer aldrig att kunna fly från Julian.

Han böjer sig över mig, pressar mig mot bordet, hans hårda fingrar sluter sig bakom min nacke. "Du är min, Nora" säger han bryskt, hans stora kropp dominerar mig, hetsar upp mig. "Du tillhör mig förstår du det? Varje liten del av dig är min." Hans erektion pressar mot mina skinkor, en kompromisslös hårdhet, både ett hot och ett löfte.

Han lutar sig tillbaka, håller fortfarande ner mig med en hand på nacken, och jag hör en väsande viskning när ett bälte dras ut från sina öglor. Ett ögonblick senare dras min klänning upp och exponerar min underkropp. Jag kniper ihop ögonen, förbereder mig på vad som komma skall.

Smack. Smack. Skärpet sänks och landar på min rumpa, om och om igen, varje slag är som eldslågor på mina lår och min bak. Jag kan höra mina egna skrik, min kropp spänner sig vid varje slag och driver mig till ett tillstånd där allt är upp och ned - där smärta och njutning kolliderar och blir oskiljaktiga, och där min torterare är min enda tröst. Min kropp mjuknar, smälter, varje slag av bältet känns mer som en smekning och jag vet att jag på något sätt behöver det här nu - att Julian har fått tillgång till den där mörka hemliga delen av mig själv som är en spegelbild av hans egna skruvade begär. Det är en del av mig som längtar efter att ge upp kontrollen, förlora mig fullständigt och bara vara hans.

När Julian väl slutar och vänder på mig finns det inte ett gram motstånd kvar i min kropp. Mitt huvud simmar runt i endorfiner som är kraftfullare än något annat jag upplevt och jag klamrar mig fast vid honom, desperat efter tröst, efter sex, efter vadsomhelst som liknar kärlek eller tillgivenhet. Mina armar sluter sig runt Julians hals och jag drar ner honom på bordet med mig, jag vältrar mig i smaken av honom, i de djupa hungriga kyssarna med vilka han konsumerar min mun. Min baksida känns som om den fattat eld, men det förminskar inte min lust alls; snarare tvärtom. Julian har tränat mig väl. Min kropp är betingad att kräva njutningen som jag vet följer.

Han fumlar med sina jeans, öppnar blixtlåset och sedan är han inuti mig. Han kommer in med en kraftfull stöt. Jag ryser av lättnad, av extas som gränsar till vånda och lägger benen runt hans midja, för att få honom djupare, jag behöver att han knullar mig på primitivast möjliga sätt.

"Berätta för mig", viskar han i mitt öra, hans läppar nuddar vid min tinning. Hans högra hand glider in i mitt hår och håller fast mig där, orörlig. "Berätta hur mycket du hatar mig." Hans andra hand hittar stället där vi är förenade, gnider där, och rör sig sedan nedåt några centimeter till min andra öppning. "Berätta för mig..."

Jag flämtar när han stoppar in fingret i analöppningen, mina sinnen överväldigade av de motstridiga känslorna. Omtumlad öppnar jag ögonen och stirrar på Julian, ser mitt eget mörka behov reflekterat i hans ansikte. Han vill äga mig, krossa mig så han kan sätta ihop mig igen och jag kan inte längre kämpa emot honom här.

"Jag hatar dig inte." Mina ord kommer ut låga och raspiga och jag sväljer för att fukta min torra hals. "Jag hatar dig inte, Julian."

Något som liknar triumf flyktar över hans ansikte.

Hans höfter stöter till, hans lem borrar sig in djupare i mig och jag håller tillbaka ett stön, håller fortfarande kvar hans blick.

”Säg det”, beordrar han igen, hans röst djupare. Hans ögon bränner in i mina och jag kan inte längre stå emot behovet jag ser där. Han vill ha hela mig och jag har inget val än att ge honom det.

”Jag älskar dig.” Min röst är knappt hörbar, varje ord känns som om det kramats ur direkt från min själ. ”Jag hatar dig inte Julian… jag kan inte… jag kan inte, för jag älskar dig.”

Jag kan se hur hans pupiller vidgas, gör hans ögon mörkare. Hans kuk sväller i mig, tjockare och hårdare än innan och sedan drar han sig ur för att drämma tillbaka den, får mig att kippa efter andan av det barbariska i hans besittning.

”Säg det igen”, stönar han och jag upprepar vad jag sagt. Orden kommer lättare andra gången. Det finns ingen mening i att dölja sanningen längre, ingen anledning att ljuga. Jag har fallit huvudstupa för min sadistiske tillfångatagare och ingenting i världen kan ändra på det.

”Jag älskar dig”, viskar jag, min hand letar sig upp mot hans kind för att smeka hans kind. ”Jag älskar dig, Julian.”

Hans ögon mörknar ytterligare och sedan böjer han sitt huvud och tar min mun med en djup, förtärande kyss.

Nu är jag helt och hållet hans, och han vet det.

KAPITEL 19

Efter den dagen - efter vad jag tänker på som födelsedagsincidenten - genomgår mitt förhållande med Julian en noterbar förändring, den blir mer.... romantisk, av avsaknad för ett bättre ord.

Det är en skruvad romans, jag vet det. Jag kanske är beroende av Julian, men det har inte gått så långt att jag inte inser hur ohälsosamt detta är. Jag är förälskad i mannen som kidnappat mig, mannen som fortfarande håller mig fången.

Mannen som verkar behöva min kärlek lika mycket som han behöver min kropp.

Jag vet inte om han älskar mig tillbaka. Jag vet inte om han är kapabel till den känslan. Hur kan du älska någon vars frihet du stal utan att tveka en sekund. Och samtidigt kan jag inte hjälpa att känna att han måste bry sig om mig, att hans besatthet av mig inte bara är sexuell till sin natur. Det finns i sättet jag kommer på honom att se på mig ibland, på sättet han försöker förutse alla mina behov.

Han tar konstant med sig mina favoriträtter, böcker och musik. Om jag så mycket som nämner att jag behöver en handkräm, köper han den åt mig på sin nästa resa. Jag är så bortskämd en tjej kan vara. Han blir till och med stolt över mina bedrifter, lovordar min konst och går så långt som att ta med sig flera av mina målningar till sitt kontor i Hong Kong.

Han saknar mig också när vi inte är tillsammans. Jag vet för han berättar det för mig och varje gång han kommer tillbaka slänger han sig över mig som en uthungrad man som precis blivit utsläppt från fängelset. Det om något, ger mig hopp om att hans känslor för mig går mycket längre än enbart ägarskap.

"Träffar du andra kvinnor? Därute, i den riktiga världen?" frågar jag honom under frukosten efter en natt då han tagit mig tre gånger i rad. Frågan har gnagt i mig flera månader och jag kan helt enkelt inte hålla mig längre. Min tillfångatagare är läcker; han har det där farliga, magnetiska utseendet som säkert drar till sig dussintals kvinnor. Jag kan med lätthet föreställa mig honom ligga med olika vackra kvinnor varje natt - och tanken får mig att vilja mörda. Även med sin sadistiska läggning, vet jag att han inte skulle ha några svårigheter att hitta sällskap till sängen. Det finns förmodligen många kvinnor som, i precis som jag, når njutning genom erotisk smärta.

Han ler mot mig med mörk munterhet, inte alls stött av min uppenbara svartsjuka. "Nej, min skatt", säger han mjukt. Han sträcker sig framåt och tar min hand, smeker insidan av min handled med sin tumme. "Varför skulle jag vilja knulla någon annan när jag har dig? Jag har inte varit med någon annan kvinna sen dagen vi möttes."

"Har du inte?" Jag kan inte dölja min chock. Har Julian varit trogen mot mig hela den här tiden?

Han ser på mig, hans läppar krökta i ett syndfullt läckert leende. "Nej, älskling, det har jag inte", säger han - och i det ögonblicket känner jag mig som den lyckligaste kvinnan i världen.

Jag älskar när han kallar mig älskling. Det är en vanlig ömhetsbetygelse, jag vet, men när Julian säger det låter det på något sätt annorlunda - som om han smeker mig med det ordet. Jag föredrar att kallas älskling mot att bli kallad min skatt. I slutändan vet jag dock att det är det jag är för honom – hans skatt, hans ägodel. Jag gillar idén att jag tillhör honom, att han är den enda mannen som får ta på mig, se mig. Han gillar att klä upp mig i kläderna han tillhandahåller, mata mig med maten han tar med sig. Jag är fullständigt beroende av honom, och jag tror att det finns någonting i det som tilltalar honom, lugnar demonerna jag ofta känner lura under ytan.

I sanningens namn har jag ingenting emot att bli ägd. Det är en oroväckande insikt, att en del av mig verkar gilla den här sortens dynamik. Jag känner mig säker och omhändertagen, även om logiken säger att jag är långt ifrån säker med en man som handlar med vapen som brödföda - en man som har erkänt att han dödat utan några som helst samvetskval. Handen som rör vid mig på natten är den som tagit livet av andra, men det finns en särskild krydda i det. Det får allting att kännas mer intensivt, hjälper mig att känna mig levande.

Förresten, förutom hans behov av att göra mig illa, så har Julian aldrig riktigt gjort det - inte fysiskt i alla fall. När han är på ett av sina sadistiska humör, vaknar jag upp med märken och blåmärken på min hud men de bleknar snabbt. Han är noggrann med att inte lämna ärr på min kropp, även om jag vet att blod och tårar - mina tårar - hetsar upp honom.

När jag delar lite av mina känslor med Beth verkar hon inte ett dugg förvånad.

"Jag visste att ni två var som gjorda för varandra från det jag såg er tillsammans första gången", säger hon och ger mig en sned blick. "När du och Julian är i samma rum, kokar luften praktiskt taget. Jag har aldrig sett någon liknande kemi mellan två människor förut. Vad ni har tillsammans är ovanligt och speciellt. Kämpa inte emot det, Nora. Han är ditt öde - och du är hans."

Hon verkar helt övertygad om det.

～

NATTEN DÅ MITT LIV OÅTERKALLELIGT FÖRÄNDRAS, börjar allting som vanligt.

Julian är på ön och vi delar en läcker måltid innan han för mig uppför trapporna för en långdragen älskogssession. Det är en av de där gångerna han är försiktig, dyrkar mig med sin kropp som om jag är en gudinna, och jag somnar avslappnad och tillfredsställd, tätt intill honom i hans omfamning.

När jag vaknar upp mitt i natten för att gå på toaletten, blir jag medveten om en dov smärta nära naveln. Efter att ha lättat på trycket, tvättar jag händerna och kryper tillbaka ned i sängen, sträcker ut mig bredvid Julians sovande form. Jag känner mig lätt illamående också och jag undrar om jag har förstoppning. Kan jag ha blivit matförgiftad på något sätt?

Jag försöker somna igen men smärtan verkar bli sämre för varje minut som går. Den sprider sig nedåt och blir skarp och plågsam. Jag vill inte väcka Julian men jag står inte ut längre. Jag behöver en värktablett av något slag, vilken som helst.

"Julian", viskar jag och sträcker mig efter honom. "Julian, jag tror jag är sjuk."

Han vaknar omedelbart och sätter sig upp i sängen, tänder sänglampan. Det finns inte ett spår av förvirring i hans ansikte, han är lika alert som om det hade varit mitt på dagen istället för tre på natten. "Vad är det som är fel?"

Jag rullar ihop mig till en liten boll när smärtan intensifieras. "Jag vet inte", lyckas jag få ur mig. "Det gör ont i magen".

Han rynkar på ögonbrynen. "Var gör det ont, älskling?" säger han mjukt och knuffar över mig på rygg.

”I… i sidan”, flämtar jag, tårar av smärta rinner nerför kinden.

”Här?” frågar han, och trycker på en sida, och jag skakar på huvudet.

”Här?”

”Ja!” På något sätt har han ofelbart hittat den exakta punkten för smärtan.

Han reser sig omedelbart och börjar klä på sig. ”Beth!” ropar han. ”Beth, jag behöver dig omedelbart!”

Hon kommer inspringande i rummet trettio sekunder senare, hon drar en morgonrock över pyjamasen. ”Vad är det som har hänt?”

Hon låter rädd och jag är vettskrämd. Jag har aldrig sett Julian så här förut. Han ser nästan… rädd ut.

”Gör dig iordning”, säger han bryskt. ”Jag tar henne till kliniken och du kommer med oss. Det kan vara hennes blindtarm.”

Blindtarmsinflammation! Nu när han säger det, inser jag att det är den troligaste förklaringen, men det är mer än skrämmande. Jag är ingen doktor, men jag vet att om min blindtarm går sönder innan de tar ut den är jag körd. Det hade varit skrämmande även om jag befann mig i närheten av läkarvård, och nu befinner jag mig på en privat ö i Stilla havet. Och om vi inte hinner till sjukhuset i tid?

Julian måste ha samma tankar för hans ansiktsuttryck är bistert när han lindar in mig i en rock och lyfter upp mig, han bär mig ut ur rummet.

”Jag kan gå”, protesterar jag svagt, min mage gurglar när Julian snabbt går ned för trappan.

"I helvete heller." Hans ton är onödigt brysk men jag tar inte illa upp. Jag vet att han är orolig för mig just nu och även med mina enträgna plågor, känner jag mig varm vid tanken.

När vi väl kommer till hangaren har Beth öppnat grindarna åt oss och väntar redan bak i planet. Julian spänner fast mig i passagerarsätet och jag inser att min högsta önskan håller på att gå i uppfyllelse.

Jag är på väg ifrån ön.

Min mage vänder sig och jag griper efter den bruna papperspåsen som ligger passande nog framför mig. Plötsligt hett illamående bubblar upp i halsen och jag kräks i påsen, hela min kropp svettas och skakar.

Jag kan höra Julian svära när planet börjar lyfta och jag skäms så mycket att jag bara vill dö. "Jag är ledsen", viskar jag, mina ögon bränner. Jag har aldrig känt mig så miserabel i hela mitt liv.

"Det är okej", säger Julian kort. "Bekymra dig inte om det."

"Här!" Beth ger mig en våtservett från baksätet. "Det här borde få det att känna dig bättre."

Men det gör det inte. Istället, i takt med att planet stiger, blir jag illamående igen. Jag stönar, jag tar mig om magen, smärtan i min högra sida ökar.

"Fan", muttrar Julian. "Fan, fan, fan." Hans knogar är vita där han griper om kontrollerna.

Jag kräks igen.

"Hur länge är det tills vi kommer fram?" Beths röst är ovanligt gäll.

"Två timmar", säger Julian bistert. "Om vinden samarbetar."

De två timmarna visar sig vara de längsta i mitt liv. När planet går ner för landning har jag kräkts fem gånger och jag har för länge sedan lämnat skammen bakom mig. Smärtan i min mage har sedan länge utbytts mot plåga och jag är inte medveten om nåt annat än min egen benmärgsdjupa olycka.

Starka händer sträcker sig efter mig, drar mig ut ur planet och jag är vagt medveten om att Julian bär mig någonstans, håller mig hårt tryckt mot sin breda överkropp. Jag hör ett sorl av röster som talar en mix av engelska och något främmande språk, och sedan placeras jag på en rullbår och rullas genom en lång korridor in i ett vitt sterilt rum.

Flera personer med vita rockar jäktar runt mig. En man ropar ut order på samma märkliga språkmix och jag känner ett vasst stick i min arm när droppnålen sätts in i min handled. Snurrig, tittar jag upp och får syn på Julian som står i ett hörn, hans ansikte är underligt blekt och hans ögon blänker... och sedan omsluts jag helt av mörker igen.

KAPITEL 20

Näʀ jag återfåʀ medvetandet känneʀ jag mig bara något bättʀe. Mitt huvud vekar vara stoppat med bomull och den gnagande smärtan i sidan kvarstår, även om den känns annorlunda nu, mindre skarp och mer som en värk. För ett ögonblick tror jag att jag somnade när jag mådde illa och drömde alltihop, men lukten övertygar mig om motsatsen. Det är den där omisskännliga antiseptiska lukten du bara stöter på doktorsmottagningar och sjukhus.

Den lukten betyder att jag lever... och att jag har lämnat ön.

Mitt hjärta börjar rusa iväg vid tanken.

"Hon har vaknat", säger en okänd kvinnoröst på bruten engelska, uppenbarligen adresserad till någon annan i rummet.

Jag hör fotsteg och känner hur någon sätter sig på sidan av min säng. Varma fingrar sträcks ut och stryker över min kind. "Hur mår du, älskling?"

Jag öppnar ögonen med viss ansträngning och tittar på Julians vackra drag. "Som om jag har blivit uppskuren och hopsydd igen", lyckas jag kraxa fram. Min hals är så torr och öm att det faktiskt gör ont att prata och jag kan känna en dov, bultande smärta i min högra sida.

"Här", Julian håller fram en kopp med ett böjt sugrör i. "Du måste vara törstig."

Han sträcker fram det mot mig och jag sluter lydigt läpparna om sugröret och suger i mig lite vatten. Mitt sinne är fortfarande suddigt, och för ett ögonblick, rämnar väggen mellan de goda och de dåliga minnena. Jag kommer ihåg den första dagen på ön, när Julian hade erbjudit mig en flaska vatten, och en ofrivillig ilning letar sig ned genom ryggraden. I det ögonblicket, är Julian inte mannen jag älskar; han är återigen min fiende, den som stal mig, den som har skapat mig mot min vilja.

"Fryser du?" frågar han, och tar koppen från mig innan han böjer sig över mig för att dra upp täcket högre upp så att det täcker axlarna.

"Öh, ja, lite." Jag har kommit ifrån ön. Herregud, jag har kommit ifrån ön. Mina tankar snurrar. Jag känner mig kluven, som om jag är två olika personer - den vettskrämda flickan som insisterar på att det här är hennes chans att fly och kvinnan som desperat kräver Julians beröring.

"De tog ut din blindtarm", säger Julian, för undan en hårtest som kittlade min panna. "Operationen gick bra och det borde inte bli några komplikationer. Stämmer inte det Angela?" Han ser upp åt vänster.

"Ja, Herr Esguerra."

Esguerra? Är det Julians efternamn? Jag känner igen rösten från förut och vänder mig om för att se en liten ung kvinna i vit sjuksköterskeuniform. Hennes lena hud har en vacker ljusbrun färg och hennes ögon och hår är mörka, nästan svarta. För mig ser hon filippinsk eller kanske thailändsk ut - inte för att jag kan påstå mig vara någon expert på den ena eller andra nationaliteten.

Jag vet att hon är den första människa jag sett på femton månader som varken är Beth eller Julian.

Jag har lämnat ön. Herregud, jag har lämnat ön. För första gången sedan min bortförsel är detta en verklig chans till flykt.

"Var är jag?" frågar jag medan jag stirrar på den unga sjuksköterskan. Jag kan inte tro att Julian låter någon annan se mig - mig, tjejen som han kidnappat.

"Du är på en privat klinik i Filippinerna", svarar Julian när kvinnan bara ler mot mig. "Angela här är undersköterskan som kommer att ta hand dig."

I det ögonblicket öppnas dörren och Beth kommer in. "Åh, se vem som är vaken", utbrister hon och kommer fram till sängen "Hur mår du?"

"Okej, tror jag", säger jag varsamt. Herre jävlar, jag har lämnat den jävla ön.

"De säger att Julian fick hit dig i sista sekunden", säger Beth, drar fram en stol och sätter sig bredvid sängen. "Din blindtarm var på väg att brista. De tog ut den och sydde ihop dig igen, så du borde bli helt ok."

Jag småskrattar lite nervöst... och stönar omedelbart, rörelsen hugger i stygnen i min sida.

"Gör det ont?" Julian ger mig en oroad blick. Han vänder sig till Angela. "Ge henne mer smärtstillande."

"Jag är okej, bara lite öm", försöker jag övertyga honom. "Seriöst, jag behöver inga droger." Det sista jag vill är att fördunkla mitt sinne just nu. Jag har kommit loss från ön, och jag behöver lista ut vad jag ska göra. Jag gör mitt bästa för att hålla mig lugn, men det tar all min viljestyrka för att inte skrika eller göra någonting dumt. Friheten är så nära att jag praktiskt taget kan ta på den.

"Självklart, Herr Esguerra." Angela ignorerar totalt mina protester och kommer fram till sängen och fipplar med den genomskinliga påsen som leder till min droppslang.

Julian böjer sig över sängen och kysser mig lätt på läpparna. "Du behöver vila", säger han mjukt. "Jag vill att du ska bli frisk. Förstår du mig?"

Jag nickar, mina ögonlock faller tungt när medicinen börjar verka. För ett ögonblick känns det som om jag flyter, all smärta är försvunnen och sedan är jag inte medveten om någonting mer.

NÄR JAG VAKNAR ÄR JAG ENSAM I RUMMET. SKARPT solljus strömmar in genom de klara stora fönstren och flera växter blommar för fullt på fönsterbrädet. Det är faktiskt ganska mysigt. Om det inte var för sjukhuslukten och de många apparaterna och monitorerna skulle jag ha trott att jag befann mig i någons sovrum. Vad det här än är för en klinik, så är den rätt lyxig - ett faktum jag inte fick chansen att riktigt uppskatta tidigare.

Dörren öppnas och Angela kommer in i rummet. Hon ger mig ett brett leende och säger med munter röst: "Hur mår du, Nora?"

"Okej", svarar jag försiktigt. "Var är Julian?" Någonting med den här kvinnan stämmer inte för mig, och jag kan inte komma på vad det är. Jag vet att hon förmodligen är min bästa flyktmöjlighet men jag vet inte om jag kan lita på henne. För det första så kan hon med stor sannolikhet vara anställd av Julian, som Beth.

"Herr Esguerra var tvungen att lämna under några timmar", säger hon och ler fortfarande mot mig. "Beth är dock här. Hon gick precis på toa."

"Jaha, så bra." Jag stirrar på henne, försöker samla mod till mig. Jag måste tala om för henne att jag blivit kidnappad. Jag bara måste. Detta är min chans att fly. Hon kanske är lojal mot Julian men jag måste försöka ändå. Jag kanske aldrig får en bättre chans till flykt.

Angela kommer fram till sängen och ger mig en kopp med ett böjt sugrör. "Här har du", säger hon med samma käcka röst. "Jag kommer med lite mat om en stund."

Jag lyfter handen och tar koppen från henne, rycker till lite när min rörelse drar i stygnen. "Tack", säger jag och klunkar girigt ned vattnet. Jag måste verkligen, verkligen tala om för henne att hon måste ringa polisen, eller vad de lokala tillämparna av lagen kallas, men av någon anledning gör jag inte det. Istället, dricker jag upp vattnet och ser henne gå ut ur rummet, så att jag återigen lämnas ensam.

Jag stönar mentalt. Vad är det för fel på mig? Friheten är möjlig för första gången på över ett år och här ligger jag och dillar och skjuter upp. Jag intalar mig själv att det är för att jag är försiktig, för att jag inte vill riskera att någon blir skadad - inte Angela och speciellt inte någon där hemma - men djupt inombords vet jag sanningen.

Även om friheten känns lockande, är den också skrämmande. Jag har varit fånge så länge att jag faktiskt saknar komforten hos mitt fängelse, att vara i det här okända rummet gör mig stressad, ängslig och det finns en del av mig som bara vill tillbaka till ön, till min normala rutin. Viktigast av allt är dock att frihet innebär att lämna Julian, och jag kan inte förmå mig till det.

Jag vill inte lämna mannen som kidnappat mig.

Jag borde glädjas åt tanken över polisens ankomst för att arrestera honom men istället får det mig att känna mig skräckslagen. Jag vill inte att Julian ska hamna bakom galler. Jag vill inte skiljas från honom, inte ens för en minut.

Jag sluter ögonen och säger till mig själv att jag är en dumbom, en hjärntvättad idiot, men det spelar ingen roll.

Liggande där i sjukhussängen kommer jag underfund med det faktum att jag inte längre hålls fånge mot min vilja. Istället är jag helt enkelt en kvinna som tillhör Julian - precis som han tillhör mig.

JAG ÅTERHÄMTAR MIG PÅ KLINIKEN UNDER DEN FÖLJANDE VECKAN. Julian besöker mig varje dag, han tillbringar flera timmar vid min sida, och det gör även Beth. Det är mestadels Angela som tar hand om mig även om ett par läkare har tittat förbi för att kontrollera mina värden och justera doseringen av mina värktabletter.

Jag har fortfarande inte talat om för någon att jag är ett offer för kidnappning, och jag planerar inte att göra det längre. Jag får också känslan av att klinikens personal får betalt för att vara diskret. Ingen verkar det minsta nyfiken på vad den amerikanska tjejen gör i Filippinerna, inte heller ställer de några som helst frågor till mig. Det enda Angela vill veta är om jag har ont, är törstig, hungrig eller om jag behöver använda toaletten. Jag är ganska säker på att om jag ber henne att ringa polisen åt mig skulle hon bara le och ge mig fler värktabletter.

Jag har också sett ett antal vakter utplacerade i hallen utanför rummet. Jag kan skymta dem när dörren öppnas. De är beväpnade till tänderna och ser ut att vara skrämmande karlar. De påminner mig om busen som klådde upp Jake.

När jag frågar Julian erkänner han öppet att de är

hans anställda. "De är här för ditt skydd", förklarar han och sätter sig ned bredvid mig på sängen. "Jag berättade för dig att jag har fiender, eller hur?"

Det har han, men jag hade inte till fullo insett farans omfattning tidigare. Enligt Beth, finns det en liten armé av livvakter stationerade på och runt kliniken, som beskyddar oss mot vad det nu är som Julian är orolig för.

"Vilka fiender?" frågar jag nyfiket och tittar på honom. "Vilka är efter dig?"

Han ler mot mig. "Det är inte din ensak, min skatt", säger han mjukt men det finns någonting kallt och dödligt som lurar under värmen i hans leende. "Jag kommer att ta itu med dem snart."

Jag ryser lite och hoppas att Julian inte märker det. Ibland kan min älskare vara väldigt skrämmande.

"Vi åker hem imorgon." säger han för att byta ämne. "Läkarna säger att du måste ta det lugnt de kommande veckorna, men det finns ingen anledning för dig att stanna här. Du kan återhämta dig lika bra hemma."

Jag nickar, min mage drar ihop sig lite av en blandning av bävan och förväntan. Hem... hem till ön. Denna märkliga paus på kliniken - så nära frihet - är snart över.

Imorgon börjar mitt riktiga liv igen.

KAPITEL 21

Pang! Pang! Det explosiva ljudet från en bil som baktänder rycker mig ur min djupa sömn. Mitt hjärta hamrar, jag sätter mig upp och tar mig sedan för stygnen i sidan med ett stön av smärta.

Pang! Pang! Pang! Ljudet fortsätter och jag stelnar. Ingen bil baktänder sådär.

Det jag hör är vapenskott. Skott och sporadiska skrik.

Det är mörkt. Det enda ljuset kommer från monitorerna som jag är kopplad till. Jag sitter på sängen i mitten av rummet - det första någon skulle se när de öppnar dörren. Det slår mig att jag lika gärna skulle kunna sitta med en måltavla mitti pannan.

I ett försök att kontrollera min ojämna andning drar jag ur droppnålen ur armen och ställer mig upp. Det gör fortfarande ont att gå men jag ignorerar smärtan. Jag är säker på att en kula skulle göra mer ont än så.

Jag tassar barfota mot dörren, gläntar pyttelitet på den och kikar ut i korridoren. Min mage drar ihop sig. Det finns inte en enda livvakt i sikte, korridoren framför mig är helt tom.

Fan. Fan, fan, fan.

Jag blickar frenetiskt runt mig, försöker hitta ett gömställe men det enda skåpet i rummet är för litet för att jag skulle få plats där. Det finns ingenstans jag kan gömma mig. Att stanna här skulle vara självmord. Jag behöver ta mig ut härifrån och jag behöver göra det nu.

Jag drar sjukhusrocken tätare kring mig och stiger försiktigt ut i korridoren. Golvet är kallt under mina bara fötter och ökar den frostiga känslan inom mig. Härute känner jag mig ännu mer exponerad och sårbar, driften att gömma mig blir ännu starkare. Jag skymtar en rad dörrar i andra änden av korridoren, väljer en på måfå och öppnar den försiktigt. Till min lättnad finns det ingen i rummet och jag går in och stänger tyst dörren bakom mig.

Ljudet av skottlossning fortsätter med ojämna intervall och kommer närmare för varje gång. Jag kliver in i hörnet bakom dörren och klistrar mig längs väggen, försöker kontrollera min stigande panik. Jag har ingen aning om vilka männen med vapen är, men alternativen som slår mig är inte uppmuntrande.

Julian har fiender. Tänk om det är dem därute? Tänk om han är därute och slåss mot dem vid sidan av sina livvakter? Jag föreställer honom skadad, död, och kylan inom mig sprids, penetrerar mig ända in i märgen. Snälla, Gud, nej. Snälla vad som helst men inte det. Jag skulle hellre dö än att förlora honom.

Hela min kropp darrar, och jag känner kall svett glida nedför min rygg. Skottlossningen har upphört, och tystnaden är mer omfattande än de dövande ljuden från förut. Jag kan känna smaken av skräcken. Den är skarp och metallisk på min tunga, och jag inser att jag har bitit mig så hårt på insidan av kinden att det börjat blöda.

Tiden släpar sig smärtsamt fram. Varje minut sträcker sig över en timme, varje sekund är en evighet. Slutligen hör jag röster och tunga steg ute i korridoren. Det låter som flera män och de pratar ett språk jag inte förstår - ett språk som låter bryskt och gutturalt i mina öron.

Jag kan höra dörrar öppnas och jag vet att de letar efter någon, eller någonting. Jag vågar knappt andas, försöker smälta in i väggen, göra mig så liten och osynlig jag bara kan för männen som stryker omkring i korridoren.

"Var är hon?" en brysk manlig röst kräver svar på en starkt bruten engelska. "Hon ska finnas här, på den här våningen."

"Nej, det gör hon inte." Rösten som svarar honom är Beths, och jag kväver ett skräckslaget läte när jag förstår att männen på något sätt har tagit henne tillfånga. Hon låter trotsig men jag hör en underton av rädsla i hennes röst. "Jag har redan sagt det - Julian har redan fört bort henne..."

"Ljug inte för mig för helvete", ryter mannen, hans

brytning blir starkare. Ljudet av ett slag följs av Beths gråt av smärta. "Var i helvete är hon?"

"Jag vet inte", Beth snyftar hysteriskt. "Hon är borta, jag sa ju det, borta..."

Mannen skriker något på sitt eget språk och jag hör fler dörrar öppnas. De kommer närmare rummet jag gömmer mig i och jag vet att det bara är en tidsfråga innan de hittar mig. Jag vet inte varför de letar efter mig men jag vet att jag definitivt är "hon" de letar efter. De vill hitta mig, och de är villiga att skada Beth för att göra det.

Jag tvekar något innan jag kliver ut ur rummet. På andra sidan korridoren ser jag Beth hopkrupen på golvet, hennes arm är hårt tillbakahållen av en svartmaskerad man. Ett dussin män står runt dem, håller i automatkarbiner och maskingevär - som de riktar mot mig så fort jag kommer ut.

"Letar ni efter mig?" frågar jag lugnt. Jag har aldrig varit så rädd i hela mitt liv men min röst låter stadig, nästan road. Jag visste inte att man kan bli förlamad av rädsla, men det är så jag känner just nu - jag är så skräckslagen att jag faktiskt inte känner mig rädd längre.

Mina tankar är märkligt klara och jag kan känna flera saker på samma gång. Männen ser ut att vara från Mellanöstern, med sitt olivfärgade skinn och mörka hår. Medan några av dem är renrakade har de flesta av dem tjocka svarta skägg. Åtminstone två av dem är skadade och blöder. Och trots alla deras vapen, verkar de väldigt nervösa, som om de förväntar sig att bli attackerade vilken minut som helst.

Mannen som håller Beth ryter ut en ny order på språket som jag inser är arabiska och jag känner igen rösten som tillhör mannen som nyss pratade engelska. Han verkar vara ledaren. På hans order, kommer två av männen fram till mig och tar tag i mina armar och drar mig mot honom. Jag lyckas undvika att snubbla trots att mina stygn värker med tilltagen styrka.

"Är detta hon?" väser han mot Beth och skakar henne häftigt. "Är det Julians lilla hora?"

"Det är jag det", säger jag till honom innan Beth kan svara. Min röst är onaturligt lugn. Jag tror inte jag har till fullo förstått vilken fara jag befinner mig i. Allt jag vill just nu är att förhindra dem från att göra Beth illa. På samma gång, processar jag i bakhuvudet det faktum att de vill ha mig för att jag är Julians älskarinna. Det kan bara innebära en sak. Att Julian lever och att de kommer att använda mig mot honom. Jag dämpar en rysning av lättnad vid tanken.

Ledaren stirrar på mig, uppenbarligen lika förvånad som jag över min otypiska tapperhet. Han släpper Beth och kommer fram till mig, griper tag om min käke med hårda grymma fingrar. Han lutar sig närmare, studerar mig, hans mörka ögon glimmar kallt. Han är kort för att vara man, max runt 1.70 och hans andedräkt sköljer över mitt ansikte och för med sig en stinkande lukt av vitlök och unken tobak. Jag kämpar mot driften att kväljas och möter trotsigt hans blick med min.

Efter några sekunder släpper han taget och säger

något på arabiska till sina trupper. Två av männen skyndar sig fram och grabbar tag i Beth igen. Hon skriker och börjar slåss med dem och en av dem slår henne med handryggen så hon tystnar. På samma gång sluter sig handen runt min överarm, klämmer smärtsamt om den. "Nu går vi!" säger han skarpt och jag låter mig ledas mot dörren i slutet av korridoren.

Dörren öppnas mot en trappuppgång, och jag inser att vi är på andra våningen. Männen formar en cirkel runt mig, ledaren, och Beth, och vi går alla nedför trappan och ut genom en dörr som leder till en kal och öppen yta utomhus. Vi går förbi en död manskropp i trappuppgången, och utanför ligger det flera till. Jag vänder bort blicken, sväljer kraftigt för att förhindra att gallan stiger i halsen. Solen skiner, luften är varm och fuktig, men jag kan knappt känna värmen på min frusna hud. Min faktiska situation börjar sjunka in och jag börjar darra, små rysningar som tillintetgör min fattning.

Det står flera svarta suvar och väntar på oss och männen släpar mig och Beth till en av dem, och tvingar in oss i baksätet. Två av dem klättrar in med oss så vi tvingas att trycka ihop oss. Jag kan känna att Beth darrar och jag lutar mig över för att ta hennes kalla hand i min egen, för att få lite tröst från den mänskliga kontakten. Hon tittar på mig, och skräcken i hennes ögon får mitt blod att frysa till is. Hennes fräkniga ansikte är blekt och hennes högra kind är svullen, ett massivt blåmärke börjar ta form där. Hennes underläpp är spräckt på två ställen och det finns en blodfläck på hennes haka. Vilka dessa män än är, så har de inga samvetskval när det kommer till att misshandla kvinnor.

Jag vill desperat fråga henne vad hon vet, men jag håller tyst. Jag vill inte dra till oss mer uppmärksamhet än nödvändigt. Minnesbilden av de döda kropparna vi precis passerat susar förbi och jag kämpar mot kräkreflexen. Jag vet inte vad de här människorna har i beredskap åt oss, men jag misstänker starkt att våra chanser att överleva är minimala. Varje minut vi överlever, varje minut som de lämnar oss ifred, är guld värd, och vi måste göra vadsomhelst för att få de minuterna att vara så länge som möjligt.

Bilen startar och kör iväg. Jag håller fortfarande Beths hand och jag tittar ut genom fönstret, ser den vita byggnaden och kliniken försvinna bakom oss. Vägen är oasfalterad och knölig, atmosfären i bilen spänd. De två männen i baksätet med oss håller hårt i sina vapen och jag får åter känslan att de är rädda för något... eller någon.

Jag undrar om det är Julian. Vet han vad som har hänt? Är han ens på väg till kliniken? Jag stirrar ut genom rutan, mina ögon är torra och bränner. Det skulle inte ha blivit så här. Jag skulle åka tillbaka till ön idag, tillbaka till det fridfulla livet jag levt under det senaste året. Det är ett liv jag nu längtar intensivt efter. Jag vill ligga i Julians famn och känna den varma rena lukten av hans hud. Jag vill att han ska äga och försvara mig, hålla mig säker från allt och alla utom honom.

Men han är inte här. Istället skumpar bilen fram

längs vägen, tar oss längre och längre ifrån säkerhet. Det är varmt och jag kan känna lukten av otvättade manliga kroppar och svett. Det impregnerar bilen, och får mig att känna som om jag håller på att kvävas. Beth verkar befinna sig i chock, hennes ansikte är blankt och tillbakadraget. Jag vill krama henne, men vi är så hårt sammanpressande att jag bara kramar hennes hand försiktigt. Hennes fingrar är lealösa och degiga i min hand.

Bilturen verkar vara för evigt men det måste ha rört sig om runt en timme för solen har fortfarande inte gått upp helt när vi anländer till vår destination. Det är en landningsbana mitt ute i ingenstans och det finns ett ansenligt plan som väntar där. Det ser vagt militärt ut. Männen tvingar oss ur bilen och drar oss mot planet. Jag gör mitt bästa för att gå dit de leder mig, jag vill inte att mina stygn ska öppna sig. Beth gör inget motstånd heller även om hon verkar alldeles för förfärad för att gå rakt, vilket tvingar dem att praktiskt taget bära in henne.

Inuti är planet långtifrån lyxigt. Som jag hade misstänkt är kroppen på planet militärt med säten längs väggarna istället för i rader. Det är den sortens plan som jag sett i filmer, speciellt med Navy SEAL: s som hoppar ut ur det med fallskärmar. Männen spänner fast Beth och mig i två av sätena och sätter handklovar på våra händer innan de själva sätter sig.

Motorerna startar, planet börjar rulla och när vi lyfter, skiner solen skarpt i mina ögon.

KAPITEL 22

NÄR VI LANDAR NÅGRA TIMMAR SENARE ÄR JAG DÖDSTÖRSTIG OCH BEHÖVER DESPERAT KISSA. Jag kastar en blick på Beth, och ser att hon är ännu mer obekväm, hennes ögon är blanka och feberaktiga. Svullnaden i hennes ansikte har blivit ett fult blåmärke och hennes läppar har en skorpa av torkat blod. Med mina händer i handbojor kan jag inte ens sträcka mig över för att ge henne en tröstande klapp på armen.

Så fort planet landar spänner de upp våra bälten och drar oss ur planet, fortfarande med våra händer framför oss i handbojor. Ledaren kommer fram till oss och ger oss en snabb överblick innan han pekar mot en svart suv som står parkerad ett antal meter bort. Han spottar ut några order till sina män och jag förstår att vår resa är på väg att fortsätta. Innan de kan tvinga oss in i fordonet säger jag dock till. "Hej", säger jag tyst, "jag måste gå på toa."

Beth slänger en panikartad blick på mig men jag

ignorerar henne och fokuserar på ledaren. Helt säker på att jag hellre dör än kissar i byxorna - eller sjukhusdräkten som det faktiskt råkar vara. Han tvekar en sekund, stirrar på mig, och pekar sedan med tummen mot bushen. "Gå då bitch", säger han bryskt: "Du har en minut på dig".

Jag snubblar mot buskarna och ignorerar mannen med maskingeväret som följer efter mig. Tack och lov tittar han bort när jag drar upp min dräkt och hukar mig för att lätta på trycket, mitt ansikte högrött av skam. I ögonvrån ser jag Beth följa mitt exempel ett dussintal meter bort.

När vi båda är färdiga stuvas vi in i ytterligare en varm, kvav bil. Den här gången, är vägen ännu längre. Den går genom vad som verkar vara någon sorts djungel. När vi väl kommer fram till en lagerliknande byggnad - vår slutstation - är jag genomsvettig och svårt uttorkad. Jag är hungrig också, men det behovet är sekundärt i förhållandet till törsten som nu förtär mig.

När vi kommer in i byggnaden leds vi mot två stolar i metall som står i hörnet. Mina handklovar låses upp, men innan jag får chansen att glädjas åt det binder samma man som vaktade mig i buskarna fast mina händer bakom ryggen. Sedan binder han fast mina anklar vid stolen, en vid varje ben, innan han snor ett rep runt hela kroppen för att försäkra sig om att jag sitter fast i stolen. Hans beröring vid min hud är likgiltig, jag är bara en sak för honom, inte en kvinna. Jag vänder på huvudet och ser att samma sak görs med

Beth, förutom att hennes väktare verkar gilla att tillfoga henne smärta, särar bryskt på hennes ben för att binda fast dem vid stolen. Hon yttrar inte ett ljud men hennes ansikte blir ännu blekare och hennes spruckna läpp darrar lätt.

Jag ser på henne med hjälplös ilska och vänder mig sedan om när mannen lämnar henne ifred och fokuserar min uppmärksamhet på min omgivning istället.

Det verkar som om mitt första intryck stämde. Vi är inuti någon form av lagerlokal med stora lådor och metallhyllor som formar en labyrint i mitten. Nu när vi är säkert fastspända på stolarna lämnar männen oss ifred och samlas runt ett långt bord i andra änden.

Beth och jag får lite avskildhet så vi kan prata.

"Är du okej?" frågar jag henne och ser till att hålla rösten nere. "Gjorde de dig illa? Innan jag kom ut menar jag..."

Hon skakar på huvudet, hennes mun stramas åt. "De slog mig bara lite", säger hon tystlåtet. "Det är inte så farligt. Du skulle inte ha kommit ut, Nora. Det var dumt."

"De skulle ha hittat mig ändå. Det var bara en tidsfråga." Jag är helt övertygad om det. "Vet du vilka de är eller vad de vill med oss?"

"Jag vet inte helt säkert men jag kan gissa", säger hon, hennes händer knyts hårt i hennes knä. "Jag tror att de är en del av en Jihad-terroristgrupp som Julian berättade för mig om för några månader sedan. Uppenbarligen är de upprörda för att han inte vill sälja dem några vapen som hans företag nyligen utvecklat."

"Varför inte?" frågar jag nyfiket. "Varför vill han inte sälja vapnen till dem?"

Hon rycker på axlarna. "Jag vet inte. Julian är väldigt selektiv när det kommer till hans affärspartners och det kan vara så att han helt enkelt inte litar på dem tillräckligt."

"Så de tog oss som utpressningsmedel?"

"Ja, jag tror det", säger hon mjukt. "Åtminstone är det därför du är här. Någon på kliniken måste ha varit anställd av dem för de visste vem du var och vad du betyder för Julian. Jag sov i ett av rummen på nedervåningen när de hittade mig, och de gick direkt upp på andra våningen till ditt rum. Jag tror att de vill använda dig för att tvinga Julian att ge dem vapnen."

Jag drar in ett skakigt andetag. "Jag förstår." Jag kan bara föreställa mig hur män som är psykotiska nog att döda oskyldiga medborgare ´tänker tvinga Julian´. Gruvliga bilder av avskurna kroppsdelar flyter förbi min hjärnbark och jag stöter kraftfullt undan dem, vill inte ge efter för paniken som hotar att svälja mig hel.

"Det var tur att Julian inte var på kliniken när de kom", säger Beth och avbryter mina mörka tankar. "De dödade allihop, alla sexton av Julians män som var stationerade där för att vakta oss."

Jag sväljer hårt. "Sexton män?"

Beth nickar. "De hade en vansinnig mängd vapen, och de kom med trettio eller fyrtio av sina egna män. Du såg inte det värsta av det för de kom in bakvägen.

Det låg kroppar i högar på nästan två meter i trapphuset, många av offren från deras sida."

Jag stirrar på henne, försöker kontrollera min andning. Fan. Fan, fan, fan. Om de är villiga att offra så många av sina egna, vad det än är de vill ha av Julian så måste det vara ett helvetesvapen. Skulle han ge dem det för att rädda oss? Bryr han sig tillräckligt mycket om mig och Beth? Jag vet att han vill ha mig - och att han är oroad för mitt välmående till en viss nivå - men jag har ingen aning om ifall han sätter mig framför sina affärsintressen.

Självfallet finns det inga garantier för att de släpper oss levande även om de får som de vill. Jag kommer ihåg vad Julian berättade för mig om Marias död... och hur hon dödades för att straffa honom för en lagerlokalsstöld. I Julians värld, har handlingar konsekvenser. Väldigt brutala konsekvenser.

"Tror du att han kommer för att rädda oss?" frågar jag tystlåtet Beth. Ironin i det hela undgår mig inte. Jag ser nu Julian som min potentielle räddare i nöden. Han är inte den jag behöver bli räddad från längre.

Hon ser på mig, hennes ögon är mörka i hennes bleka ansikte. "Det kommer han", svarar hon mjukt. "Han kommer att komma för att rädda oss. Jag vet bara inte om det kommer att betyda något för oss då."

DE FÖLJANDE TIMMARNA SLÄPAR SIG FÖRBI. MÄNNEN ignorerar oss i stort, även om jag sett några av dem titta på mina bara ben när deras ledare inte såg på. Tack och lov är sjukhusdräkten allmänt formlös och gjord av ett tjockt material - en av de osexigaste utstyrslarna jag kan föreställa mig. Tanken på att en - eller flera av dem - skulle ta på mig får det att krypa i skinnet.

De ger oss inte heller något att äta eller dricka. Det är inget gott tecken; det innebär att de inte bryr sig om vi lever eller dör. Min törst håller på att bli så illa att allt jag kan tänka på är vatten, och det finns en tom, gnagande känsla i magen. Det värsta av allt är dock den kalla rädslan som slår över mig i vågor och de mörka bilderna som flimrar förbi som en dålig skräckfilm.

Jag försöker prata med Beth för att undvika att flippa ut, men efter vårt inledande samtal, har hon blivit tyst och tillbakadragen och svarar som bäst enstavigt. Det är som om hon inte ens finns där mentalt. Jag avundas henne. Jag önskar att jag skulle kunna fly sådär, men jag kan inte. För att mitt sinne ska dra sig tillbaka behöver jag Julians speciella sorts erotiska tortyr.

Just som jag är redo att skrika av frustration kommer två män in i lagerlokalen. Till min förvåning ser en av dem ut som affärsmän. Hans finrandiga kostym är snygg och formsydd, och en stilfull väska från Strotter hänger som en budväska snett över kroppen. Han är också relativt ung, förmodligen bara i trettioårsåldern och verkar vara i god form. Renrakad, med olivfärgat ansikte och glänsande svart hår, kunde han ha varit på framsidan av GQ - om det inte var för det faktum att han mest troligt är en terrorist.

Han utväxlar några ord med männen på andra sidan lagerlokalen och kommer sedan emot mig och Beth. När han kommer emot oss, lägger jag märke till den kalla glansen i hans ögon och hur hans näsborrar vidgar sig lätt. Det är något vagt reptilaktigt i hans fasta blick och jag undertrycker en rysning när han stannar till ett par meter bort och studerar mig, hans huvud självsäkert lutat på sned.

Jag stirrar tillbaka på honom, mitt hjärta bultar hårt i mitt bröst. Objektivt skulle han kunna ha ansetts snygg, men jag känner inte minsta gnutta attraktion. Det enda jag känner är rädsla. Det är faktiskt en lättnad; en del av mig har alltid undrat om det kanske är något fel på mig - att jag helt enkelt är ämnad att åtrå män som skrämmer mig. Nu inser jag att Julian är ett speciellt fenomen för mig. Jag är rädd och äcklad av brottslingen som står framför mig nu - en helt normal reaktion som jag välkomnar.

"Hur länge har du känt Esguerra?" frågar mannen mig. Han har en brittisk accent blandad med en antydan om något exotiskt och främmande. Vid ljudet av hans röst tittar Beth upp, skrämd, och jag ser att hon är tillbaka hos oss för tillfället.

Jag tvekar ett ögonblick innan jag svarar. "Runt femton månader", säger jag slutligen. Jag ser inte något ont i att avslöja så mycket.

Han lyfter på ett ögonbryn. "Och han har hållit dig gömd hela den tiden? Imponerande..."

Jag förtrycker den plötsliga impulsen att fnissa. Julian har bokstavligt talat hållit mig gömd på sin ö, så den här killen har mer rätt än han är medveten om. Mina läppar kröks ofrivilligt, och jag ser en skymt av förvåning i mannens ansikte.

"Jaså, du är en modig liten hora, eller hur?" säger han sakta och ser på mig med sin mörka blick. "Eller tror du bara att det här är ett skämt?"

Jag säger ingenting till svar. Vad kan jag säga? Nej, jag tror inte att det är ett skämt. Jag vet att du förmodligen kommer att tortera mig och förmodligen döda mig för att komma åt Julian. På något sätt låter det där inte rätt.

Hans ögon smalnar och jag inser att jag lyckades göra honom arg. Han ser ut som en orm som är redo att attackera. Min hjärtfrekvens ökar och jag stelnar till redo för ett slag men han räcker sig helt enkelt efter sin Strotter-väska och öppnar den för att ta fram sin iPad. Han tittar ner, skriver ett snabbt mejl och tittar sedan upp på mig. "Låt oss se om Esguerra tycker att det här är ett skämt", säger han tystlåtet och stänger väskan. "För din skull, tjejen, hoppas jag att så inte är fallet."

Sedan vänder han sig om och går sin väg, tillbaka dit där de andra männen är samlade.

TROTS MIN SKRÄCK OCH MITT OBEHAG lyckas jag somna i stolen. Min kropp håller fortfarande på att återhämta sig från operationen och jag är både fysiskt och psykiskt utmattad från händelserna under den senaste dagen.

Jag vaknar till ljudet av röster. Killen i kostymen och den korte som jag utnämnt till ledare står framför mig, riggar upp vad som ser ut att vara en stor kamera på en hög tripod.

Jag sväljer, stirrar på dem. Min mun känns torr som Saharas öken och trots all tid som passerat har jag ingen som helst lust att kissa. Jag gissar att det innebär att jag är fruktansvärt uttorkad.

När han ser att jag är vaken, ger Kostymen - jag beslutar att kalla honom så - mig ett tunt leende. "Det är dags. Låt se hur mycket Esguerra vill ha sin lilla hora tillbaka."

Illamåendet rullar runt i min tomma mage och jag vänder på huvudet för att se på Beth. Hon stirrar rakt framför sig, hennes ansikte är vitt och hennes blick tom. Jag vet inte om hon sovit alls men hon verkar mer borta än tidigare.

De riktar en kamera mot oss, kontrollerar vinkeln ett par gånger och sedan kommer Kostymen fram och ställer sig bredvid mig. Så fort kameraljuset slås på, lägger han handen på mitt huvud och stryker hårdhänt mitt trassliga hår. "Du vet vad jag vill ha Esguerra", säger han slätt och tittar in i kameran. "Du har fram till midnatt imorgon natt att ge det till mig. Gör det och din slampa kommer att förbli oskadd. Jag kanske till och med ger henne tillbaka till dig. Om inte, nåväl... får du tillbaka henne ändå." Han pausar och ler grymt. "Bit för bit."

Jag stirrar på kameran, gallan stiger i halsen. Jag har inte blivit skadad – än - men jag kan känna våldet hos de här männen. Det är samma sorts ondska som fläckar Julians själ. Sådana här män är annorlunda. De följer inte några sociala kontrakt. De följer inte samma regler som alla andra.

Kostymens hand lämnar mitt hår och han tar ett steg mot Beth. "Du kanske tvivlar på mig, Esguerra", säger han, han talar fortfarande till kameran. "Du kanske tror att jag saknar förmåga att ta beslut. Så låt mig göra en liten demonstration av vad som kommer att hända med din lilla hora om jag inte får vad jag vill ha. Vi börjar med rödhättan och fortsätter med den där -" han nickar mot mig "- imorgon efter midnatt."

"Nej!" skriker jag när jag inser vad han tänker göra. "Rör henne inte!" Jag kämpar för att ta mig loss men repen är för starka. Det finns ingenting jag kan göra mer än att hjälplöst titta på när han lägger sina händer om halsen på henne och börjar klämma. "Rör henne inte för helvete! Julian kommer att döda dig för det här! Han kommer fan att mörda dig-"

Kostymen ignorerar mina skrik och ropar ut en order på arabiska och en man kliver fram och skär av Beths rep med en skarp kniv. Jag fångar en glimt av hennes skräckslagna ögon och sedan kastar de henne på marken, ansiktet nedåt. Kostymen pressar sitt knä mot hennes rygg och hugger tag i hennes hår så hon tvingas att böja sig bakåt. Jag kan se hennes ben trumma hjälplöst mot marken och mina skrik blir högre medan Kostymen tar fram en kort, tunn kniv och börjar skära i Beths kind.

Hon skriker, kämpar, och jag kan se blod spruta överallt när han skär upp hennes ansikte och lämnar efter sig ett djupt sår. Jag har kväljningar, min mage vänder sig men han är långtifrån färdig. Beths andra kind är näst och sedan pressar han in kniven i hennes överarm och skär ut en bit kött. Hennes plågade skrik ekar genom lagerlokalen, förenade med mina egna hysteriska skrik. Jag känner hennes smärta som om det är min egen och jag kan inte stå ut med det. "Lämna henne ifred!" tjuter jag. "Din djävel! Lämna henne ifred!"

Det gör han självklart inte. Han fortsätter att skära i henne, hans mörka ögon lyser av upphetsning. Han njuter av det här, inser jag med ohygglig fasa, han gör det inte bara för kameran. Beths ansträngningar blir svagare, hennes skrik förvandlas till snyftande jämranden. Det är blod överallt. Beth håller bokstavligen på att drunkna i det. Jag förstår inte hur hon kan hålla sig vid medvetande genom detta. Svarta prickar simmar i mitt synfält, och det känns som om väggarna kryper in på mig, min bröstkorg klämmer mina lungor och förhindrar mig från att dra in luft.

Plötsligt rycker Beths kropp till och hon ger ifrån sig ett konstigt gurglande ljud innan hon tyst faller ihop. Allt jag kan höra nu är ljudet av min egen sträva, snyftande andhämtning. Beth ligger där orörlig, en pöl av blod sprids från hennes nacke. Kostymen reser sig, gör rent kniven på sina byxor och vänder sig mot kameran "Det var ett hastverk till show för dig, Esguerra", säger han och ler brett. "Jag ville inte dra ut på det för mycket, eftersom jag vet att du behöver tiden till att skaffa vad jag bad dig om. Om jag inte får det, kommer nästa show självklart att vara mycket mycket mer utdragen." Han tar ett steg mot mig och drar ett blodigt finger över min kind. "Din lilla hora är så fin, jag kanske till och med låter mina män leka med henne innan jag börjar..."

Nu kan jag inte kontrollera mig längre. Het spya strömmar upp i halsen och jag hinner knappt vända på huvudet innan mitt maginnehåll spills ut på golvet i en serie våldsamma uppkastningar.

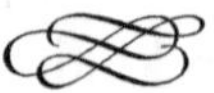

NÄR KAMERAN STÄNGTS AV LÄMNAR DE MIG IFRED IGEN. Beths kropp släpas bort och golvet skuras slarvigt, flera rödbruna stråk återstår. Jag stirrar på dem, mina tankar är långsamma och slöa, som om jag är i dvala. Jag skakar inte längre, även om sporadiska rysningar fortfarande passerar min kropp. Mina stygn värker dovt och jag undrar ifall något kanske gick upp under min tidigare kamp. Jag kan inte se något blod sippra genom min dräkt så det kanske det inte gjorde.

Lite senare kommer de med lite vatten. Jag klunkar girigt ner hela glaset vilket får några av männen att skratta och säga något på arabiska medan de suggestivt tar sig i skrevet. Jag tror nästan att de hoppas att Julian inte lyckas så att de kan få 'leka' med mig innan Kostymen tar vid.

För tillfället lämnar de mig lyckligtvis ifred. Jag får till och med gå ut en minut för att gå på toa, och det är samma kille som tidigare - den uttryckslöse - som vaktar mig medan jag går ut i buskarna. Jag tror att han nu är min officiella toalettkompanjon och mentalt börjar jag nu kalla honom Toakillen.

Jag har namn på några av de andra också. Den som har svart skägg ned till mitten av bröstet kallar jag Svartskägg. Den som har tillbakadragen hårlinje kallar jag Flintis. Den korte killen som ledde attacken på kliniken - han är Vitlöksdoften.

Jag gör detta för att distrahera mina tankar från Beth. Jag kan inte tillåta mig att tänka på henne än - inte om jag vill bibehålla min mentala hälsa. Om jag klarar mig ur det här levande, då kommer jag att sörja kvinnan som blivit min vän. Om jag överlever, då kommer jag att tillåta mig själv att gråta och sörja, att rasa över det sinneslösa våld som ledde till hennes död. Men just nu, kan jag bara existera från ögonblick till ögonblick, fokusera på de mest inkonsekventa, löjliga ting som hindrar mig från att krossas under verklighetens brutala tyngd.

Tiden tickar långsamt förbi. Efter mörkrets inbrott stirrar jag på golvet, på väggarna, på taket. Jag tror till och med att jag slumrar till några gånger, även om jag rycker till vid minsta antydan av ljud så rusar hjärtat iväg. De har fortfarande inte gett mig något att äta och hungern gnager i min mage. Det spelar dock ingen roll. Jag är bara tacksam för att jag fortfarande lever - ett tillstånd jag vet inte kommer att vara länge om inte Julian kommer till skott med vapnen.

Jag sluter mina ögon, jag försöker låtsas att jag är hemma på ön, och läser en bok på stranden. Jag försöker föreställa mig att i vilket ögonblick som helst, kan jag gå tillbaka till huset och finna Beth där, som fixar middag åt oss. Jag försöker intala mig själv att Julian helt enkelt är på en affärsresa och att jag kommer att träffa honom snart igen. Jag föreställer mig hans leende, sättet hans mörka hår lockar sig runt ansiktet, ramar in den maskulint hårda perfektionen i hans drag och jag längtar efter honom, efter värmen och säkerheten i hans starka famn, även när mitt sinne driver mot en orolig sömn.

EN STOR HAND HÅLLER MIG HÅRT ÖVER MUNNEN, RYCKER mig ur sömnen. Mina ögon spärras upp, adrenalin strömmar in i mina ådror. Skräckslagen börjar jag kämpa... och sedan hör jag en familjär röst som viskar i mitt öra. "Shh, Nora. Det är jag. Jag vill att du är tyst nu, okej?"

Jag nickar lätt, min kropp skakar av lättnad och handen lämnar min mun. Jag vänder på huvudet och jag stirrar misstroget på Julian.

Han hukar bredvid mig, han är helt svartklädd. En skottsäker väst täcker hans bröstkorg och axlar och hans ansikte är målat med svarta diagonala ränder. Det hänger ett maskingevär över hans axel och en hel samling vapen är fasthakade i hans bälte. Han ser ut som en dödlig främling. Enbart hans ögon är bekanta, skrämmande ljusa i hans svartmålade ansikte.

För en stund är jag säker på att jag drömmer. Han

kan inte stå där i den här lagerlokalen mitt i ingenstans och tala med mig. Inte när hans fiender är mindre än 30 meter bort. Mitt hjärta pumpar, jag slänger en snabb desperat blick runt lokalen.

Männen i det andra hörnet verkar sova, utsträckta på filtar på golvet. Jag räknar till åtta av dem - vilket betyder att flera av dem förmodligen befinner sig utanför och vaktar byggnaden. Jag ser inte Kostymen någonstans. Han måste också vara ute.

Jag vänder min uppmärksamhet tillbaka mot Julian, jag ser honom skära genom repen runt mina anklar med en kniv som ser ondskefull ut. "Hur kom du in här?" viskar jag och stirrar på honom med omtumlad förundran.

Han stannar till ett ögonblick och tittar upp på mig. "Tyst!" säger han, hans ord är knappt hörbara. "Jag behöver få ut dig härifrån innan de vaknar."

Jag nickar och tystnar medan han återgår till att skära av mina rep. Trots vår farliga situation är jag nästan yr av glädje. Julian är här med mig. Han kom för mig. Svallet av kärlek och glädje är så starkt att jag knappt kan behärska mig. Jag vill hoppa upp och krama honom men jag håller mig stilla medan han avslutar sin uppgift, att få loss de återstående repen.

Så fort jag är frisläppt drar han upp mig på fötter och lägger sin arm runt mig och håller mig hårt intill sig. Jag kan känna vibrationen i hans kraftfulla kropp och sedan släpper han mig och tar ett halvt steg tillbaka. Han ramar in mitt ansikte med sina handflator och ser ner på mig, hans blåa blick är hård och fientligt possessiv. Ett ögonblick av ordlös kommunikation utväxlas mellan oss och jag vet. Jag vet vad han inte kan säga just nu.

Jag vet att han alltid skulle komma för min skull.

Jag vet att han skulle döda för min skull.

Jag vet att han skulle dö för min skull.

Han sänker armarna och tar min hand. "Vi måste gå", säger han tyst, han tittar fortfarande på mig. "Vi har inte mycket tid."

Jag griper tag i hans hand, låter honom leda mig mot den mörka delen, nära väggen på motsatta sida där männen sover. Labyrinten av hyllor och lådor i mitten gömmer oss snabbt från deras sikt och Julian stannar där, hukar sig igen och släpper min hand. Jag hör ett fumlande ljud som om hans hand letar efter något längs med golvet och sedan ett svagt knarrande när han lyfter en bräda från golvet och ställer den vid sidan.

På golvet framför oss finns en stor fyrkantig öppning.

Jag knäböjer bredvid den och kikar ner i mörkret därnere.

"Klättra ner", viskar Julian i mitt öra och lägger sin hand på mitt knä och klämmer lätt på det. Den välbekanta beröringen lugnar mig lite. "Det finns en stege."

Jag sväljer, sträcker ut handen för att finna det påstådda stegen. Hur vet han det?

"Jag hackade deras dator och hittade planritningarna på den här byggnaden", förklarar han tystlåtet, som om han läser mina tankar. "Det finns ett förvaringsutrymme nedtill som har ett dräneringsrör som leder ut. Hitta det och kryp ut genom det." Hans hand lämnar mitt knä och jag känner mig berövad utan hans beröring, faran i vår situation slår mig igen.

Mina fingrar tar på metallstegen. Jag grabbar tag i den och manövrerar mig nedåt i dess riktning. Julian håller min arm medan jag får fotfäste och försiktigt börjar klättra ned. Det är becksvart där nere och under normala omständigheter skulle jag tveka inför att gå ned i en okänd källare men det finns inget mer skrämmande för mig nu än männen vi flyr från.

Jag kliver ner ett par steg och ser att Julian fortfarande sitter där. Uttrycket i hans ansikte är spänt och alert, som om han lyssnar efter något.

Och sedan hör jag det - ett mummel av röster, följt av skrik på arabiska.

Min frånvaro har upptäckts.

Julian kommer på fötter med en mjuk rörelse och tittar ner på mig, hans hand greppar maskingeväret. "Gå!" beordrar han och hans röst är låg och hård. "Nu, Nora. Hitta dräneringsröret och ut. Jag håller tillbaka dem."

"Vad? Nej!" Jag stirrar på honom med skräckslagen chock. "Kom med mig—"

Han ger mig en rasande blick. "Gå!" väser han. "Nu eller så dör vi bägge två. Jag kan inte oroa mig för dig och slåss mot dem."

Jag tvekar en sekund, känner mig kluven. Jag vill inte lämna honom, men jag vill inte stå i vägen heller.

"Jag älskar dig", säger jag tyst och tittar upp på honom, och får en skymt av vita tänder till svar.

"Gå älskling", säger han, hans ton är mycket mjukare nu. "Jag kommer att finnas hos dig snart."

Mitt hjärta värker och jag gör som han säger, klättrar nerför stegen så fort jag kan. Skriken blir högre och jag vet att männen söker igenom lagerlokalen, börjar med labyrinten i mitten. Det är bara en tidsfråga innan de kommer till den mörka delen längs väggen. Hela min kropp skakar från en kombination av nervositet och adrenalin och jag fokuserar på att inte ramla medan jag klättrar djupare ned i mörkret.

Ra-ta-ta! Den plötsliga skottlossningen ovanför mig skrämmer mig och jag klättrar ännu fortare och min andning är snabb och ojämn. Så fort mina fötter når golvet sträcker jag ut mina händer framför mig och börjar famla i mörkret, letar efter väggen med dräneringsröret.

Mer skottlossning. Tjut. Skrik. Mitt hjärta slår så hårt att det låter som trummor i mina öron.

Någonting piper under mina fötter och små tassar springer över mina bara tår. Jag ignorerar det, letar desperat efter det där röret. Råttor är inget jag bekymrar mig över just nu. Någonstans däruppe är Juliana liv i fara. Jag vet inte om han är ensam eller om han har med sig förstärkning men tanken på att han ska skadas eller dö är så plågsam att jag inte kan fokusera på det just nu. Inte om jag vill överleva.

Mina händer rör vid väggen men kan inte hitta

öppningen. Det är för mörkt. Flämtande följer jag väggen, sveper med händerna upp och ned längs den jämna ytan. Mina stygn värker men jag registrerar knappt smärtan. Jag måste hitta en väg ut. Om de får tag på mig igen kommer jag inte att överleva länge.

Ytterligare en omgång skottlossning följt av fler tjut.

Jag fortsätter att söka, min skräck och frustration växer för varje ögonblick. Julian. Julian är däruppe. Jag försöker att inte tänka på det men jag kan inte. Det finns inget jag kan göra för att hjälpa honom; logiskt sett vet jag det. Jag är barfota och jag är klädd i en sjukhusrock utan så mycket som en gaffel att försvara mig med. Under tiden är han beväpnad till tänderna med en skottsäker väst.

Självklart har inte logik något att göra med den plågsamma rädsla jag känner vid tanken på att förlora honom.

Han kommer att överleva intalar jag mig själv medan jag fortsätter att söka efter röret. Julian vet vad han gör. Det här är hans värld, hans expertområde. Det här är den delen av hans liv som han skyddade mig från på ön.

Mina händer rör vid någonting hårt på väggen nära mina knän som sedan hittar in i öppningen.

Dräneringsröret. Jag hittade det.

Ytterligare ett högt pip och något rusar ut ur röret i min riktning. Jag ryggar skrämd tillbaka, men sedan går jag ned på alla fyra och kryper bestämt in, stålsätter mig för fler potentiella möten med gnagare.

Dräneringsröret är stort nog för att jag ska få plats på alla fyra och jag kryper så fort jag kan, ignorerar den unkna lukten av avlopp och rost. Tack och lov är det bara lite blött härinne och jag försöker att inte tänka för mycket vad det blöta kan vara.

Till sist når jag den andra öppningen. Genom att kura ihop mig till en liten boll lyckas jag vända mig om så jag kan klättra ut med fötterna först.

Jag kliver bort från röret och tittar intensivt på min omgivning. Himlen ovanför mig är täckt med stjärnor och luften är tjock av lukten från varm jord och djungelvegetation. Jag kan se lagerlokalen på en liten kulle ovanför mig, mindre än 50 meter bort.

Jag stirrar på den, sjuk av rädsla för Julians skull. Ytterligare en skottsalva, ackompanjerad av ljusblixtar. Vapenstriden pågår fortfarande - vilket är ett gott tecken, intalar jag mig själv. Om Julian var död - om terroristerna hade vunnit - skulle skottlossningen ha upphört. Han måste ha kommit med förstärkning i alla fall.

Jag håller mina armar hårt runt mig och pressar ryggen mot ett träd, mina ben skakar från en kombination av rädsla och adrenalin.

Och i det ögonblicket, lyser himlen upp när byggnaden exploderar... och en stark tryckvåg av stekhet luft skickar mig fågelvägen in i buskarna flertalet meter bort.

KAPITEL 24

DE FÖLJANDE TJUGOFYRA TIMMARNA ÄR SUDDIGA I MITT
MINNE.

Efter att jag kommit på fötter är jag yr och desorienterad, mitt huvud bultar och min kropp känns som ett enda stort blåmärke. Det brusar i mina öron och allting verkar komma väldigt långt bortifrån.

Jag måste ha svimmat från tryckvågen, men jag är inte säker. När jag har återhämtat mig så pass mycket att jag kan gå, har elden som förtärt byggnaden nästan slocknat.

Förvirrad snubblar jag uppför backen och börjar leta genom de pyrande ruinerna av lagerlokalen. Ibland hittar jag något som liknar en förkolnad arm eller ben och några gånger stöter jag på en kropp som är nästan hel, där bara huvudet eller ett ben saknas. Jag registrerar fynden på någon nivå men jag bearbetar dem inte fullt ut. Jag känner mig märkligt bortkopplad, som om jag inte riktigt är närvarande. Inget berör mig.

265

Inget besvärar mig. Även de fysiska intrycken är dämpade av chock.

Jag söker efter honom i timmar. När jag väl slutar står solen högt på himlen och jag dryper av svett.

Jag har inget val än att slutligen inse faktum.

Det finns inga överlevande. Så är det helt enkelt.

Jag borde gråta. Jag borde skrika. Jag borde känna någonting.

Men det gör jag inte.

Istället känner jag mig bara bedövad.

Jag lämnar lagerlokalen och börjar gå. Jag vet inte vart jag är på väg och jag bryr mig inte. Allt jag är kapabel till är att sätta en fot framför en annan.

När det börjar bli mörkt stöter jag på en anhopning små hus gjorda av träpålar och papp. Det rinner en liten å genom bosättningen och jag ser ett par kvinnor tvätta sina kläder för hand där.

Deras chockade ansikten är det sista jag kommer ihåg innan jag kollapsar någon meter ifrån dem.

"Fröken Leston, känner du för att svara på några frågor? Jag är agent Wilson från FBI, och det här är agent Bosovsky."

Jag ser upp på den småfete medelålders mannen som står bredvid min säng. Han är inte alls som jag föreställt mig att FBI-agenter ska vara. Hans ansikte är runt, nästan kerubiskt, med rosiga kinder och dansande blå ögon. Om agent Wilson bar en röd hatt och hade ett vitt skägg skulle han vara en utmärkt jultomte. I skarp kontrast till honom står hans partner Bosovsky- smärtsamt tunn, med djupa fåror i sitt smala ansikte.

Under de två senaste dagarna har jag återhämtat mig på ett sjukhus i Bangkok. Uppenbarligen hade en av kvinnorna vid ån meddelat de lokala myndigheterna om flickan som vandrat in i deras by. Jag kan vagt minnas dem fråga mig saker men jag tvivlar på att jag lyckades säga något sammanhängande till dem. Hur som helst förstod de tillräckligt för att kontakta den amerikanska ambassaden åt mig och därefter tog amerikanska tjänstemän över.

"Dina föräldrar är på väg", säger agent Bosovsky när jag fortsätter att stirra på dem utan att säga något. "Deras flyg landar om några timmar."

Jag blinkar, hans ord lyckas på något sätt penetrera isen som har hållit mig isolerad från allt och alla sedan explosionen. "Mina föräldrar?" kraxar jag, min hals känns konstigt svullen.

Den tunna agenten nickar. "Ja, fröken Leston. De blev underrättade igår, de fick en plats på det första flyget till Bangkok. De ville tala med dig, men du var sövd just då."

Jag bearbetar informationen. Läkarna har redan informerat mig om att jag har en lätt hjärnskakning, samt första gradens brännskador och skärsår på fötterna. Förutom det var de imponerade av min hälsa över lag - trots uttorkning, nyligen opererad och flera blåmärken. De måste ha sövt mig för att jag skulle få vila.

"Tror du att du kan svara på några frågor innan dina föräldrar kommer?" frågar agent Wilson försiktigt när jag fortsätter att tiga.

Jag nickar, nästan omärkligt och han drar fram en stol. Agent Bosovsky gör samma sak.

"Fröken Leston, du fördes bort i juni förra året", säger agent Wilson, uttrycket i hans runda ansikte är varmt och förstående. "Kan du säga något om kidnappningen?"

Jag tvekar ett ögonblick. Vill jag säga något om Julian till dem? Och sedan kommer jag ihåg att han är död så ingenting av det spelar någon roll. Under en sekund är ångesten så skarp att den stjäl mitt andetag, men sedan kapslar den bedövande isväggen in mig igen. "Visst", säger jag likgiltigt. "Vad är det du vill veta?"

"Vet du vad han heter?"

"Julian Esguerra." Han är –" jag sväljer hårt "- han var en vapenhandlare."

FBI agentens ögon vidgas. "En vapenhandlare?"

Jag nickar och berättar vad jag vet om Julians organisation. Agent Bosovsky klottrar ner anteckningar så fort han kan medan agent Wilson fortsätter att ställa frågor om Julians aktiviteter och terroristerna som stal mig från honom. De verkar besvikna på att han är död - och att jag vet så lite - och jag förklarar att jag inte har varit ifrån ön sedan jag fördes bort.

”Höll han dig där under alla femton månader?” frågar Agent Bosovsky, fårorna i hans ansikte djupnar. ”Bara du och den där kvinnan, Beth?”

”Ja.”

Agenterna utbyter en blick och jag stirrar på dem och jag vet vad de tänker. Stackars flicka, hållen fången som ett djur i en bur för en kriminells höga nöjes skull. En gång kände jag likadant men inte längre. Nu skulle jag göra vad som helst för att vrida tillbaka klockan och återgå till att vara Julians fånge.

Agent Wilson vänder sig mot mig och harklar sig. ”Fröken Leston, vi har en terapeut som kan tala med dig om sexuellt utnyttjande senare i eftermiddag. Hon är väldigt bra—”

”Det är inte nödvändigt”, avbryter jag. ”Jag är okej.”

Och det är jag. Jag känner mig inte som ett offer, eller utnyttjad. Jag känner mig bara bedövad.

Och efter några fler frågor, lämnar de mig ifred. Jag ger dem inga detaljer om mitt förhållande med Julian, men jag tror att de förstår innebörden av det.

Sedan kommer FBI:s tecknare in för att träffa mig och jag beskriver Julian för honom. Han fortsätter ge mig konstiga blickar medan jag korrigerar hans tolkningar av mina beskrivningar. ”Nej, hans ögonbryn är lite tjockare, lite rakare... Hans hår är lite vågigare, sådär...”

Han har särskilda svårigheter med Julians mun. Det är svårt att beskriva skönheten i hans mörka, änglaliknande leende. ”Gör överläppen lite fylligare...

Nej, det är för mycket - det borde vara mer sensuellt, nästan vacker..."

Slutligen, är vi klara, och Julians ansikte stirrar på mig från den vita pappersduken. En blixt av vånda spetsar mig igen, men bedövningskänslan kommer till undsättning igen, precis som den gjorde förut.

"Det är en snygg karl", kommenterar konstnären när han studerar sitt verk. "Sådana män ser man inte varje dag."

Mina händer knyts hårt, mina naglar gräver in i skinnet. "Nej, det gör man inte."

Nästa person som besöker mitt rum är rådgivaren om sexuellt utnyttjande som de nämnde tidigare. Hon är en lätt överviktig brunett som ser ut att vara närmare femtio, men någonting i hennes direkta blick påminner mig om Beth.

"Jag är Diane", säger hon, introducerar sig själv medan hon drar fram en stol. "Kan jag kalla dig Nora?"

"Det går bra", säger jag varsamt. Jag vill inte så gärna prata med den här kvinnan, men den bestämda uppsynen i hennes ansikte säger mig att hon inte har någon som helst intention av att ge upp innan jag gör det.

"Nora, kan du berätta om din tid på ön?" frågar hon, och ser på mig.

"Vad vill du veta?"

"Det som du känner dig bekväm med att berätta."

Jag tänker på det en stund. Sanningen är den att det inte känns bekvämt att berätta någonting för henne. Hur kan jag beskriva sättet som Julian fick mig att känna? Hur kan jag förklara berg- och dalbanan hos vårt okonventionella förhållande? Jag vet vad hon kommer att tänka - att jag är vrickad för att jag älskar honom. Att mina känslor inte är verkliga utan en biprodukt av min fångenskap.

Och hon skulle förmodligen ha rätt - men det betyder inte någonting längre. Det finns rätt och fel, och sedan finns det vad jag och Julian hade ihop. Ingenting och ingen kommer någonsin att kunna fylla tomrummet som lämnats kvar inom mig. Ingen terapi i världen kan lindra smärtan av att förlora honom.

Jag ger Diane ett vänligt leende. "Jag är ledsen", säger jag tyst. "Jag föredrar att inte tala med dig just nu."

Hon nickar, hon är inte ett dugg förvånad. "Jag förstår. Ofta, som offer, klandrar vi oss själva för vad som har hänt. Vi tror att vi gjort någonting för att orsaka att detta hände oss."

"Det tror jag inte", säger jag, och rynkar på ögonbrynen. Okej, kanske flöt tanken förbi i mitt sinne i början när jag först blev bortförd, men när jag lärde känna Julian hade jag snabbt tagit mig ur den villfarelsen. Han var helt enkelt en man som helt enkelt tog vad han ville ha - och han ville ha mig.

"Jag förstår", säger hon och ser lätt förvirrad ut. Sedan klarnar hennes uppsyn och det verkar som om hon har löst mysteriet i sina tankar. "Han såg väldigt bra ut, eller hur?" gissar hon och stirrar på mig.

Jag håller kvar hennes blick, jag är inte villig att erkänna något. Jag kan inte tala om mina känslor nu, inte om jag vill behålla den där isiga distansen som håller mig mentalt frisk.

Hon ser på mig några sekunder, sedan reser hon sig, och ger mig sitt kort. "När du är redo att prata, Nora, var snäll och ring mig", säger hon mjukt. "Du kan inte hålla allt inom dig. Det kommer till slut att förtära dig— "

"Okej, jag kommer att ringa dig", avbryter jag, tar kortet och lägger det på mitt nattduksbord. Jag ljuger så det visslar om det, och jag är säker på att hon vet det.

Hennes mungipor böjer sig uppåt i ett svagt leende och sedan går hon ut ur rummet och lämnar mig äntligen ensam med mina tankar.

INFÖR MINA FÖRÄLDRARS ANKOMST INSISTERAR JAG PÅ ATT GÅ UPP OCH SÄTTA PÅ MIG VANLIGA KLÄDER. Jag vill inte att de ska se mig liggande i en sjukhussäng. Jag är säker på att de har tillbringat tillräckligt med tid på att oroa sig för mig och det sista jag vill göra är att öka deras oro.

En av sjuksköterskorna ger mig ett par jeans och en T-shirt och jag sätter tacksamt på mig dem. De passar mig bra. Sjuksköterskan är en liten thaikvinna, och vi är ungefär lika stora. Det är konstigt att ha på sig den här sortens kläder igen. Jag hade blivit så van vid de lätta sommarklänningarna att jeans känns ovanligt sträva och tunga mot min hud. Jag sätter dock inte på mig några skor, eftersom mina fötter måste läka från brännsåren jag fick när jag vandrade runt i lagerlokalen.

När mina föräldrar kommer in i rummet sitter jag i en stol och väntar på dem. Min mamma kommer in först. Hennes ansikte skrynklar ihop sig så fort hon får syn på mig och hon rusar över rummet med tårarna rinnande nedför kinderna. Min pappa är strax bakom henne och snart kramar de båda om mig, tjattrar hundra ord i sekunden och snyftar av glädje.

Jag ler brett, återgäldar deras kramar och gör mitt bästa för att försäkra dem om att jag är okej, att mina skador är obetydliga och att det inte finns något att oroa sig för. Jag gråter dock inte. Jag kan inte. Allting känns bedövat och långt borta och även mina föräldrar verkar mer som älskvärda minnen än som verkliga personer. Trots det gör jag mitt bästa för att agera normalt, jag har redan orsakat dem för mycket stress och ångest.

Efter en stund har de lugnat sig tillräckligt för att sätta sig ner och prata.

"Han kontaktade er, eller hur?" frågar jag, och minns Julians löfte. "Berättade han att jag levde?"

Min pappa nickar, hans ansikte är spänt. "Några veckor efter att du försvann fick vi en insättning på vårt konto", säger han tystlåtet. "En insättning på en miljon dollar från ett utlandskonto som inte gick att spåra. Det såg ut som om vi skulle ha vunnit ett lotteri."

Jag tappar hakan. "Va?" Gav Julian mina föräldrar pengar?

"Samtidigt fick vi ett mejl", fortsätter min pappa,

hans röst darrar. "Ämnesraden löd: `Från er dotter med kärlek`. Det fanns ett foto på dig. Du låg på stranden och läste en bok. Du såg så vacker ut, så fridfull..." Han sväljer synbart. "Mejlet sa att du mådde bra och att du var med någon som skulle ta hand om dig - och att vi borde använda pengarna till att betala av vårt lån. Det stod också att vi skulle utsätta dig för fara om vi gick till polisen med informationen."

Jag stirrar förvirrat på honom, försöker föreställa mig vad de måste ha trott vid det laget. En miljon dollar...

"Vi visste inte vad vi skulle göra", säger min mamma, hennes händer vrider sig nervöst runt varandra. "Vi trodde att detta kunde vara en viktig ledtråd i utredningen men på samma gång ville vi inte göra någonting som utsatte dig för fara, var du än var..."

"Så vad gjorde ni?" frågar jag fascinerat. FBI-agenten hade inte nämnt något om en miljon dollar, så mina föräldrar kan inte ha talat med dem om detta. Samtidigt kan jag inte tro att mina föräldrar helt enkelt skulle ta pengarna och inte gå vidare med det.

"Vi använde pengarna till att hyra ett team privatdetektiver", förklarar min pappa. "De bästa vi kunde hitta. De lyckades spåra insättningen till ett skalbolag på Caymanöarna, men där tog spåret slut." Han pausar och ser på mig. "Vi har använt pengarna till att leta efter dig ända sedan dess."

"Vad hände, stumpan?" undrar min mamma och lutar sig framåt i stolen. "Vem tog dig? Var kom de här pengarna ifrån? Var har du varit hela den här tiden?"

Jag ler och börjar svara på deras frågor. Samtidigt ser jag på dem, suger in deras familjära drag. Mina föräldrar är ett stiligt par, båda två är hälsosamma och i god form. De fick mig när de båda var strax över tjugo så de är fortfarande relativt unga. Min pappa har bara spår av grått i sitt mörka hår även om det är något mer än jag kan komma ihåg att jag sett förut.

"Så du simmade alltså i havet och läste böcker på stranden?" Min mamma stirrar på mig med misstro när jag beskriver en typisk dag på ön.

"Ja". Jag ger henne ett stort leende. "På vissa sätt var det som en riktigt lång semester. Och han tog hand om mig, precis som han sa att han skulle."

"Men varför tog han dig?" frågar min far frustrerat. "Varför stal han dig?"

Jag ryckte på axlarna, jag vill inte gå in på detaljerade beskrivningar om Maria och Julians extrema ägandebehov. "Därför att det var den sortens man han var antar jag", säger jag som i förbigående. "Därför att han inte kunde dejta mig normalt på grund av sitt yrke."

"Gjorde han illa dig, vännen?" frågar min mor, hennes mörka ögon är fyllda av sympati. "Var han elak mot dig?"

"Nej", säger jag mjukt. "Han var inte elak alls."

Jag kan inte förklara komplexiteten av mitt förhållande till Julian för mina föräldrar så jag försöker inte ens. Istället förskönar jag många av aspekterna i min fångenskap, fokuserar bara på det positiva. Jag berättar för dem om mina tidiga fisketurer med Beth och min nyfunna målningshobby. Jag beskriver skönheten på ön och hur jag återupptagit löpningen. När jag väl stannar till för att hämta andan stirrar de båda på mig med konstiga uttryck i deras ansikten.

"Nora, vännen", säger min mamma osäkert, " är du... är du kär i den här Julian?"

Jag skrattar, men ljudet kommer ut rått och tomt. "Kär? Nej, självklart inte!" Jag vet inte riktigt vad som gav henne den idén för jag har försökt undvika att prata om Julian överhuvudtaget. Ju mer jag tänker på honom, desto mer känns det som om isväggen kanske rämnar, och låter smärtan dränka mig.

"Självklart inte", säger min pappa som tittar noggrant på mig och jag kan se att han inte tror mig.

På något sätt anar mina föräldrar sanningen - att jag är mycket mer traumatiserad av min räddning än min bortförsel.

KAPITEL 25

Under de följande fyra månaderna försöker jag
plocka ihop bitarna av mitt liv.

Efter ytterligare en dag på sjukhuset i Bangkok,
bedöms jag vara tillräckligt frisk för att resa och jag
åker tillbaka hem till Illinois med mina föräldrar. Vi
eskorteras hem av två FBI-agenter - Wilson och
Bosovsky - som använder den tjugo timmar långa
flygresan till att ställa ännu mer frågor. Båda verkar
frustrerade, för enligt deras databaser existerar inte
Julian Esguerra.

"Du hörde honom inte använda några andra
namn?" frågar agent Bosovsky mig för tredje gången
när deras Interpol-sökning är resultatlös.

"Nej", säger jag tålmodigt. "Jag kände honom bara
som Julian. Terroristerna kallade honom Esguerra."

Beths gissning om identiteten hos männen som stal
oss från Julian visade sig vara korrekt. De utgjorde

verkligen en del av en särskilt farlig Jihad-organisation kallad Al - Quadar - så mycket hade FBI lyckats få reda på.

"Detta stämmer bara inte", säger agent Wilson, hans runda kinder skälver av frustration. "Vem som helst i en sådan position skulle ha funnits på vår radar. Om han var ledaren i en illegal organisation som tillverkade och sålde vapen av senaste modell, hur är det möjligt att ingen myndighetsbaserad instans har hört om hans existens?"

Jag vet inte vad jag ska säga så jag rycker på axlarna till svar. Privatdetektiverna mina föräldrar kontrakterat hade inte heller lyckats få fram någonting om honom.

Mina föräldrar och jag hade diskuterat om vi skulle berätta för FBI om Julians pengar men vi beslutade till sist att inte göra det. Att avslöja den informationen så sent skulle bara skapa problem för mina föräldrar och skulle möjligtvis få FBI att tro att jag hade varit Julians medhjälpare. Vilken kidnappare skickar pengar till offrets familj?

När vi väl kommer hem är jag utmattad. Jag är trött på att mina föräldrar är på mig hela tiden och jag är trött på FBI som har en miljon frågor jag inte kan svara på. Mest av allt är jag trött på att ha så mycket folk runt mig. Efter mer än ett år med minimal mänsklig kontakt, känner jag mig överväldigad av folkträngseln på flygplatsen.

Mitt gamla rum i mina föräldrars hus är praktiskt taget orört. "Vi hoppades hela tiden att vi skulle få dig tillbaka", förklarar min mor, hennes ansikte lyser av glädje. Jag ler och ger henne en stor kram innan jag försiktigt skickar ut henne ur mitt rum. Mer än något annat behöver jag vara ensam just nu - för jag vet inte hur länge jag kan behålla min `normala` fasad.

Den kvällen, när jag tar en dusch i mitt barndoms badrum, ger jag slutligen efter för sorgen och gråter.

Två veckor efter att jag kommit hem flyttar jag hemifrån. De försöker få mig på andra tankar men jag övertalar dem om att jag behöver detta - att jag behöver stå på egna ben och vara självständig. Sanningen är den att även om jag älskar mina föräldrar så står jag inte ut med att tillsammans med dem tjugofyra timmar om dygnet. Jag är inte längre den bekymmerslösa tjejen de kommer ihåg och det är för jobbigt att låtsas vara henne.

Det är mycket lättare att vara mig själv i den lilla lägenheten jag hyr i närheten.

Mina föräldrar vill ge mig vad som är kvar av Julians present till dem - en halv miljon dollar plus lite växel - men jag vägrar. Som jag ser det var det meningen att de pengarna skulle betala deras lån och jag vill att de ska gå till just det. Efter otaliga diskussioner når vi en överenskommelse, de betalar av det mesta av sitt lån och det som blir över går till mitt utbildningskonto.

Även om jag tekniskt sett inte behöver arbeta på ett

tag tar jag ett servitrisjobb ändå. Det får mig att komma ut, men är inte särskilt krävande - vilket är precis vad jag behöver just nu. Det finns nätter då jag inte sover alls och dagar när det är ren tortyr att bara stiga upp. Tomheten jag känner inom mig är förkrossande, sorgen kväver mig nästan och kräver varje liten del av min styrka för att fungera på en halvnormal nivå.

När jag sover, har jag mardrömmar. Mitt sinne spelar upp Beths död och lagerlokalsexplosionen om och om igen tills jag vaknar upp dränkt i kallsvett. Efter alla drömmar ligger jag vaken, längtar efter Julian och efter värmen och säkerheten i hans famn. Jag känner mig vilsen utan honom, som ett skepp på ett stormande hav. Hans frånvaro är ett infekterat sår som vägrar att läka.

Jag saknar Beth med. Jag saknar hennes inget-nonsens attityd, hennes praktiska inställning till livet. Om hon var här, skulle hon vara den första att säga att sånt är livet och att det bara är att ta itu med det. Hon skulle säga till mig att gå vidare.

Och jag försöker... men det sanslösa våldet som orsakade hennes död äter upp mig. Julian hade rätt - jag visste inte vad riktigt hat var förut. Jag visste inte hur det var att vilja skada någon, att kräva deras död. Nu gör jag det. Om jag skulle kunna vrida tillbaka tiden och döda terroristen som mördade Beth så brutalt, hade jag gjort det på en sekund. För mig räcker det inte med att han dog i den där explosionen. Jag önskar att jag var den som hade gjort slut på hans liv.

Mina föräldrar insisterar på att jag träffar en terapeut. Så för att vara dem till lags går jag ett par gånger. Det hjälper inte. Jag är inte redo att blotta min själ och mitt hjärta för en främling, och våra möten visar sig vara ett slöseri med tid och pengar. Jag är inte på rätt mentalt ställe för att få terapi - min förlust är för ny, mina känslor för råa.

Jag börjar måla igen, men jag kan inte göra samma soliga landskap som tidigare. Min konst är mörkare nu, mer kaotisk. Jag målar explosionen om och om igen, försöker få den ur huvudet och varje gång blir resultatet lite annorlunda, lite mer abstrakt. Jag målar Julians ansikte också. Jag gör det från minnet och det stör mig att jag inte riktigt kan få till den ödeläggande perfektionen i hans drag. Det spelar ingen roll hur mycket jag försöker, jag får inte till det.

Alla mina vänner har åkt iväg till olika college och universitet så de första veckorna pratar jag bara med dem på telefon och via Skype. De vet inte riktigt hur de ska agera runt mig, och jag klandrar dem inte. Jag försöker hålla våra samtal lätta, fokuserar på vad som har hänt i deras liv sedan studenten men jag vet att de tycker det känns konstigt att prata om sina pojkvänner, problem och tentor med någon de ser som ett offer för ett hemskt brott. De tycker synd om mig och har en störd nyfikenhet i ögonen när de ser på mig, och jag kan inte förmå mig att prata med dem om min erfarenhet på ön.

Men när Leah kommer hem från universitetet i Michigan får vi chans att tillbringa tid ihop. Efter några kramar löses det mesta av den inledande konstighetskänslan upp och hon är återigen samma tjej som var min bästa vän från mellanstadiet och upp.

"Jag gillar din lägenhet", säger hon när hon går runt i min studio och undersöker målningarna som hänger på väggarna. "Rätt cool konst du har här. Var fick du dem ifrån?"

"Jag målade dem", säger jag och drar på mig stövlarna. Vi ska gå till en lokal italiensk restaurang på middag. Jag är klädd i ett par stuprörsjeans och svart topp och det känns precis som förut.

"Gjorde du?" Leah ger mig en uppskattande blick. "Sedan när målar du?"

"Det är ett ganska nytt intresse", säger jag och grabbar tag i min kappa. Det är redan höst och det börjar bli kyligt. Jag hade blivit van vid det tropiska klimatet på ön och till och med 15 grader känns kallt för mig.

"Men fan, Nora, du - det är riktigt bra det här", säger hon och går fram till en av explosionsmålningarna för att studera den närmare. Det är de enda jag har framme - mina Julianporträtt är privata. "Jag visste inte att du hade sådan talang."

"Tack". Jag flinar åt henne. "Är du klar?"

Vi har en underbar middag. Leah berättar för mig om hur det är att plugga i Michigan och om Jason, hennes nya pojkvän. Jag lyssnar uppmärksamt, och vi skojar om killar och deras oförklarliga behov av att göra löjliga upptåg.

"När ska du söka till college?" frågar hon när vi är halvvägs genom efterrätten. "Du skulle gå på en lokal skola först. Tänker du fortfarande göra det?"

Jag nickar. "Ja, jag tror att jag ska söka till vårterminen." Trots att jag nu har råd att gå på vilket universitet som helst, har jag ingen lust att ändra mina planer. Pengarna som finns på mitt konto känns inte verkliga och jag är märkligt avståndstagande när det gäller att spendera dem.

"Det är ju jättebra", säger Leah och flinar. Hon verkar lite hypad som om hon är överdrivet upphetsad över något.

Jag får snart reda på vad det är.

"Hej Nora", säger en bekant röst bakom mig, precis när vi är redo att betala.

Jag hoppar upp, skrämd. Jag vänder mig om och stirrar på Jake - pojken jag gick på dejt med den där ödesdigra natten då Julian kidnappade mig.

Pojken som Julian gjort illa för att kontrollera mig.

Han ser nästan likadan ut; lurvigt solblekt hår, varma bruna ögon, bra kroppsbyggnad. Det är bara uttrycket i hans ansikte som är annorlunda. Det är förvridet och spänt, varsamheten i hans blick är som en spark i magen.

"Jake..." Jag känner mig som om jag möter ett spöke. "Jag visste inte att du var i stan. Jag trodde du var i Michigan..."

Och sedan inser jag sanningen. Jag vänder mig om

och tittar fördömande på Leah som återgäldar det med ett stort leende. "Jag hoppas du inte tar illa upp, Nora" säger hon lättvindigt. "Jag sa till Jake att jag skulle hit och träffa dig i helgen och han bad att få följa med. Jag visste inte hur du skulle känna inför det, med tanke på omständigheterna..." hon rodnar lite "så jag nämnde bara att vi skulle vara här ikväll."

Jag blinkar och mina handflator börjar svettas. Leah vet ingenting om misshandeln som Jake fick utstå på grund av mig. Den lilla episoden är något jag bara pratat med FBI om. Hon är förmodligen rädd att Jake kan orsaka smärtsamma minnen från bortförandet men hon kan aldrig gissa stormen som pågår inom mig just nu av skuld och ångest.

Jake vet dock att jag är ansvarig för attacken. Jag kan se det på sättet som han ser på mig.

Jag tvingar mig själv att le. "Självklart har jag ingenting emot det", ljuger jag mjukt. "Var snäll och sitt. Låt oss ta lite kaffe." Jag rör mig mot stolen på andra sidan av vårt bås och sätter mig själv. "Hur har du haft det?"

Han ler tillbaka mot mig, hans bruna ögon rynkar sig i ögonvrån på ett sätt som jag fann väldigt charmigt en gång. Han är fortfarande en av de snyggaste killarna jag träffat, men jag känner mig inte längre dragen till honom. Förälskelsen jag hade i honom förut är ingenting jämfört med min fullständiga besatthet av Julian. Och till de mörka och desperata begären som får mig att vända och vrida nattetid.

När jag inte kan sova, tänker jag ofta på sakerna jag och Julian brukade göra ihop - sakerna han fick mig att göra... sakerna han tränade mig att vilja göra. I nattens mörker, onanerar jag till förbjudna fantasier. Fantasier om märklig smärta och tvingad njutning, om våld och lust. Jag har ett behov av att bli tagen och använd, bli gjord illa och besutten. Jag längtar efter Julian - mannen som väckte den här sidan av mig.

Mannen som nu är död.

Jag skjuter undan den fasansfulla tanken, och fokuserar på vad Jake berättar för mig.

"...kunde inte gå i den parken på flera månader", säger han och jag förstår att han talar om sin upplevelse vid min bortförsel. "Varje gång jag gjorde det tänkte jag på dig och var du kunde vara... Polisen sa att du hade försvunnit spårlöst från jordens yta."

Jag lyssnar på honom, skam och självömkan rullar ihop sig inom mig. Hur kan jag känna så här mot en man som har gjort något så hemskt och som har gjort så många människor illa på vägen? Hur sjuk är jag som kan älska någon som är kapabel till sådan ondska? Julian var inte en sargad, oförstådd hjälte som tvingades göra dåliga saker bortom sin kontroll. Han var ett monster rätt och slätt.

Ett monster som jag saknar med varje fiber av min existens.

"Jag är hemskt ledsen, Nora", säger Jake och avleder mig från mitt självplågande. "Jag är hemskt ledsen att jag inte kunde försvara dig den natten —"

"Vänta... va?" Jag stirrar misstroende på honom. "Är du galen? Vet du vad du kämpade mot? Det fanns inte en chans att du kunde ha gjort någonting—"

"Jag skulle fortfarande ha försökt." Jakes röst är tung av skuld. "Jag borde ha gjort något, vad som helst..."

Jag sträcker mig över bordet, impulsivt täcker jag hans hand med min egen. "Nej", säger jag bestämt. "Du har ingen skuld i detta." Jag kan se Leah i ögonvrån, hon fipplar med sin telefon och låtsas som om hon inte är där. Jag ignorerar henne. Jag behöver övertyga Jake om att han inte har gjort något fel, få honom att lyckas gå vidare.

Hans hud är varm under mina fingrar och jag kan känna den vibrerande spänningen inom honom. "Jake", säger jag mjukt och håller kvar hans blick, "ingen skulle kunna ha förhindrat det. Ingen. Julian har - hade - resurser som skulle få en SWAT-avdelning att vara avundsjuka. Om det är någons fel är det mitt. Du blev indragen i det här på grund av mig och jag är hemskt ledsen för det." Jag ber om ursäkt för mer än parkepisoden och det vet han.

"Nej, Nora", säger han tystlåtet, hans bruna ögon är fyllda av skuggor. "Du har rätt. Det är hans fel inte vårt." Och jag förstår att han erbjuder mig försoning med – att även han vill befria mig från skuld.

Jag ler och trycker hans hand, accepterar tyst hans förlåtelse.

Jag önskar att jag kunde förlåta mig själv så enkelt, men jag kan inte.

Till och med här och nu där jag sitter med Jakes hand i min, kan jag inte sluta älska Julian.

Det spelar ingen roll vad han har gjort.

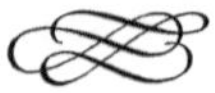

KAPITEL 26

”Vet du, jag tror verkligen att han gillar dig”, säger Leah när hon kör mig hem. ”Jag är förvånad att han inte bjöd ut dig där och då.”

”Bjuda ut mig? Jake?” Jag stirrar misstroget på henne. ”Jag är den sista tjejen han vill bjuda ut på en dejt.”

”Åh, jag skulle inte vara så säker på det” säger hon tankfullt. ”Ni kanske bara har varit på en dejt men han var seriöst deprimerad när du försvann. Och så var det sättet han såg på dig ikväll.”

Jag släpper ut ett nervöst skratt. ”Leah, snälla du, det är ju helt galet. Jake och jag har en komplicerad historia. Han ville få avslut det var allt.” Själva tanken på att dejta Jake - av att dejta någon alls - känns konstig och främmande. I mitt sinne tillhör jag fortfarande Julian och tanken på att låta en annan man röra vid mig får mig att bli oförklarligt nervös.

”Jaha, avslut, visst.” Leahs röst dryper av sarkasm.

"Hela kvällen stirrade han på dig som om du var den hetaste tjejen han någonsin sett. Det är inte avslut han vill ha från dig, det garanterar jag."

"Äh, kom igen..."

"Nej, seriöst", säger Leah och kastar en blick på mig vid stoppljuset. "Du borde gå ut med honom. Han är en toppenkille och du gillade honom förut..."

Jag tittar på henne och begäret av att försöka få henne att förstå slåss med mitt djupa behov av att försvara mig själv. "Leah, det var förut", säger jag sakta och beslutar att dela en del av sanningen med henne. "Jag är inte samma person nu. Jag kan inte dejta en kille som Jake... inte efter Julian."

Hon blir tyst, vänder tillbaka uppmärksamheten på vägen när det slår om till grönt.

När hon stannar framför mitt hyreshus, vänder hon sig mot mig. "Förlåt", säger hon tystlåtet. "Det var dumt och okänsligt av mig. Du verkar så okej att jag glömde bort det en stund..." Hon sväljer, tårar glimmar i hennes ögon. "Om du någonsin vill prata om det så finns jag här för dig - du vet det, eller hur?"

Jag nickar, ger henne ett leende. Jag har tur som har en vän som henne, och någon dag kanske jag antar hennes erbjudande. Men inte än - inte medan jag känner mig så rå och söndertrasad inuti.

DE FÖLJANDE VECKORNA SNIGLAR SIG FRAM. JAG existerar minut efter minut, tar en dag i taget. Varje morgon skriver jag en lista på saker jag vill få gjorda under den dagen och följer den sedan till punkt och pricka. Det spelar ingen roll hur mycket jag bara vill krypa ner i sängen och dra täcket över huvudet och aldrig komma ut igen.

Mestadels innehåller min lista vardagliga aktiviteter som att äta, springa, gå till jobbet, gå och handla och ringa mina föräldrar. Då och då lägger jag till något mer ambitiöst projekt också, som att söka till vårterminen på universitetet - vilket jag gör precis som jag lovat Leah.

Jag anmäler mig också till skyttelektioner. Till min förvåning visar det sig att jag är rätt bra på att hantera vapen. Min instruktör säger att jag är en naturbegåvning och jag börjar undersöka vad jag behöver göra för att få vapenlicens i Illinois. Jag ger mig också i kast med självförsvarslektioner och börjar lära mig några basrörelser så att jag kan försvara mig själv. Jag kommer aldrig att kunna vinna över någon som Julian och männen som tog mig och Beth, men att veta hur man skjuter och slåss får mig att känna mig bättre, som om jag har mer kontroll över mitt liv.

Mellan alla dessa nya aktiviteter, mitt jobb och min konst är jag för upptagen för att socialisera vilket passar mig utmärkt. Jag är inte på humör för att träffa nya vänner och alla mina gamla har flyttat.

Jake och Leah är båda tillbaka i Michigan. Han vinkar till mig på Facebook och vi chattar ett par gånger. Han bjuder dock inte ut mig.

Jag är glad för det. Även om han inte gick på college

tre och en halv timme bort så hade det inte funkat mellan oss. Jake är smart nog att förstå att inget gott någonsin kan komma av att bli involverad med någon som mig - någon som i alla avseenden fortfarande är Julians fånge.

Jag drömmer om honom nästan varje natt. Som en mara kommer min tillfångatagare till mig i mörkret, när jag är som mest sårbar. Han invaderar mitt sinne lika skoningslöst som han en gång tog min kropp. När jag inte återupplever hans död är mina drömmar oroväckande sexuella. Jag drömmer om hans händer, hans mun, hans kuk, de är överallt, på mig, i mig. Jag drömmer om hans hemskt vackra leende, om sättet på vilket han brukade hålla och smeka mig.

På sättet han brukade tortera mig tills jag glömde allt och förlorade mig i honom.

Jag drömmer om honom... och vaknar blöt och bultande, min kropp tom och längtande efter hans besättning. Likt en missbrukare på avtändning, är jag desperat för en kick, något som kan ta udden av mitt behov.

Jag är inte redo att dejta men min kropp bryr sig inte om det - och till slut bestämmer jag mig för att ge efter.

Jag klär upp mig, tar med mig mitt gamla falska ID och går till en lokal bar.

~

MÄNNEN SVÄRMAR RUNT MIG SOM FLUGOR. DET ÄR SÅ

lätt, så jävla lätt. En ensam tjej i en bar — det är all uppmuntran de behöver. Likt vargar som känner lukten av ett byte, känner de min desperation, mitt begär efter något mer än en kall, ensam säng i natt.

Jag låter en av dem köpa drinkar åt mig. En shot vodka, sedan en tequila... När han frågar om jag vill gå snurrar allt omkring mig. Jag nickar och låter honom leda mig till sin bil.

Han är en man i trettioårsåldern och han ser bra ut, med sandfärgat hår och blågråa ögon. Inte särskilt lång men resonabelt välbyggd. Han är advokat säger han och kör mig till ett näraliggande motell.

Jag sluter ögonen när han fortsätter att prata. Jag bryr mig inte om vem han är eller vad han gör. Jag vill bara att han knullar mig, fyller det gapande tomrummet inuti mig. Att bli av med den där kylan som har sipprat in i benmärgen.

Han hyr ett rum vid receptionen och vi går uppför trapporna. När vi kommer in i rummet, tar han av mig kappan och börjar kyssa mig. Jag kan känna smaken av öl och en antydan av tacos på hans tunga. Han pressar mig mot honom, hans händer är heta och ivriga när de utforskar min kropp — och plötsligt kan jag inte göra det längre.

"Sluta!" Jag knuffar bort honom så hårt jag kan. Överrumplad snubblar han bort några steg.

"Vad fan—" Han gapar mot mig, hans mun är öppen av misstro.

"Jag är ledsen", säger jag snabbt, grabbar tag i min kappa. "Det är inte du, jag lovar."

Och innan han kan säga ett ord, springer jag ut ur rummet.

Jag tar en taxi, åker hem, sjuk av alkoholen och fullständigt eländig. Det finns ingen som kan stilla mitt begär, inget sätt att släcka min törst.

Även när jag är full står jag inte ut med an annan mans beröring.

KAPITEL 27

Det börjar som ytterligare en erotisk dröm.

Starka, hårda händer glider uppför min nakna kropp, valkiga handflator skrapar min hud när han klämmer på mina bröst, hans tummar gnider mot mina styva, känsliga bröstvårtor. Jag välver mig mot honom, känner värmen av hans hud, den tunga vikten av hans kraftfulla kropp som pressar ner mig i madrassen. Hans muskulösa ben tvingar isär mina lår och hans erektion stimulerar mitt kön, det grova huvudet glider mellan mina mjuka skrymslen och utövar lätt tryck på min klitoris.

Jag stönar, gnider mig mot honom, mina inre muskler krampar av behovet att få honom djupt in i mig. Jag är genomblöt och flämtar, och mina händer griper tag i hans fasta muskulösa bak, försöker tvinga honom, få honom att knulla mig.

Han skrattar, ljudet av ett förföriskt muller i hans bröst, och hans stora händer griper tag i mina vrister och fixerar dem över mitt huvud. "Har du saknat mig, min skatt?" mumlar han i mitt öra, hans heta andedräkt skickar erotiska rysningar nedför sidan av min kropp.

Min skatt? Julian talar aldrig till mig i mina drömmar—

Jag flämtar till, mina ögon spärras upp på vid gavel... och i det svaga, tidiga morgonljuset, ser jag honom.

Julian.

Naken och upphetsad har han brett ut sig över mig, håller ner mig i sängen. Hans mörka hår är kortare än förut, hans magnifika ansikte sammandraget av lust, hans ögon glittrar som blå juveler.

Jag stelnar till, stirrar upp på honom, mitt hjärta dunkar häftigt i min bröstkorg. Under ett ögonblick tror jag att jag fortfarande drömmer — att min hjärna spelar ett elakt spratt med mig. Min syn försvagas, och jag inser att jag faktiskt bokstavligen slutat andas en stund, att chocken har drivit ut all luft ur mina lungor.

Jag andas in häftigt, fortfarande fastfrusen på stället och han sänker sitt huvud, hans mun sänks över min. Hans tunga söker sig in mellan mina delade läppar, invaderar mig och den hemskt bekanta smaken av honom får mitt huvud att snurra.

Det finns inte längre ett spår av tvivel i mitt sinne.

Det är verkligen Julian — han är lika levande och vital som någonsin.

Raseri, skarpt och plötsligt spetsar det mig. Han lever — han har varit vid liv hela tiden! Hela tiden som jag sörjt honom, när jag försökte sätta ihop min trasiga själ, har han levt och mått bra, otvivelaktigt roat sig åt mina patetiska försök att gå vidare med mitt liv.

Jag biter hårt i hans läpp, fylld av ett djuriskt behov av att skada honom—att riva i hans kött som han har rivit sönder mitt hjärta. Kopparsmaken av blod fyller min mun och han rycker tillbaka med en svordom, hans ögon mörknar av ilska.

Jag är dock inte rädd. Inte längre. "Låt mig gå", väser jag rasande, kämpar mot hans grepp. "Din jävla skitstövel! Ditt arsle! Du var aldrig död! Du var fan aldrig död..." Till min fullständiga förnedring kommer den sista delen ut som en kvävd snyftning, min röst spricker på slutet.

Hans käke spänns och han stirrar på mig, den sensuella perfektionen av hans läppar fördärvad av det blodiga märket från mina tänder. Han håller fast mig utan ansträngning, hans kuk beredd vid den mjuka öppningen till min kropp. Ursinnig vrider jag mig åt sidan, försöker bita honom igen och han förflyttar mina vrister till sin vänstra hand, håller mig på plats med den ena medan han grabbar tag i mitt hår med den andra. Nu kan jag inte röra mig alls, allt jag kan göra är att blänga ilsket på honom, tårar av ilska och bitter frustration bränner i mina ögon.

Oväntat, mjuknar hans uttryck. "Det ser ut som min kattunges klor växt ut", mumlar han, hans röst är fylld av mörk munterhet. "Jag tror jag gillar det."

Jag ser bokstavligt talat rött. "Fan ta dig!" skriker jag, kastar mig mot honom, utan tanke på våra nakna kroppar som gnids mot varandra. "Fan ta dig och vad du gillar —"

Hans mun kastar sig ner över mig och sväljer mina arga ord och mina tänder nafsar honom i ännu ett bitförsök. Han rycker undan i sista sekunden och skrattar lätt. Samtidigt börjar huvudet på hans kuk glida in i mig. Galen bortom alla gränser skriker jag — och hans högra hand släpper mitt hår och täcker min mun istället. "Shhh", viskar han i mitt öra, ignorerar mina kvävda skrik. "Vi vill inte att dina grannar ska höra nu, eller?"

I det här ögonblicket bryr jag mig inte om ifall hela världen hör oss. Jag är uppfylld av det primitiva begäret att fara ut mot honom, göra honom illa på samma sätt som han har gjort mig illa. Om jag hade haft ett vapen med mig, skulle jag gladeligen ha skjutit honom för plågorna han har fått mig att gå igenom.

Men jag har inget vapen. Jag har ingenting, och han trycker sig långsamt djupare in i min känsliga öppning, hans kuk töjer ut mig, penetrerar mig med sin heta hårdhet. Jag är fortfarande blöt från min tidigare 'dröm', men jag är också spänd av ilska och min kropp protesterar mot invasionen, alla mina muskler klämmer åt för att hålla honom ute. Det är som vår första gång igen —förutom att röran av känslor i mitt bröst just nu är långt värre än rädslan jag kände den gången. Min kamp dör gradvis ut, jag blickar tigande upp på honom, ostadig från chocken över hans återkomst.

När han är helt inne i mig stannar han till, lyfter långsamt handen från min mun.

Jag förblir tyst, tårar rinner från ögonvrårna.

Han sänker sitt huvud och kysser mig ömt, som om han ber om ursäkt för att ha tagit mig så hårt. Mina lungor slutar fungera, som alltid, denna blandning av elakhet och ömhet vänder mig ut och in, vänder upp och ned på mitt redan konfliktfyllda sinne.

"Jag är ledsen älskling", mumlar han, hans läppar berör lätt mina tårdränkta kinder. "Det var inte meningen att det skulle bli så. Du var min att skydda och jag klantade till det. Jag klantade till det så jävla illa..." Han andas ut mjukt. "Jag menade aldrig att lämna dig, menade aldrig att låta dig gå—..."

"Men det gjorde du." Min röst är liten och klagande som den hos ett sårat barn. "Du lät mig tro att du var död—"

"Nej." Han släpper mina vrister och stödjer sig på sina armbågar, ramar in mitt ansikte med sina händer. Hans ögon bränner intensivt in i mina, det känns som om han förtär mig med sin blick. "Så var det inte. Så var det inte alls."

Mina händer sjunker långsamt till hans axlar. "Hur var det då?" undrar jag bittert. Hur kunde han ha gjort detta mot mig? Hur kunde han ha stulit mig, tagit allt ifrån mig, bara för att överge mig så grymt?

"Jag kommer att förklara allting", lovar han, hans röst är låg och full av lust. Det finns en svettpärla ovanför hans ögonbryn och jag kan känna hans kuk bulta djupt inom mig. Hans kontroll hänger på en skör tråd. "Men just nu behöver jag dig, Nora. Jag behöver det här…" Han stöter sina höfter framåt och jag stönar när han stöter mot min G-punkt, vilket skickar en tryckvåg av känslor genom mina nervändar.

"Så där ja", viskar han strävt, upprepar rörelsen. "Jag behöver detta. Jag vill känna din trånga lilla fitta. Jag vill knulla dig och jag vill förtära dig. Varje centimeter av dig är min Nora, bara min.…" Han sänker sitt huvud igen, tar min mun med en djup penetrerande kyss medan han fortsätter stöta in i mig med en långsam skoningslös rytm.

Min egen andhämtning ökar och en våg av hetta översvämmar min kropp. Mina fingrar hårdnar om hans axlar, mina ben slingrar sig om hans muskulösa lår, för honom djupare in i mig. Efter månader av abstinens, är det nästan för mycket men jag välkomnar det lätta svidandet, denna utsökta njutning – den smärtande känslan av hans besittande. Jag kan känna spänningen växa inom mig, det njutbara kittlandet av förorgasmisk salighet, och sedan exploderar jag med ett kvävt skrik, mina inre muskler klämmer hårt om hans tjocka kuk.

"Ja, älskling, sådär ja", stönar han strävt. Hans rytm ökar och med en sista kraftfull stöt når han sin egen kulmen, hans lem pulserar djupt inom mig. Jag kan känna värmen av hans säd förlösas inuti mig och jag håller honom nära när han kollapsar ovanpå mig, hans stora kropp är tung och täckt av svett.

∾

"VILL DU HA KAFFE ELLER TE?" FRÅGAR JAG OCH KASTAR en blick på Julian medan jag pysslar i det lilla köket i ett hörn av min lägenhet. Han sitter vid bordet vid väggen, enbart iförd ett par jeans—det enda han besvärat sig med att ta på sig efter sin dusch. Hans solbrända, vågiga torso drar mina ögon till sig och min hand darrar lätt när jag sträcker mig efter en kopp. Med sitt kortklippta hår verkar hans käkben skarpare, hans drag ännu mer utmejslade än tidigare. Jag rynkar på ögonbrynen och tar en närmare titt. Han verkar tunnare än jag kommer ihåg honom, nästan som om han gått ned i vikt.

Julian ignorerar mitt stirrande och lutar sig tillbaka i den bräckliga stolen jag köpt på IKEA och sträcker ut sina långa ben. Han är barfota och fötterna är påfallande maskulina. "Kaffe skulle vara toppen" säger han slött, ser på mig under tunga ögonlock.

Han påminner mig om en panter som tålmodigt förföljer sitt byte.

Jag sväljer, placerar koppen på bänken och sträcker mig efter kaffemaskinen. Till skillnad från honom bär jag jeans, tjocka strumpor och en fleecetröja. Att vara fullt påklädd får mig att känna mig mindre sårbar, ha mer kontroll.

Hela situationen är surrealistisk. Om det inte var för den lätta ömheten mellan mina lår, skulle jag ha varit säker på att jag hallucinerade. Men nej, min tillfångatagare - mannen som varit centrum i min existens så länge —är här i min lilla lägenhet, dominerar den med sin kraftfulla närvaro.

När kaffet är färdigt, häller jag upp en kopp åt oss var och sätter mig med honom vid bordet. Jag känner mig ur balans, som om jag går på lina. Ena sekunden vill jag skrika av glädje för att han lever och i nästa vill jag döda honom för tortyren han utsatt mig för. Och på grund av detta, finns i bakhuvudet vetskapen om att inget av alternativen är ett passande svar på den här situationen. Med all rätt borde jag försöka fly och ringa polisen.

Julian verkar inte det minsta rädd för det alternativet. Han är lika bekväm och självsäker i min studio som han var på ön. Han tar sin kopp, smuttar på kaffet och tittar på mig, ett fascinerande halvleende spelar på hans vackra läppar.

Jag kupar mina händer runt min egen kopp, njuter av värmen mellan mina handflator. "Hur överlevde du explosionen?" frågar jag tyst och håller kvar hans blick.

Han snörper lätt på munnen. "Det gjorde jag nästan inte. När de insåg att de höll på att förlora, smällde en av de där självmordsjävlarna av en bomb. Två av mina män och jag råkade vara i närheten av stegen till källaren så vi dök ner i öppningen i sista sekunden. En del av golvet kollapsade över mig, slog mig medvetslös och dödade en av männen jag hade med mig. Lyckligtvis för mig, överlevde den andre —Lucas —och bibehöll medvetandet. Han lyckades dra oss båda till dräneringsröret och där fanns det tillräckligt med frisk luft utifrån för att vi inte skulle dö av rökförgiftning."

Jag drar in ett skakigt andetag. Dräneringsröret... Det var det enda stället jag inte hade kollat den där hemska dagen när jag ägnade timmar med att kamma igenom ruinerna av byggnaden. Jag hade blivit så bedövad och förfärad att det inte ens hade slagit mig att leta där efter överlevare.

"När Lucas lyckades få oss båda till sjukhus var jag i ganska dåligt skick", fortsätter Julian medan han tittar på mig. "Jag hade spräckt skallen och hade flera brutna ben. Läkarna la mig i en medicinskt provocerad koma för att hantera svullnaden i min hjärna, och jag återfick inte medvetandet förrän för ett par veckor sedan." Han lyfter handen och rör vid sitt korta hår och jag förstår nu anledningen bakom den nya frisyren. De måste ha rakat hans huvud på sjukhuset.

Min hand darrar när jag lyfter min kopp för att ta en klunk. Så han hade nästan dött i alla fall —inte för att det gjorde hans frånvaro under de senaste veckorna mer berättigad. "Varför kontaktade du mig inte då? Varför lät du mig inte veta att du levde?" Hur kunde han låta min tortyr fortsätta mer än en dag längre än nödvändigt?

Han lägger huvudet på sned. "Och sen då?" frågar han, hans röst är farligt len. "Vad skulle du ha gjort då, min skatt? Skulle du ha skyndat till min sida i Thailand? Eller skulle du ha berättat för dina polare på FBI var de kunde hitta mig så de kunde haffa mig medan jag var svag och hjälplös?"

Jag andas in häftigt. "Jag skulle inte ha berättat för dem...."

"Inte?" Han avfyrar en hånfull blick mot mig. "Tror

du inte att jag vet att du har pratat med dem? Att de nu har mitt namn och foto?"

"Jag pratade bara med dem eftersom jag trodde att du var död!" Jag hoppar upp, välter nästan min kaffekopp. All min ilska kommer plötsligt till ytan. Ursinnig tar jag tag i bordskanten och tittar ilsket på honom. "Jag förrådde dig aldrig, även om jag borde ha gjort det—"

Han kommer på fötter, vecklar ut sin långa muskulösa kropp med atletisk spänst. "Ja, det borde du förmodligen", instämmer han mjukt, hans blick mörknar medan vi stirrar på varandra över bordet. "Du skulle ha angett mig på den där kliniken i Filippinerna och sprungit så långt och så fort du kunde, min skatt."

Jag för tungan över mina torra läppar. "Skulle det ha hjälpt?"

"Nej. Jag skulle ha hittat dig var som helst."

Min mage vrider sig av upphetsning och klumpar sig av rädsla. Han skojar inte. Jag kan se det i hans ansikte. Han skulle ha kommit efter mig, och ingen skulle kunna ha stoppat honom.

"Vem är du?" andas jag och stirrar misstroget på honom. "Varför fanns det inga spår av dig i myndigheternas databaser? Om du är en sån höjdare på vapensmuggling, varför har FBI aldrig hört talas om dig tidigare?"

Han ser på mig, hans ögon är påfallande blå i hans mörkt solbrända ansikte. "För att jag har ett brett nätverk av kontakter, Nora" säger han tyst. "Och därför att jag som en del i mitt samspel med mina klienter ibland kommer över information som regeringen finner användbar —information som har med amerikanska folkets säkerhet att göra."

Jag tappar hakan. "Är du en spion?"

"Nej." Han skrattar. "Inte i ordets traditionella bemärkelse. Jag står inte på någons lönelista—vi utbyter helt enkelt tjänster. Jag hjälper din regering och i utbyte, gör de mig osynlig för alla. Bara några få av de högsta tjänstemännen i CIA vet om att jag existerar." Han pausar och lägger sedan mjukt till: "Eller så var det åtminstone innan FBI la vantarna på dig, min skatt. Nu är det hela lite mer komplicerat, och jag kommer att bli tvungen att be om en hel del gentjänster för att få de här uppgifterna raderade".

"Jag förstår", säger jag likgiltigt. Mitt huvud snurrar. Mannen som kidnappat mig arbetar åt regeringen. Det är nästan mer än jag kan hantera för tillfället.

Han ler, han gillar tydligen min förvirring. "Tänk inte för mycket på det min skatt" råder han, hans ögon glänser roat. "Bara för att jag avvärjt en förmodad terroristattack gör det mig inte till en av de goda."

"Nej", jag håller med. "Det gör det inte." Jag vänder mig om och går fram till det lilla fönstret och tittar ut. Solen håller på att gå upp, det ligger ett tunt lager snö på marken.

Det är säsongens första snö, den måste ha fallit under natten.

Jag hör honom inte röra sig men plötsligt är han bakom mig, hans stora armar läggs runt mig och pressar mig mot honom. Jag kan känna den rena manliga lukten från hans hud och något av den kvarvarande spänningen dras ut från mig. Julian lever.

"Så, vad gör vi nu?" frågar jag och stirrar på snön. "Tar du tillbaka mig till ön?"

Han är tyst en stund. "Nej", säger han slutligen. "Det kan jag inte. Inte utan Beth där." Det är en spänd ton i hans röst och jag inser att han saknar henne också, att han också känner av hennes akuta frånvaro.

Jag vänder mig om i hans omfamning och ser upp på honom, lägger mina händer på hans bröst. "Jag är glad att de jävlarna är döda." Orden kommer ut som ett lågt fientligt väsande. "Jag är glad att du dödade dem allihop".

"Ja", säger han och jag ser reflexen av min ilska och smärta i det hårda glittret i hans ögon. "Männen som gjorde henne illa är döda och jag förbereder att förinta hela deras organisation. När jag är färdig med dem kommer Al Quadar inte att vara mer än en mapp i regeringens arkiv."

Jag håller kvar hans blick utan att blinka. "Bra." Jag vill förinta dem allihop. Jag vill att Julian ska slita dem i stycken och få dem att känna Beths plåga.

I det här ögonblicket förstår vi varandra helt perfekt. Han är en mördare och det är precis vad jag vill att han ska vara. Jag vill inte ha en gullig mjuk man med ett samvete - jag vill ha ett monster som brutalt kan hämnas Beths död.

Ett svagt leende lyfter hans mungipor. Han böjer sig ned och kysser mig lätt på pannan, sedan släpper han mig för att gå över till sängen där resten av hans kläder ligger.

Jag rynkar på ögonbrynen när jag ser honom dra på sig sin långärmade t-shirt, sockor och ett par kängor. "Ska du gå?" frågar jag och känner en kall hand krama mitt hjärta vid tanken.

"Nej", säger han och sätter på sig sin läderjacka och går över till min garderob. "Vi ska gå." Han öppnar garderobsdörren, tar fram min vinterjacka och varma skor och kastar dem till mig.

Jag fångar dem automatiskt och sätter på mig dem. "Kidnappar du mig igen?" frågar jag och drar på mig bootsen.

"Jag vet inte." Han kommer fram till mig, kupar händerna runt mitt ansikte, hans tumme gnider lätt mot min underläpp. "Gör jag?"

Jag vet inte heller. För första gången på månader känner jag mig levande. Jag kan känna igen, skarpt och klart. Rädsla, upphetsning,

Kärlek.

Det är inte den gulliga, ömma sortens kärlek jag alltid drömt om men det är kärlek. Mörk, skruvad och besatt, det är både en tvångshandling och ett beroende. Jag vet att världen kommer att döma mig för mina val men jag behöver Julian lika mycket som han behöver mig.

"Och om jag inte vill följa med dig?" Jag vet inte varför jag känner behovet av att fråga. Jag vet redan svaret.

Han ler. Han sänker handen från mitt ansikte,

stoppar ner handen i sin jackficka och drar fram en liten spruta, som han visar mig.

"Jag förstår", säger jag lugnt. Han har kommit förbereddför alla eventualiteter.

Han stoppar undan sprutan och erbjuder mig handen. Jag tvekar ett ögonblick, sedan lägger jag min hand i hans stora handflata. Han sluter sina fingrar runt mina och hans ögon ser omöjligt blå ut i det ögonblicket, nästan lysande.

Vi går ut tillsammans, håller varandra i handen som ett par. Han leder mig till bilen som väntar på oss—en svart bil med fönsterglas som ser ovanligt tjockt ut. Förmodligen skottsäkert.

Han öppnar dörren åt mig och jag kliver in.

När bilen kör ut, drar han mig närmare sig och jag begraver mitt ansikte i hans nackkrök, andas in den familjära doften.

För första gången på månader, känner jag mig som hemma.

TJUVKIK, TJUVTITT

Tack för att du läst boken! Om du kan tänka dig att lämna ett omdöme kommer det verkligen att uppskattas. Julian och Noras historia fortsätter i *Behåll Mig*.

Var snäll och besök oss på www.annazaires.com/book-series/svenska/ och anmäl dig till vårt nyhetsbrev för att bli notifierad när det blir tillgängligt på svenska.

Och nu, vänd på bladet för att få ett litet utdrag ur Behåll Mig.

UTDRAG UR BEHÅLL MIG

Författarens notering: Behåll Mig är fortsättningen
på Noras och Julians historia och berättas ur både
Noras och Julians perspektiv. Det följande utdraget är
från Julians perspektiv:

Det finns dagar när driften att skada, att döda, är för
stark för att förnekas. Dagar när den tunna civiliserade
dräkten hotar att glida av vid minsta lilla provokation
och blotta monstret inombords.

Idag är inte en av de dagarna.

Idag har jag henne med mig.

Vi sitter i bilen på väg till flygplatsen. Hon sitter
tryckt vid min sida, hennes smala arm ligger om mig
och hennes ansikte är begravt i min nacke.

Jag håller om henne med en arm och stryker över
hennes mörka hår, njuter av dess silkiga struktur. Det

är långt nu, det räcker hela vägen ner till hennes smala midja. Hon har inte klippt det på nitton månader.

Inte sedan jag kidnappade henne för första gången.

Jag andas in, drar in hennes lukt - lätt och blommig, underbart feminin. Det är en kombination av något schampo och hennes unika kroppskemi som får min mun att vattnas. Jag vill ta av alla kläder och följa den lukten överallt, undersöka varje kurva och skrymsle av hennes kropp.

Det rycker i min kuk och jag påminner mig själv att jag precis knullat henne. Det spelar dock ingen roll. Mitt begär efter henne är konstant. Det brukade besvära mig, det besatta begäret, men nu är jag van vid det. Jag har accepterat min egen galenskap.

Hon verkar lugn, till och med nöjd. Jag gillar det. Jag gillar att ha henne uppkrupen mot mig, mjuk och tillitsfull. Hon känner min sanna natur och hon känner sig fortfarande trygg med mig. Jag har tränat henne att känna så.

Jag har tvingat henne att älska mig.

Efter ett par minuter rör hon sig i mina armar, lyfter på huvudet för att se på mig. "Vart är vi på väg?" frågar hon, blinkar, hennes långa svarta ögonfransar sveper upp och ned som solfjädrar. Hon har den sortens ögon som skulle få vilken man som helst på knä — mjuka, mörka ögon som får mig att tänka på rufsiga lakan och nakenhet.

Jag tvingar mig själv att fokusera. De där ögonen rör till det för min koncentration som inget annat. "Vi ska till mitt hem i Colombia", säger jag som svar på hennes fråga. "Platsen där jag växte upp."

Jag har inte varit där på flera år —inte sedan mina föräldrar blev mördade. Men mitt fars bygge är ett fort och det är precis vad vi behöver just nu. Under de senaste veckorna har jag vidtagit omfattande säkerhetsåtgärder, gjort stället praktiskt taget ointagligt. Ingen kommer att ta Nora ifrån mig igen — det har jag försäkrat mig om.

"Kommer du att vara där med mig?" Jag kan höra den hoppfulla tonen i hennes röst och jag nickar, leende.

"Ja, min skatt, jag kommer att vara där." Nu när jag har fått henne tillbaka, är impulsen att hålla henne nära alltför stark att förneka. Ön var en gång den säkraste platsen för henne, men inte längre. Nu vet de att hon finns — och de vet att hon är min akilleshäl. Jag behöver ha henne med mig, där jag kan försvara henne.

Hon slickar sig om läpparna och mina ögon följer vägen av hennes fina rosa tunga. Jag vill sno hennes tjocka hår runt min näve och tvinga ner hennes huvud i mitt knä men jag motstår impulsen. Det kommer att finnas tid för det senare, när vi är på en säkrare —och mindre offentlig —plats.

"Kommer du att skicka ännu en miljon till mina föräldrar?" Hennes ögon är vidgade och sveklösa när hon ser på mig, men jag kan känna den subtila utmaningen i hennes röst. Hon testar mig — testar gränserna för den här nya fasen av vårt förhållande.

Mitt leende breddas och jag sträcker mig fram för

att stoppa in en hårslinga bakom hennes öra. "Vill du att jag ska göra det, min skatt?"

Hon stirrar på mig utan att blinka. "Inte egentligen", säger hon mjukt. "Jag vill mycket hellre ringa dem istället."

Jag håller kvar hennes blick. "Okej. Du kan ringa dem när vi kommer fram."

Hennes ögon vidgas och jag ser att jag förvånat henne. Hon hade förväntat sig att jag skulle hålla henne fången igen, avskild från resten av världen. Vad hon inte förstår är att det inte längre är nödvändigt.

Jag har lyckats med vad jag ville få gjort.

Jag har gjort henne helt och hållet min.

~

Var snäll och besök min hemsida på www.annazaires.com/book-series/svenska/ för att få veta mer och anmäla dig till min email för kommande utgivningar.

OM FÖRFATTAREN

Anna Zaires är en *New York Times, USA Today* och #1 internationell bästsäljande författare av sci-fi romaner och nutida mörka erotiska noveller. Hon blev förälskad i böcker när hon var fem, när hennes mormor lärde henne att läsa. Sedan dess har hon delvis levt i en fantasivärld där de enda gränserna dragits av hennes egen fantasi. Hon bor för närvarande i Florida och är lyckligt gift med Dima Zales (en science fiction och fantasyförfattare) och de har ett nära samarbete med alla sina böcker.

För att få vet mer, var snäll och besök www.annazaires.com/book-series/svenska/.

www.ingramcontent.com/pod-product-compliance
Lightning Source LLC
Chambersburg PA
CBHW061012120726
47910CB00006B/1895